时间中的孩子

[英] 伊恩·麦克尤恩 著
张竝 译

The Child in Time

南海出版公司

新经典文化股份有限公司
www.readinglife.com
出 品

一

……也献给那些父母,这么多年来,他们一直被自封的育儿专家以那套单调乏味的相对主义说辞所误导……

——《权威育儿手册》,皇家文书局

长久以来,在政府和大多数公众的心目中,资助公共交通总是与否弃个体的自由联系在一起。每天两次,各式各样的公共交通服务都会在高峰期瘫痪,斯蒂芬发现,从自己家到白厅①,步行反倒比打车快。现在是五月下旬,还没到九点半,

---

① 英国伦敦市内的一条街,连接议会大厦和唐宁街,这条街及其附近坐落着外交部、内政部、海军部等一些英国政府机关,因此人们也用白厅作为英国行政部门的代称。

气温就已达近三十摄氏度。他迈着大步,朝沃克斯豪尔桥①走去,路上挤着两三排动弹不得却又躁动不安的车辆,车里坐着孤零零的司机。从基调上看,对自由的追求早已了无生气、听天由命了。戴戒指的手指颇有耐心地敲击着滚烫的铁皮车顶边沿,穿白衬衫的手肘从下摇的窗子里耷拉出来。报纸摊在方向盘上。斯蒂芬快速穿过人群,越过车载收音机喋喋不休的层层声浪:轻快的曲子、中气十足的早餐时间音乐节目主持人、新闻快报和路况"提示"。那些没在看报的司机神情麻木地听着。步行道上的人群稳稳当当地向前行进,想必令司机们体会到了相对运动,某种缓缓向后漂移的感觉。

斯蒂芬腾挪穿行,左右迂回,一路超越,其间一如往常地在无意识中留心孩子,留心五岁的小女孩。这不仅仅是一种习惯,毕竟习惯是能打破的。这是一种深沉的性情,是经历镌刻在性格上的形状。主要目的也不是寻觅,虽然他曾痴痴地、长久地搜寻。两年过去了,曾经的搜寻只余一丝残迹;如今变成一种渴望,一种干巴巴的渴求。生物钟一直在那儿,它那永不停歇的步伐显得不偏不倚,他女儿也随之成长起来,语汇不断丰富,用词变得复杂,体格也愈发强健,脚步更为

---

① 位于伦敦市中心区,横跨泰晤士河。

坚定。这座钟好似心脏一般强健,忠于一个无休止的假设句:她应该在画画,应该开始读书了,应该要掉乳牙了。她应该是熟悉的,她的存在理所应当。仿佛不断增生繁殖的种种事例会逐渐磨损这个假设句,击垮这道脆弱的、幽暗不明的屏风,正是这面以时间和几率织成的精美薄纱将他和女儿相隔而开;她现在放学回家了,很累,她换下的牙齿在枕头底下,她正在找爸爸。

任何一个五岁的小女孩(男孩亦然)都能使她的形象变得有血有肉起来,仿佛她仍在他的身边。无论是逛商店、路过操场还是在朋友家时,他都会无一例外地从其他孩子身上捕捉凯特的身影,也总能注意到他们身上缓慢的变化和逐渐习得的能力,感受到他们在时间中尚未开发的潜能,那本应属于她的日日月月。凯特的成长变成时间本身的要义。她幻影般的成长,这挥之不去的悲痛的产物,不仅无法避免——任何东西都无法阻挡这座强劲有力的生物钟——而且不可或缺。若是不去幻想她持续不息的存在,他就会失魂落魄,时间就会停止。他是一个隐身儿的父亲。

但在这儿,在米尔班克[①],只有那些曾经的孩子们正慢吞吞

[①] 伦敦地名,是重要政府机构所在地。

地挪去上班。稍远处的国会广场前，有一群"持证上岗"的乞丐。他们不得靠近国会大厦、白厅，也不得进入广场视线范围以内。但有些人还是借着通勤线路上的人流混了进来。一两百米开外，他便看见了那些人身上亮闪闪的徽章。这就是他们的气象，他们个个因享有自由而精神焕发。工薪阶层只能让路。马路两旁总共有十几个乞丐正逆着人潮向他笃笃定定地走来。而此时，斯蒂芬关注的是当中的一个孩子。虽然远不止五岁，却也没到青春期，浑身皮包骨。她也早早注意到了他。她慢悠悠地走了过来，梦游一般，一只标准制式的黑碗托在胸前。上班族们倏然让道，又绕过她合流而行。她越走越近，双眼盯着斯蒂芬。他又感受到了那种惯常的矛盾心理。给钱吧，就是在襄助政府的这个项目成功。不给吧，就等于是对别人的苦痛决然地不闻不问。根本没法选。坏政府的手段就是斩断公共政策和私人情感之间的界线，抹杀判断对错的本能。这些天来他都将决定交给机缘。如果兜里有零钱，就给。如果没有，就什么也不给。反正绝对不会给整张的纸币。

　　常年在街上，那个女孩的皮肤被阳光晒成了棕色。她穿了条脏兮兮的黄色棉布裙，头发剃得精光。也许是为了除虱子吧。等到更近，他发现女孩长得很漂亮，尖下巴，小雀斑，一脸的调皮样。相距不到十米的时候,她突然冲前方跑去,从人行道上捡起一块仍然鲜亮的口香糖,扔进嘴里嚼了起来。然后她又朝他的方向看,小脑袋挑衅地往后一仰。

接着,她就来到了他身前,业内标配的碗往前伸着。几分钟前,她就已选定了他,这就是他们的本事。他吓了一跳,从后兜里掏出一张五英镑纸币,放到一堆零钱上,而她只是面无表情地瞅着。

他刚把钱放下,那女孩就拣出纸币,卷起来,攥入手心,捏紧拳头,说:"干死你,先生。"说完,就侧过身想要走开。

斯蒂芬抓住她硬邦邦的窄肩头。"你说什么?"

女孩一扭身,便挣脱开来,她眯缝着眼睛,捏着嗓子说:"我说感谢你,先生。"等到稍走远后,她又说道:"有钱的大白痴!"

斯蒂芬摊开空空如也的手掌,算是温和地责备了她一下。他没张嘴,微微笑了笑,表明自己已对这种脏话免疫。而那孩子又像梦游一般笃然沿路走去。他目送女孩足足有一分钟之久,直到她没入人群。她没有回头看。

儿童保育官方委员会的成立据说是出于首相的殷殷关切之情,该委员会下设十四个分委会,分委会的任务就是给总部发起提案。说句玩世不恭的话,它们的真实职能不外乎满足无数利益群体异态纷呈的理想,各方压力集团(甜品与快餐游说团,服装、玩具、配方奶与烟火制造商,慈善机构,妇女组织,鹈鹕线①推进者等)会自四面八方施压。而决策阶层鲜少有人会拒绝这些服务。大家普遍认为这个国家充斥着各式各样不合心意的人。关于合格公民应具备何种品质,为了人类的未来应该如何对待儿童,每个人都有一肚子的看法。人人都加入了分委会。就连童书作者斯蒂芬·刘易斯也在朋友查尔斯·达克的个人影响下入了会,可达克却在委员会开始运转之时又辞职不干了。斯蒂芬参加的是阅读与写作分委会,领头的是卑鄙的帕门特勋爵。那几个月骄阳似火,没承想,竟然是二十世纪最后一个还算舒服的夏日,每周一次,斯蒂芬都会冒着酷暑前往白厅,在一间阴沉沉的房间里参加会议,据说一九四四年夜间空袭德国的计划正是在那儿拟定的。在其他场合,对于阅读和写作这样的主题,他都可以侃侃而谈,但在这里开会时,他却只是将胳膊搁在宽大锃亮的桌子上,低头摆出一副恭敬聆听的姿态,一言不发。这些天来,多数时间他都形单影只。正如他的期望,一屋子人并没有干扰他

---

① Pelican Crossing,指由行人控制交通灯的人行横道。

的内省，反而有强化效果，助他理清了思路。

　　大多时候，他都会想想妻女，想想自己一个人该怎么办。要不然，就琢磨琢磨达克突然中断政治生涯的因由。对面有一扇大窗，即便是仲夏时节也无丝毫阳光透入。窗外，精心修剪过的草坪圈出了一座矩形庭院，足以容纳六七辆各部的公车。尚未当班的司机抽着烟，倚在车座上，兴味索然地往委员会这边瞟上几眼。斯蒂芬开始播放回忆和白日梦，从前发生的事和也许可以经历的事。或许是回忆和白日梦放映着他？有时候，他会在头脑中发表一通滔滔不绝的演说，进行或苦涩或哀切的控诉，每一稿都经过一丝不苟的修订。同时，他又会半心半意地听听会上在讲些什么。委员会分成理论派和务实派两方，理论派早已把什么都想清楚了，或者说让别人帮自己想清楚了，而务实派则希望在讨论中厘清自己的头绪。气氛很紧张，但都还没撕破脸皮。

　　会议由帕门特勋爵主持，他带着高贵、狡猾的平庸之气，轻轻转动那双半睁半闭、几无睫毛的眼睛授意别人发言，举起柔弱无骨的手臂示意大家安静、卷起干涩、布满斑块的舌头，说起话来似懒猴一般慢条斯理、惜字如金。唯有双排扣深色西服让他显出点人形。他的贵族派头有股子庸庸大众的气质。与会者针对儿童成长理论争论得不可开交，他便介入，一锤定音——"孩子终归还是孩子嘛。"他说没有孩子会喜欢肥皂喜欢洗澡,他说他们学得快长得也快,他说这些话的口吻就好像在讲授那种生涩难懂的公理一样。帕门特说着这些陈词滥调,显得蔑视一切,毫无畏惧,宣扬着有权有势的人根本不在意自己的话有多蠢。他不需要争取某人的赞赏。他不会摆低姿态,仅仅为了显得有趣。斯蒂芬认定他这人聪明得很。

委员们都觉得没必要太了解彼此。漫长的会议一结束,文件和书本就都塞进了公文包,礼节性的交谈由此开始,谈话声回荡于双色调的走廊上,随着委员们走下螺旋水泥楼梯,在该部地下车库的不同楼层四散开来,逐渐变成微弱的回音。

在这个闷热的夏季及此后的一段时间里,斯蒂芬每周都去一趟白厅。这也算是一种义务吧,除此之外,他的生活中也没什么责任要尽了。在大多数闲暇时间里,他都会穿着内裤,四仰八叉地躺在沙发上看电视,借酒浇愁,喝点苏格兰威士忌,随便翻翻杂志,看看奥运会。到了晚上,酒喝得更猛。他都是独自去附近的餐馆吃饭,也没有心思联系朋友。答录机上的来电,他从来不回。大多数时候,他都浑不在意屋子里邋里邋遢的样子,任由黑乎乎的大号苍蝇闲庭信步。可一旦出了门,他又怕回到那些熟悉无比的物品之中,那几把空荡荡的扶手椅、满是污渍的餐盘和地上的陈年报纸，共同营造出一种沉闷的死气。这是来自物品的顽固的阴谋，马桶座、床单、地板上的灰尘，人走时它们什么样，回来时一成不变。在家时，他的思绪也从不远离自己的主题，总是想着女儿、妻子，以及他自己该怎么办。可在这儿，他却无法集中注意力长时间思考，只能信马由缰、几近无意识地做着碎片化的白日梦。

委员们都很重视守时这一品质。帕门特勋爵总是最后一个到。他俯身落座，用含糊不清的声音整肃会场，又巧妙地将话转换成他的开场白。委员会文书彼得·坎汉坐在他右手边，椅子退得离桌子有点远，以示他的独立立场。斯蒂芬需要做的就只是在接下来的两个半小时里显得全神贯注。这种实用技巧来自他的学生时代，来自他在无数课堂上的神游经验。房间本身也让他感到熟悉：棕色的电灯胶木开关，包着电线的管子落满灰尘，毫无美感地固定在墙上。在他上学的地方，历史教室也差不多是这番情景：同样陈旧却十分舒适，摆着同样破旧却还有人愿意擦拭的桌子，丝丝缕缕残存着的肃穆混合着令人倦怠的官僚主义气息，让人昏昏欲睡。当帕门特笑里藏刀地概述当天上午要做的工作时，斯蒂芬却听见他的老师以抚慰人心的威尔士口音，抑扬顿挫地吟诵着查理大帝的王廷荣耀，或是中世纪天主教廷的堕落与改革之轮回。透过窗子，他看到的不是封闭的停车场和灼热的班车，他仿佛在高两层楼的地方，向下望见的是一座玫瑰花园、几座球场、一道斑驳的灰色栏杆，稍远处是一片未经开垦的崎岖土地，长满橡树和山毛榉，再远处，就是一大片滩涂和蓝色的潮汐河，两岸相距一两千米。那是一段已逝的时光，一道已逝的风景——他曾回去过一次，发现树已被尽数砍伐，土地经过翻耕，河口上架起了一座公路桥。既然逝去已成他的主题，那么思绪便可轻而易举地飘到那个阳光明媚的凛冽冬日，停驻于伦敦南部的一家超市门外。他牵着女儿的手。女儿围了条他母亲织的红色羊毛围巾，胸前抱着只已经磨破的玩具小驴。他们朝入口走去。那天是周六，到处都是人。他紧紧牵着她的手。

帕门特的发言已经结束，现在一名学者正吞吞吐吐地说着一套新设计的音标字母的种种好处。孩子们很早就能学会读写，会更乐在其中，向传统字母的转换也会毫不费力。斯蒂芬手里攥了支铅笔，似乎正准备记笔记。他蹙着眉头，微微动了动脑袋，但很难看得出他究竟是赞成还是反对。

凯特正是语言能力突飞猛进的年纪，与之相伴的想法也愈来愈多,让她做起了噩梦。她没法向父母清楚描述她的梦境,但显然其中的许多元素都来自她的那些绘本,比如会说话的鱼、肚里容城的大岩石、渴望被爱的孤独恶魔。昨夜,又是一整晚的噩梦。朱莉好几次从床上爬起来去看女儿,直到天都亮了才睡着。早上她睡过了头。斯蒂芬做了早饭,还给凯特穿了衣服。尽管受了噩梦的折磨,她仍然精力充沛,一心想着去购物,坐坐超市的手推购物车。白天寒气逼人,阳光却这么好,令她兴致勃勃。这可是她头一次配合着穿衣服。她站在他的双膝之间,顺着他的引导把胳膊和腿伸入保暖内衣里。她的身子很紧实,白璧无瑕。他把她抱起来,将脸埋在她的肚子上,假装要咬她。那小身子有被窝的暖意和牛奶的味儿。她尖叫起来,乱扭身子,而当他把她放下时,她却嚷嚷着还要玩一次。

　　他给她扣上羊毛衫的纽扣,帮她套上厚厚的毛衣,系紧工装裤的裤带。她哼起歌来,含含糊糊、心不在焉,既像即兴发挥,又有儿歌与圣诞颂歌的影子。他起身后让她坐在椅子上,给她穿袜子,系好鞋带。他跪在她面前的时候,她就摸他的头发。和许多小女孩一样,她对爸爸也有一种奇怪的保护欲。每次出门前,她都要确认一下爸爸外套上的纽扣全部扣好了。

他给朱莉倒了杯茶。她半梦半醒,双膝缩到胸前。她嘟嚷了几句,话语没入了枕间。他将手伸入被子里,抚摸着她的后腰。她转过身,将他的脸拉近自己的胸口。他们开始亲吻,他品尝到了她唇间浓郁的金属味,那是酣眠的味道。在阴暗的卧室外,凯特仍在哼唱她的那首大杂烩歌曲。有那么一小会儿斯蒂芬都不想去购物了,他想让凯特坐在电视机前,旁边再放几本书。这样他就可以钻入厚厚的被子底下,躺到妻子身旁。天刚亮时,他们做了次爱,但做得昏昏沉沉,虎头蛇尾。她抚摸着他,享受着他进退两难的处境。他又吻了她。

　　他们结婚已有六载,既要追求生理快感,又要履行家庭责任,还要满足独处的需求,几种诉求难免冲撞,这几年也是缓慢且细微的调试过程。对其中一点的忽视也会引起另外两点的弱化或混乱。就连用拇指和食指轻捏朱莉乳头的时候,他也在计算着如何平衡。凯特昨晚没睡踏实,加之要出趟门买东西,应该会在正午之前就想睡觉了。那时,他们肯定能有段不被打扰的时间。后来,在终日悔恨交加的岁月里,斯蒂芬总会想方设法重返这个时刻,千方百计试图穿越到事件层层叠加的起点,钻进被窝,逆转自己所做的决定。但时间——不一定要是实际的时间,毕竟有谁真的了解呢,而是理念中的时间——却好似偏执狂一般禁止翻盘的机会。没有绝对的时间,他朋友塞尔玛有时会这么说,也没有独立的实体,有的只是个人的、松散的理解。他选择延迟快乐,屈服于责任。他捏了捏朱莉的手,站了起来。在门厅里,凯特嚷嚷着朝他走过来,抱起已经磨破的玩具小驴。他弯下腰,替她把红色的羊毛围巾在脖子上绕了两圈。她踮起脚检查他的外套纽扣是否都扣好了。在穿过前门之前,他们就手牵着手了。

  他们来到室外,仿佛没入了风暴之中。主路是条往南的主干道,车辆皆疯狂地飞速而过。这苦涩的晴朗天气倒是适合给萦绕不去的回忆做背景,它让一切昭然若揭,让每一处细节都无处遁形。阳光下台阶旁有一只压扁的可口可乐罐,吸管还插在里面,整体依然保持着三维立体感。凯特想把吸管抢救出来,斯蒂芬没让。那边的树旁有一条狗,好似被由内向外地照亮,它正在拉屎,髋骨微微颤抖,神情怡然。那是棵老橡树,树皮像被刚刚雕刻过,凸起处巧夺天工,闪闪发亮,凹陷处则沉于漆黑如墨的阴影之中。

  步行两分钟即可到达超市,途中得从斑马线穿过一条四车道的马路。行人等待处附近有一家摩托车销售店,来自世界各地的摩托车手相聚在这里。大腹便便的男人身着破旧的皮衣皮裤或倚或跨于一动不动的摩托车上。凯特将兀自吮吸着的手指从嘴里拿出来，指着前方，低斜的阳光照在那根冒着雾气的手指上。可她无法找到形容自己所见的词语。他们穿过马路，走过一溜密密麻麻的不耐烦的车子，他们刚走到中心岛上，那些车子就呼啸着开过去。凯特四处张望寻找示意车辆暂停的女交警，那女人总是一眼就能认出她。斯蒂芬解释说今天是礼拜六。到处都是人，他紧紧牵着她的手朝入口走去。说话声、叫喊声、收银台上机械的敲击声此起彼伏，他们伴着这些声音找到了一辆购物车。凯特在购物车里舒舒服服地安顿好了，自顾自地笑得灿烂。

超市的顾客分成两个群体，有如不同的部落和民族一样区别明显。其一住当地现代维多利亚式的连栋房，房产归他们自己所有；其二住当地的塔楼和廉租公房。第一个群体多会购买新鲜果蔬、黑面包、咖啡豆、特设柜台的鲜鱼，以及红酒和烈酒，第二个群体则买罐装或冷冻蔬菜、甜豆、速溶汤、白糖、纸杯蛋糕、啤酒、烈酒和香烟。在第二个群体里，有一些靠退休金生活的老人，他们来给猫买肉、给自己买饼干；还有年轻妈妈，疲惫瘦弱，嘴里叼根烟，有时会在收银台发脾气，冲孩子打几下屁股。在第一个群体里，有些是没生孩子的年轻夫妇，他们衣着光鲜，最不济的情况，也就是时间比较紧张；还有带女佣购物的妈妈，以及像斯蒂芬这样的爸爸,来买新鲜的三文鱼,履行他们的一部分职责。

他还买了哪些东西呢?有牙膏、纸巾、洗洁精,上好的培根、羊腿、牛排、青椒和红辣椒、小萝卜、土豆,还有锡纸及一升威士忌。他拿起那些物品的时候,还有谁在边上呢?他推着凯特在货架通道间走来走去时,有个人一直跟着他,他停下,那个人便停在几步开外,假装在细看商标,等他挪动,那个人就又跟了上来。他翻来覆去地回溯了无数遍,看见了自己的手、货架、堆积的商品,听见凯特碎碎念,也曾尽量从这些事物上移开目光,试图挣脱时间的重量转动眼睛,找到那隐于余光中的模糊身影,那人一直就在旁边,稍稍落在后面,胸中填满奇异的欲望,计算着得手的几率,或只是在等待下手的时机。但时间将他的视线束缚在琐事之中,四周的一切都无形无状,飘忽不定,并迅速消融,迷失于一片混沌。

十五分钟后,他们来到了收银台,那里并排设有八个柜台。他排在最靠近门口的一列短队的后面,因为他知道那个柜台的收银女孩动作很麻利。前面还有三个人,他将购物车停好,转身把凯特从坐板上抱起来,这时他身后没人。她正玩得起劲,不愿起身。于是她哀声抱怨起来,用小脚勾住坐板。他只好把她高高地举起来,让她勾不住板子。注意到凯特的恼怒情绪,他在漫不经心中有点满意,因为这充分说明她已经累了。闹完这一阵后，他们前面只剩了两个人，其中一个正准备离开。他便绕到手推车前面，预备把东西放到传送带上。凯特抓着车子后面的粗横杆，假装推车玩。她身后没有人。这时斯蒂芬前面的那个有点佝偻的人，正准备给几听罐装狗粮结账。斯蒂芬开始把几样东西放到传送带上。他直起身的时候，可能觉察到了凯特身后那个穿黑外套的身影。但那根本算不上警觉，只不过是因回忆所及，苦痛绝望，而产生的最为微弱的疑心而已。那所谓的外套可能是条裙子，可能是个购物袋，也有可能是他自己的臆想。他专注于日常流程，想尽快做完。当时，他几乎完全处于一种无意识的状态。

买狗粮的人正要离开。收银女孩已经开始帮斯蒂芬结账，她用一只手的手指在键盘上扫过，另一只手将斯蒂芬的物品拿到自己跟前。他从购物车里取出三文鱼时，还低头瞅了眼凯特，冲她眨了眨眼。她也学他的样，但有点傻气，皱着鼻子，两只眼睛都闭了起来。他放下三文鱼，向女孩要了只手提袋。她从架子底下抽出一只袋子。他接过袋子，转过身。凯特不见了。他身后没人在排队。他不慌不忙地将购物车挪开，心想她肯定猫在了柜台的另一头。然后，他上前几步，往旁边的过道那儿瞅了瞅，就这点时间，凯特只可能跑到那么远。他又往后退了几步，朝左右都看了看。一边是一排排顾客，另一边先是一小块空地，接着是一扇镀铬旋转栅门，栅门的另一侧是通往人行道的自动门。也许当时是有个穿外套的身影匆匆忙忙离他而去，但那时候，斯蒂芬找的是个三岁的小孩，他最先担心的是外面的车流。

这种焦虑是理论性、预防性的。当他挤过购物人群，来到宽阔的人行道上时，就已经知道不会在那儿见到凯特。凯特在这方面没有这么大胆。她不是那种离群的人。她相当喜欢跟人打交道，更乐意身边有人陪伴。她还特别惧怕马路。他转过身，心里一阵轻松。她肯定还在超市里，在那儿应该不会遇到什么真正的危险。他觉得女儿会从收银台那儿的一排排顾客身后冒出来。毕竟事情刚发生时的那一阵担忧很容易令他忽略孩子的身影，刚才他找得过于急躁匆忙。可是，他折返回来的时候仍然感觉喉头发紧，一股恶心感如影随形，脚步也恼人地飘忽起来。他快步走过全部的柜台，没搭理他原先那个柜台的女孩叫唤他的恼人声响，随后，一股寒意从腹中升起。他控制着自己的步伐跑了起来，还有点在意自己的形象看上去有多蠢，就这样把所有的通道都过了一遍，经过了堆积如山的橙子、卷筒纸和汤料堆。直到又返回起点，他才不顾斯文，声嘶力竭地呼喊起凯特的名字。

现在，他大踏步地走来走去，大叫着她的名字，腾腾腾地沿着通道奔去,又一次来到了门口。许多人都转头看他。但不会有人以为他是跌跌撞撞跑进来买苹果酒的酒鬼。他的恐惧就写在脸上,直白、强烈,以其无法被忽视的人类的温度填充进这片灯火通明的冷漠空间。不一会儿,他周围便没人买东西了。篮子、购物车都被放到了一边,人群围拢过来,念叨着凯特的名字,人群很快都知道了凯特三岁,最后出现的地方是收银台,穿着一条绿色工装裤,拿着一只玩具小驴。母亲们面露忧色,写满警惕。好几个人都见过那个坐在购物车里的小女孩。有人还知道她毛衣的颜色。这家超市的默默无闻原来这般脆弱,就像一层薄薄的壳,大家都在壳下观察着、评判着、记忆着。一群顾客围着斯蒂芬朝门口走去。他身边就是那个收银员,她刻意绷着脸。超市各个层级的工作人员也都赶了过来,刹那间,这些分别穿着褐色外套、白色外套、蓝色西装的人都不再是仓库管理员、副经理或公司代表,而是父亲,潜在的或真实生活中的父亲。此刻,他们全都来到了人行道上,有些人紧紧围着斯蒂芬或问长问短,或奉送安慰,另一些人更得力,分头前往附近商店的各个出入口查看。

那个失踪的孩子是每个人的财产。但斯蒂芬却孑然一身。他的目光穿透那些逼近的友善脸孔看向远方。他们都是不相干的人。他们的声音传不到他的耳中,他们的身影阻碍了他的视野。他们遮挡了他本可以看到凯特的视野。他得挤过去,把他们推到一边,才能去到凯特身边。他喘不上气来,也没法思考。他听见自己在说"被拐走了"这几个字,然后这几个字被迅速捕获,四下扩散,波及至被这场骚动吸引过来的路人身上。那个动作麻利的高个子柜员刚才看起来挺坚强,此时却哭了起来。有那么一会儿,斯蒂芬对她感到很失望。一辆溅满污泥的白色巡警车仿佛被他刚刚说的那几个字传召一般,停在了马路旁。来自官方的灾难认定让他直犯恶心。有异物涌向喉头,他难受得伏下了腰。或许他吐了,但他对此没有丝毫记忆。接下来还是超市,这次,出于对社会秩序和得体性的考量,只有有限的几个人陪在他身边,其中有一名经理、一个貌似私人助理的年轻女人、一名副经理和两名警察。倏忽间安静无比。

他们朝着这座大型建筑的后部快步走去。过了好一会儿,斯蒂芬才意识到他正跟在别人后面,而非走在大家前面。商店已经清空了顾客。透过右侧的玻璃窗,他看见外面有个警察被顾客们围着,正在做记录。经理的话打破了沉默,他语速很快,半是猜想,半是抱怨。那孩子——他知道孩子的名字,斯蒂芬心想,但碍于自己的身份而没有说出这个名字——

那孩子有可能是游荡到了装卸区。他们应该一开始就想到这一点的。冷库门有时候是开着的,尽管他常常为此告诫下属,但都没什么效果。

他们加快了步伐。警用对讲机上爆出很难听懂的短促声音。他们在奶酪区旁穿过一扇门,就到了那儿,所有的伪装一扫而空,石塑地砖砖变成了混凝土地面,其中的云母片闪烁着寒光,灯光自高处射下,裸露的电灯泡悬于高不见顶的天花板上。一辆叉车停在堆积如山的压扁的纸箱边。跨过一摊脏兮兮的牛奶后,经理朝半开的冷库门急匆匆地走去。

其他人随之进入,逼仄的库房里有两条过道,都隐入幽暗之中。罐头与盒子乱糟糟地堆在两边的架子上,往中央望去,可见肉钩上悬着的硕大的动物尸骸。几个人分成两组,各自沿着过道走去,斯蒂芬和两名警察走在一起。干燥的冷气直透鼻腔,还带着股冰冻罐头的味道。他们慢慢地走着,并察看着货架上盒子后面的空间。一名警察想知道人在这儿能存活多长时间。透过两个过道之间"肉帘"的缝隙,斯蒂芬看见经理瞥了眼他的下属。那年轻人清了清嗓子,圆滑地作了回答,说只要不停地走动,根本没什么好担心的。寒气从他的嘴里往外喷。斯蒂芬很清楚如果在这里找到凯特,她应该活不下来。然而当两组人在远处的过道另一头碰面的时候,他所感到的宽心仅在理论上成立。他变得冷静超然,充满干劲而又深谋远虑。如果她在一个能被找到的地方,那他们肯定能找到她,因为他现在已准备好全身心投入搜寻工作;如果她在一个无法被找到的地方,那就得适时采取理智的态度去面对。但不是现在。

他们走出冷库,步入显得极不真实的如春的温暖之中,向经理办公室走去。警察掏出笔记本,斯蒂芬原原本本地讲了一遍事情原委,他讲得很生动,而且没有忽略任何一个细枝末节。他剔除了个人感情,力求表达简明扼要,将相关事实灵巧编组。他观察着自己,看见一个在重压之下,言行举止有着令人钦佩的自控力的男人。在勾勒凯特着装的种种细节、详述她容貌的个人特征时,他能够忘掉凯特。他还很欣赏警察那种穷追不舍、墨守成规的提问法,喜欢他们锃亮枪套散发出的皮油和皮革的味道。在难以言喻的困境面前,他们风雨同舟。一名警察通过对讲机描述了一番凯特,附近一辆巡逻车上的警员用失真的声音回应着。形势令人鼓舞。斯蒂芬进入了一种几近欣快的状态。经理的私人助理关切地同他说着话,而他觉得这种关切简直不合时宜。她用手抓着他的小臂,让他喝口她刚端来的茶。经理就站在办公室外,对一名下属抱怨超市如今是拐卖儿童的重灾地。私人助理用脚飞速踢上了门。这突如其来的动作,令她素色衣服的褶痕里散出了阵阵香味,这使斯蒂芬想起了朱莉。他突觉脑袋发晕,眼前一阵漆黑。他抓住椅侧,等待着,让思绪放空,直到觉得恢复了控制,才站起来。询问结束了,警察将笔记本合好,也站在那儿。私人助理提出要送他回家,但斯蒂芬激烈地摇了摇头。

然后,记忆跳转,没有任何过渡,他已经在超市外面了,他站在斑马线前和六七个行人等着过马路。他手里提着鼓鼓囊囊的手提袋,想起钱还没付。三文鱼和锡纸都是赠品,是补偿。车辆不情不愿地放慢速度,停了下来。他和其他几名顾客穿过马路,世界仍一如往常,他力图承受住这种常态对他的羞辱。他发现事情简单而残酷:他带女儿去买东西,丢了女儿,现在独自回家,得把这事告诉妻子。摩托车手们还在那儿,再往前一些,可口可乐罐和吸管也在。甚至那条狗也仍在同一棵树下。他登上台阶的时候,在一级破损的台阶前停了下来。他头脑中骤然响起响亮而尖厉的乐音,如管弦乐般的耳鸣声,他站在那儿,扶着栏杆,刺耳的声音慢慢消退,可当他重新迈开脚步,耳鸣声复又开始。

他推开前门,听了听里面的声音。公寓里的空气和光线表明朱莉仍在酣睡。他脱下外套。当他举起衣服,想把它挂起来时，只觉胃里一阵痉挛，早餐喝的咖啡（他觉得应该是黑色的一股）瞬间涌入了他的口中。他吐在了拢起的手里，去厨房清洗，中途得跨过凯特乱扔的睡衣。相对来说，这似乎还算容易。他走入卧室，没想好应该干什么，也不知道该怎么说。他俯身坐在床沿上。朱莉转身面对着他，但没睁眼。她摸索到了他的手。她的手烫得没法握。她迷迷糊糊地说他的手太凉，便拉过去，藏到她的下巴底下。但她仍然没睁眼。她尽情享受着他在身边的那种踏实感。

斯蒂芬凝视着妻子，某些常用语（无私奉献、为孩子尽心竭力的母亲，心怀浓浓爱意的家长）似乎充盈了崭新的意义；他觉得这些词组有用、得体，经受了时间的考验。一缕齐整的黑卷发窝在了她的颧骨上，正好在她眼睛下方。她是个冷静而警惕的女人，笑起来很可爱，狂热地爱着他，也喜欢表达自己的爱意。他的生活均是基于夫妻间的亲密关系构建的，他也依赖于此。她是个小提琴手，在市政厅教学，还和三个朋友组建了弦乐四重奏乐队。已经有人向他们发出演奏邀约，一家全国性的报纸也刊登过一篇短篇报道，对他们进行赞许。未来是丰满的，或者说，曾经是丰满的。她用左手手指上几块粗糙的皮肤摩挲着他的手腕。此刻，他拉开距离，从数百米远的地方俯身注视着她。他能看见卧室、爱德华时代风格的公寓楼、楼后新建部分涂了柏油的屋顶,屋顶上有个结满水垢的倾斜的水箱,他还看见了混乱不堪的伦敦南部地区,地球雾蒙蒙的曲面。朱莉置身于纷乱的床单之间,只是一个小点。他愈升愈高,愈升愈快。他心想,至少在这高处,在这空气稀薄、下方的城市成了几何图形的地方,他能够不露声色,处之泰然。

就在那时,她睁开眼睛,看见了他的表情。过了一会儿,她才读懂这表情,手忙脚乱地从床上爬起身,猛然倒吸一口气,发出短促的尖叫声,声音中带着质疑。此时此刻,斯蒂芬已无法、也无需再作任何解释了。

总体来看,委员会并不赞成起用音标字母。终结家庭暴力运动组织的塔克尔上校说这简直是胡搞。一个名叫蕾切尔·墨雷的年轻女人同样对此厉声反驳,尽管用的是语言学专业术语,她话语间的轻蔑之意还是无法掩饰。泰莎·斯潘基对她报以微笑。斯潘基是童书出版商,块头很大,每根手指根部都有个小凹坑。她长着双下巴,慈眉善目的,脸上布满雀斑,眼角长着鱼尾纹。她十分周到地用温柔的眼神和每个人进行交流。她说起话来慢条斯理,让人安心,似乎是在对一群紧张的小孩子讲话。她说,世界上没有哪门语言是不需要费力就能学会读写的。如果学习的过程有趣,那确实好,但有趣乃是次要的。教师和父母必须接受这样的现实,即语言学习本质上就是困难的。战胜困难能增强孩子的自尊心,并让他们了解何为心智训练。她说,英语犹如雷区,布满了不规则的坑,例外多于定律。但必须穿过这个雷区,而穿越就需要努力。教师们太怕不受欢迎,太喜欢糖衣药丸。但他们必须面对困难,赞颂困难,而且必须让学生也做到这一点。只有一种学习拼写的方法,那就是把自己暴露在英语的环境中,沉浸于书面语之间。她又飞快而流畅地说出了一组词汇:through、tough、plough、cough 和 though,她说,我们还有什么别的办法能记住这些词的拼写呢?斯潘基太太用充满母性的目光扫视着一张张专注的脸庞。她说,只有通过勤奋训练、学以致用、严于律己和苦中带乐的学习。

  人们低声对她表示赞许。提议音标字母的那名学者讲起了阅读障碍、公立学校被出售、房屋短缺等问题。有人不自觉地抱怨起来。举止温和的学者继续说道,就读于低收入区各学校的十一岁孩子中,有三分之二不识字。帕门特如蜥蜴般敏捷地插话说,特殊群体的需求超出了委员会的职权范围。他身旁的坎汉也点了点头。委员会关心的是方法与目的,而不是病理学。委员们你一言我一语地展开了讨论。出于某种原因，有人提议投票决定。

斯蒂芬举起手，支持他认为将毫无用处的字母表。有用与否其实没什么关系，因为他此时正穿过一条宽阔且坑坑洼洼的沥青马路，路两旁各有一栋高层住宅楼。他带了一个文件夹，里面装满照片和写有人名及地址的表单，表单打印得清晰整洁，姓名按字母顺序排列。他手上的都是放大的度假快照，只要他能引起谁的兴趣，他就给谁看。名单是他在图书馆从往期的当地报纸中整理出来的，列的是过去六个月内丧子的父母姓名。他有许多推测，其中一个是，凯特被拐到别的家庭，填补另一个孩子的空位。他挨家挨户敲门，和每家的母亲说话，那些母亲先是困惑，继而充满了敌意。他也见了些孩子的保姆。他沿购物街来来回回走动，把相片给别人看。他在超市旁游荡，也在隔壁药店的入口处徘徊。他越走越远，直到搜索范围长达四五千米。他用行动来麻痹自己。

不管到哪儿去，他都是孤身一人，每个深冬的早晨，天刚蒙蒙亮，他就上路了。过了一周，警察就对这案子失去了兴趣。他们说，北郊发生了骚乱，消耗了警力。朱莉一直待在家里，她向学院请了特休假。他一大早出门时，她就坐在卧室的扶手椅上，面对着冰冷的壁炉。他晚上回来，打开灯，总还是能在那儿看到她。

起先，他们曾凄惨地奔忙过一阵：同高级督察谈话，接待一队队巡警和警犬，还要应付一些报纸对事件的关注。他们再三解释，忍受着令人无措的悲伤。那段时间里斯蒂芬和朱莉总是同进同出，共同面对令人茫然的夸张问题，一起躺在床上彻夜无眠，时常刚刚充满信心地猜测，立刻又陷入绝望。但那只是刚开始的情形，随着日子一天天漠然过去，绝对而又苦涩的真相昭然若揭。沉默潜入，愈益浓厚。凯特的衣服和玩具仍散落在公寓各处，她的小床还未整理。然后，一天下午，杂乱消隐无踪。斯蒂芬发现小床上的铺盖都被卷走了，卧室里，三只鼓鼓囊囊的塑料袋搁在门边。他对朱莉气不打一处来，在他看来，这是女性的自毁行为，一种任性的失败主义情绪，这使他厌恶不已。但他没法同朱莉谈这事。如今已没有生气的空间，愤怒早已没有出口。他们像陷在泥潭中的人一般挣扎前行，没有力气针锋相对。倏然间，他们的哀伤彼此隔绝、孤立，无法互相传达。他们各走各的路，他每天拿着单子四处打探，而她则窝在扶手椅里，迷失在独属于自己的深切悲哀之中。如今，彼此之间再也没有安慰，没有触摸，没有爱意。他们不再亲密，认为彼此有相同立场的假设已被推翻。他们紧抱各自的损失不放，不曾说出口的憎恨开始滋长。

他每天在街道间穿行，在天色变暗时朝家走去，最让他痛心的就是，他很清楚妻子就坐在黑暗中，却在他进门时一动不动，同时，他既没心情，也没什么小机灵去打破这份沉默。他怀疑，妻子认为他的那些努力只是男人的逃避而已，通过展现自己的才干、组织能力和体力上的付出，来矫饰自己的情感。事后证明他的怀疑并没有错。失踪一事也使他们的性格变得极端。他们几乎已无法互相容忍，悲伤与震惊为一切打上了死结。他们再也无法忍受同桌进餐。他就在三明治店里站着用餐，不想耽误时间，不愿坐下来聆听自己的想法。据他所知，她什么都不吃。一开始，他还带面包和奶酪回家，但过了几天，面包奶酪仍静静地搁在没人踏足的厨房里，发了霉。如果两个人一起吃饭，就意味着承认并接受这个失去一员的家庭。

后来，斯蒂芬对朱莉看都不想看。不只因为凯特或他自己的憔悴容颜会映照在她的脸上。也因为那样的惰性，意志崩塌，那近于狂热的苦楚，它们令他深恶痛绝，还将削弱他的努力。他要找回女儿，杀了绑架者。他只需要依照自己正确的本能行动，给合适的人看照片，说不定就能找到女儿。如果白昼更长，如果他能抵御每天早上把脑袋埋于毯子里的诱惑，如果他能走得更快，能集中注意力，记得时不时地回头瞅瞅，减少吃三明治浪费的时间，信任自己的直觉，去巷子里看看，行动得更快，搜寻更多的地方，甚至跑起来，跑起来……

帕门特站了起来，边蹒跚前行边把镀银钢笔夹到夹克的内侧口袋里。老头朝坎汉帮他拉开的大门走去的时候，笑着跟大家告了别。委员们把文件拢好，又开始像往常那样聊着不痛不痒的话题，走出了大楼。斯蒂芬和刚才那位学者沿着闷热的走廊走去，他的提议遭到了否决，反对者远多于支持者。这人叫莫利，他用温文尔雅、犹疑不决的语气跟斯蒂芬解释，从前那些毫无公信度的字母体系是如何让他的工作更难做的。斯蒂芬知道，很快自己又会一个人了。但即便是此刻，他也仍然神思恍惚，禁不住想，事情居然已经恶化到如此地步，二月下旬的一天下午，他从外面搜寻回来，发现朱莉的扶手椅上空空如也时，内心竟无丝毫波澜。地板上有一张纸条，写着奇尔顿地区①一个静养院的名称和电话。其他什么信息都没有。他在公寓里走来走去，打开灯，注视着无人打理的房间，那些屋子犹如小小的舞台布景，即将被人拆除。

最后，他回到朱莉的椅子旁，徘徊了一会儿，手轻轻地

---

① The Chilterns，英国地名，位于英格兰东南部，以优美的自然景色闻名。

搭在椅背上，似乎在计算某个危险举动的成功率有多大。后来，他动了动，绕着椅子走了两步，坐了下来。他盯着黑黑的壁炉，炉中用过的火柴躺在一张锡纸旁，构成奇怪的角度；时间分分秒秒过去，在这几分钟内，他感觉到椅子的轮廓已不再适应朱莉的身形，而是贴合了他的体形，和其他的时间一样，这几分钟同样空空如也，毫无意义。然后，他往椅子里一窝，好几个星期以来，这是他头一次一动不动。他就这样待了好几个小时，整夜都是如此，有时稍稍打个盹，醒来后仍保持原来的姿势，眼神也依旧盯着壁炉。似乎，某种东西在沉默中越聚越多，一波现实感以潮汐之力缓慢地升腾而起，既未破裂，也未惊天轰雷般地爆发，而是于这短暂的时间内将他载起，让他离真相更近，第一次理解了这件事的本质。之前的一切都好似一场幻梦，是对悲哀的常规却又疯狂的模仿。天刚蒙蒙亮时，他哭了起来，也就是从这将亮未亮时起，他开始哀悼。

二

要让他清楚,不能和钟争论,如果到了自己要去上学、爸爸要去上班、妈妈要做事的时间,那么这些变化就和潮汐一样,是不可争辩的。

——《权威育儿手册》,皇家文书局

斯蒂芬·刘易斯之所以有了钱,并在学童间颇为知名,这其实是办公室人员的一次工作失误造成的结果,高茨出版社在一次处理内部邮件时,一时疏忽,将一包打印稿放错了工位。斯蒂芬后来不再提起这个陈年的错误,一方面是因为高茨出版社和许多外国出版社汇到他手上的版税支票和预付款,另一方面也是因为随着年龄增长,他准备接受命运的安排。二十五六岁的时候,他从没想过自己竟会成为成功的童书作家,这种可能近乎一个随心所欲的玩笑,而那时候他还有很多事可以干。如今,他实在想象不出自己除了写书还能做什么。

他还能做什么呢?他学生时代的老朋友,那些想在美学和政治上搞些名堂出来的试验者,那些异想天开的瘾君子,如今都已退而求其次。几个熟人原本过得逍遥自在,可现在甘愿一辈子给外国人教教英语。有的人踏入中年,疲惫不堪,在偏远的中学给勉为其难的学生补习英语或传授所谓"生活技能"。这些能找到工作的还算幸运。其他人就在医院里拖拖地板,或开开出租车。有个人还去拿了乞讨证。斯蒂芬挺怕哪天会在马路上和她相遇。这些原本前途无量的灵魂们,都曾在英国文学的感染熏陶下意气风发,他们从文学中吸取养料作为生活中的标语,比如活力是永恒的快乐,束缚可耻、放松有福等。从六十年代末到七十年代初,他们从图书馆一涌而出,或意欲回归内心,或渴望坐上花花绿绿的巴士前往东方。而当他们返回之时,世界愈来愈小,教育也变得愈来愈严肃,如今教育行业萎缩、肮脏;学校预备卖给私人投资者,而且很快,学生的离校年龄也将降低。

曾经,人们认为一个地区的人口受教育程度越高,那么该地区的各种问题就越有可能得到解决,如今这种说法已经不战自退。这一现象的背后,其实是一个更大范围内的原则的消亡,这个原则的愿景是,从整体上来看,越来越多的人将生活得愈来愈幸福,而政府有责任来导演这出"舞台剧",去实现潜力,拓宽各种可能性。改良者的阵容曾经极为庞大,那时斯蒂芬和他朋友这类人从来都不缺工作。这一角色包括了教师、博物馆管理员、哑剧演员、演员、巡游的说书人等一个庞大的群体,他们全都由国家资助。而如今,人们用更简单、更纯粹的说法对政府责任作了重新定义:维护秩序,保卫国家不受敌人侵犯。斯蒂芬曾有过一个模模糊糊的志向,希望在公立学校当个教师。他觉得身材颀长的自己往黑板前一站,教室里就会鸦雀无声,学生们都会对他满怀敬意,因为害怕他突然来个冷嘲热讽而丝毫不敢松懈,前倾着身子仔细聆听,生怕错过他的一字一句。如今,他才知道自己当时有多幸运。他现在仍然在写童书,却差点忘了这是个彻头彻尾的错误。

　　离开大学后,斯蒂芬去了趟土耳其、阿富汗和南非西北边境省,旅途中,他沉迷大麻,却因得了阿米巴痢疾而不得不在一年后重返伦敦,这才发现他和他那代人曾殚精竭虑摧毁的职业道德,如今却仍强力主导着他。他渴求秩序和目的。他租了间便宜的小房间,在一家剪报社找了份档案管理员的活干,同时着手写小说。每天晚上,他都会工作四五个小时,并因这项事业的浪漫和高尚而欣喜。他对档案管理员这份工作的沉闷无聊浑不在意;他有个秘密,这个秘密以每天一千字的速度生长。他也抱有所有那些常见的幻想。他就是托马斯·曼①,就是詹姆斯·乔伊斯②,可能也是威廉·莎士比亚。为了让自己的创作过程更令人兴奋,他会点两根蜡烛,在烛焰下写作。

他的目的就是把自己的旅行经历写成小说,起名"大麻",讲嬉皮士躺在睡袋里睡觉的时候被人捅死,讲出身良好的女孩被判无期徒刑、一生都要待在土耳其监狱里,讲通灵人的装腔作势,讲吸毒后飘飘欲仙的性爱,讲阿米巴痢疾。首先,他得为主要人物设定背景,写他的童年时期,来为他身体上的远行及精神上的游历作铺垫。但开篇章节却怎么也收不了尾,它好似拥有了自己的生命。于是斯蒂芬就写了一篇围绕暑假的小说,小说讲的是他十一岁时,和两个表姐妹度暑假,故事中的男孩子都是短裤短发,女孩子都戴着发箍,将衣服束于灯笼裤中。他们有着难以言喻的渴望,但只是羞涩地十

---

① 托马斯·曼(Thomas Mann,1875–1955),德国小说家和散文家,1924 年发表长篇小说《魔山》,并凭借该作品获 1929 年诺贝尔文学奖。
② 詹姆斯·乔伊斯(James Joyce,1882–1941),爱尔兰作家、诗人,著有《尤利西斯》《都柏林人》等。

指相缠,没有疯狂难耐的性爱;他们骑自行车,车上挂着柳条篮,而不是坐花里胡哨的大众牌公交车;背景也没设在贾拉拉巴德①,而是就在雷丁②的郊外。小说就写了三个月,起名为"柠檬汁"。

整整一个礼拜,他都在翻阅这份文稿,担心篇幅太短。后来,星期一早晨,他就请了病假,将底稿复印了一份,亲自送到了以文学出版闻名的高茨出版社的布鲁姆斯伯里办公处。一如往常,很长一段时间里他都没收到回音。后来信来了,但不是来自查尔斯·达克,透过那些星期日报纸上的简介看,是这位年轻的高级编辑挽救了高茨出版社摇摇欲坠的名声。来信的是一位名叫阿曼达·瑞恩的女士,她把他领入办公室的时候,一边咯咯笑着,一边介绍说她的姓不按法语词发音,而和"坏人"押韵③。

斯蒂芬坐下时,小腿前侧紧贴瑞恩小姐的办公桌,因为这间屋子原本是杂物间。墙上没窗,也没悬挂令高茨出版社声名大振的那些二十世纪早期伟人的黑白镶框相片,而是一幅肖像画,上面画的当然不是伊夫林·沃④,而是一只身着三件

---

① 阿富汗东部城市。
② 英国英格兰伯克郡的自治市镇。
③ 瑞恩指她的姓 Rien(法语单词,"什么都没有"之意)与英语单词"mean"押韵。
④ 伊夫林·沃(Evelyn Waugh, 1903–1966),英国作家。

套的青蛙，倚着拐杖，站在一栋乡村别墅的扶栏旁。此外，几尺宽的墙面上还钉了几张图，其中一张图上画了至少得有六只泰迪熊，它们正准备发动一辆消防车，另一张图上有一只穿比基尼的老鼠用枪顶着自己脑袋，还有一张图上表情严肃的乌鸦脖子上挂了只听诊器，正在给一个貌似从树上摔下来的脸色苍白的小男孩把脉。

瑞恩小姐坐的位置距离斯蒂芬不到一米半，正凝视着斯蒂芬，像是在看自己的一样东西，露出好奇的神情。他不安地笑了笑，垂下目光。那小说真是处女作吗？她想知道这一点。高茨出版社的每个人都很震惊，惊其为天人。他点了点头，心想是不是出了什么严重的错误。他对出版社不够了解，不敢乱说话，他最不希望的就是自己在别人眼里显得愚笨。当瑞恩小姐说查尔斯知道他来了，非常想见他时，他才如释重负。几分钟后，门砰地打开，达克还没进门，就凑上来，和斯蒂芬握手。他语速极快，都没做自我介绍。这本书相当出色，他当然愿意出版。当然愿意。但是他忙得不可开交。纽约和法兰克福方面正等他接电话呢。但他们将共进午餐。近期。祝贺祝贺。门又猛地关上了，斯蒂芬转身，发现瑞恩小姐正在打量他，看他脸上是否浮现出一丝阿谀之意。她一本正经地压低嗓音说道，是个了不起的人。是个了不起的人，了不起的出版商。斯蒂芬也只能随声附和。

他返回自己那间小屋子的时候，激动难抑，但又觉得受了侮辱。他潜力非凡，就是未来的乔伊斯、托马斯·曼、莎士比亚，毫无疑问属于欧洲的文化传统，成年人的文化传统。没错，一开始他是急于得到理解，用的是简明精确的英语，想扩大受众面，但也没想过迎合每一位读者。思虑再三之后，他决定在见达克之前不做任何行动。同时，又发生了一件事，让他更加左右为难。他收到一份合同，对方答应预支两千镑的稿费，这相当于他两年的工资啊。他打听了一下，发现对小说处女作而言，这笔钱的数目绝对非同小可。写完小说之后，剪报社的工作就乏味得令人难以忍受了。他每天都要花八小时的时间，把报纸上的文章剪下来、粘贴好、写上日期再分类归档。社里的人天天干这种活，都变呆滞了。他很想写封辞职信。好几次，他拿出笔，准备签名取钱，却总能用余光看到泰迪熊、老鼠和乌鸦的揶揄嘲讽之态，欢迎他成为其中的一员。

最后，他终于等到了那个时机，戴上了专为这个场合而买的领带，在一家幽静的餐厅里，对达克说出了自己的困惑，可结果还是什么都没弄明白。他从没享用过这么昂贵的菜肴，离开学校后，也从来没戴过领带。达克听着斯蒂芬的烦恼，常常是斯蒂芬快要说完一句话时，他就不耐烦地点点头。斯蒂芬话音还没落，达克就放下汤勺，把光滑的小手放在这位年轻人的手腕上，亲切地解释起来，就像是对孩子说话，他说，成年人的小说和儿童小说之间的区别其实是人们虚构出来的。这种区分完全是错误的，只为图方便。最伟大的作家全都拥有儿童般的视角，他们通过最简单纯粹的方式进行写作，虽然常被说得很复杂，实则成年人里的天才也都是孩童。斯蒂芬把手抽出来，达克继续说道，与之相对，最伟大的所谓童书既面对儿童，也面对成年人，既面对儿童内心那个初出茅庐的成年人，也面对成年人内心那个遁入遗忘之乡的儿童。

达克说得很起劲。在高档餐厅用餐，对年轻作家侃侃而谈，正是他这一行最令人艳羡的特权之一。斯蒂芬吃完炖虾，靠在椅背上，观察着，倾听着。达克一头沙色的头发，其中有一簇不听话，从后脑勺上竖了起来。他有个习惯，说话的时候会用手摸摸那丛头发，再用手掌把它压平。但手一拿开，头发就又弹了起来。

别看达克深谙世俗且自信非凡，穿着深色西装和手工定制的衬衫，他也就比斯蒂芬大六岁。不过，正因为这关键的六年，二人对成熟有了迥异的看法。达克尊崇成熟，几乎像个少年一样要力图表现得老成持重，而斯蒂芬则认为成熟就意味着背叛、胆怯、疲惫，只有青春才理应受到拥戴，直到无论从社会还是生理层面上来看都不再年轻。当时，达克和塞尔玛结婚已有七年。伊顿广场①的那栋大房子已经置办妥当。彼时价格不菲的描绘海战与狩猎场面的油画已在房中挂好。客房里干净的厚浴巾也已放好，不会讲英语的清洁女工每天来工作四个小时。斯蒂芬和朋友还在果阿和喀布尔②玩飞盘、吸大麻的时候，达克和塞尔玛就已经雇了专人替他们泊车，同时享受电话应答服务，出席晚宴，阅读精装本书籍。他们才是成年人。斯蒂芬则住在小房间里，所有的家当只够装两个手提箱。他的小说适合给孩子看。

达克拥有的还不止伊顿广场的房子。他以前开过唱片公司，后来卖了。在他离开剑桥之前，所有人都认为流行音乐是年轻人的专利，只有他这个商业头脑敏锐的人是个例外。他想起了英格兰中部地区经历过大萧条又打过二战的上一辈。那些人噩梦缠身，需要在音乐中体会甜蜜温馨和偶尔出现的一丝希望。达克擅长塑造"轻松的"聆听体验，乐于制作一些脍炙人口、长盛不衰的经典曲目，由两百个弦乐器共

---

① Eaton Square，伦敦的一处豪宅区。
② 果阿邦（Goa）位于印度西海岸，喀布尔（Kabul）为阿富汗首都。

同演奏。

在婚姻上，他也是个不赶时髦的成功者，娶了一位大他十二岁的妻子。塞尔玛在伯贝克大学任物理学讲师，最近完成了一篇阐述时间性质（据八卦记者报道）的论文，广受好评。她不是那种典型的庸俗音乐圈的年轻富翁之妻，有人还说得很难听，说他这么年轻，都可以当她的儿子了。她力劝丈夫创办一家文学图书俱乐部，俱乐部办得挺成功，他因此进入了死气沉沉的高茨出版社。不到两年时间，出版社就赚了钱，这是四分之一个世纪以来的头一遭。请斯蒂芬吃饭时，达克在这行已经做到第四个年头，等再做五年，他将到一家独立电视台当负责人，而那时，斯蒂芬也已小获成功，后来，两人成了密友，斯蒂芬对青春已不再执着，成了伊顿广场的常客。

服务生端上了新的菜，达克还随口试品了另一种红酒，但这些都不足以打断他的话，他继续着急切温和且自恋的演说。他语速极快，有股子势在必得的气势，像是在对一群满腹狐疑的股东讲话，又像是担心沉默会使自己陷入种种思绪之中。过了很长时间，斯蒂芬才体会到他讲这番话时的真情实感。而当时，他觉得达克只是强行要说服他，才会本能地一直称呼他的教名以达成目的。

"斯蒂芬,你听着。斯蒂芬,仲夏时节和十岁的小孩子谈圣诞节,就像和青少年谈他们的退休计划和退休金。对儿童来说,童年是永恒的。童年永远在当下。一切都是现在时态。当然啦,儿童也有回忆。对他们来说,时间也在慢慢流逝,最后圣诞节如期而至。但他们感受不到这一点。他们感受到的是今天,当他们说'我长大后……'时自己并不相信有这么回事,他们怎么可能和现在不一样呢?你说《柠檬汁》不是写给儿童的,我相信,斯蒂芬。和所有优秀的作家一样,你也是在为自己写作。这就是我要说的重点。你面对的是十岁时的自己。这本书不是写给泛泛意义上的儿童,而是写给某个特定的儿童,那个儿童就是你自己。《柠檬汁》就是你向永不消逝的从前的自己传递的信息。这条信息很苦涩。所以,读这篇小说的人会觉得难受。曼迪·瑞恩的女儿一边读一边哭,哭得稀里哗啦,但这眼泪很有意义,斯蒂芬。其他孩子也有同样的反应。你在直接同孩子说话。不管你想不想这样做,你跨越了将儿童和成年人隔开的深渊,在同孩子们交流,你让他们第一次知道"死亡"这一可怕事物的存在。读了这本书,他们才知道自己的童年也有尽头。用不着别人灌输,他们自己就会明白时光不会长久,也不可能长久,或迟或早,他们都会完蛋,死翘翘,明白他们的童年也会一去不复返。你让他们了解到一些令人震惊和悲哀的真相,关于成年人,那些童年不再的人。成年人的那种干涸,无力,乏味,想当然。他们从你这儿明白了该来的总归会来,就像圣诞节一样。这条信息很悲哀,但很真实。这是一本写给儿童的书,将成年人眼中的事物告知他们。"

查尔斯·达克猛喝了一口刚漫不经心试品过的红酒。他歪着脑袋,品味着自己的金玉良言。然后,他举起杯子,一口喝干,又说了一遍:"这条信息很悲哀,但非常非常真实。"他嗓音之中似有哽咽之声,斯蒂芬为此猛地抬头看向这位出版商。

除了小说里写到的那两个礼拜以外,斯蒂芬的童年虽然愉快,却也乏善可陈,尽管是在异国他乡度过的。如果现在他能发回一条信息的话,该是一句阴郁的鼓励:情况会变好,非常缓慢地变好。但小说里是否也有发给成年人的信息呢?

达克满嘴的杂碎。他挥着叉子在空中画着小圈,倾吐的欲望特别迫切;最后,他喘了一口粗气,终于能开口说话,嘴里散发出浓郁的大蒜味,这让斯蒂芬觉得自己的三文鱼都暂时变了味。"当然有,但那样无法对任何人产生影响。可能也就卖个三千册,你也能得到一些还算不错的评价。但如果作为儿童书籍出版……"达克往后砰地一靠,举起酒杯。

斯蒂芬摇了摇头,柔声说:"我不同意。我不会同意的。"

特纳·马尔伯特通透的水彩画插图颇有品位。书刚出版不到一个星期,一个著名的儿童心理学家就在电视上现身,对这本书进行激情澎湃地声讨。没有哪个孩子能消化这样的书,它具有潜在的危害性,会使心智未成熟者心神错乱。另外又有专家为之辩护,许多图书馆工作人员还拒绝馆藏本书,这反倒促使书的销量大增。在一两个月的时间内,这本书一直是人们在晚餐聚会中的话题。《柠檬汁》的精装本卖出了二十五万册,最终全球销量达到几百万。斯蒂芬辞去工作,买了辆跑车,在伦敦南部地区购进一栋深宫大院似的房子。两年后,为了支付税款,他将他的第二部小说也作为儿童图书出版。

回想起来,斯蒂芬参加委员会那年所发生的事,似乎都是围绕着同一个结局。那年,他觉得生活空虚,没意义,没目标。他本就内向,这一年,这种性格特征明显加强了。比如,奥运会第二天,突然发生了威胁全人类生存的事件;事件发生的仅仅十二个小时之内,形势已完全不受控制,可斯蒂芬嫌热,仍旧只穿了条裤衩摊开手脚躺在沙发里,并不在乎事件双方孰是孰非。

两名短跑运动员，一个俄国人和一个美国人，像猎犬一样颤抖着在助跑器上等待起跑时，碰到了彼此的肩膀，便怒气冲天。美国人捏紧拳头一拳捣出，对方回手反击，把美国人的眼睛打得鲜血淋漓。暴力以及诉诸暴力的想法迅速扩散，上达错综复杂的指挥系统。双方队友和教练相继前去劝架，却越劝越火，加入了互殴的行列。看台上，为数不多的苏联和美国观众也开始互相寻衅，有人用破瓶子制造了一个恶劣的场面，几分钟内，一个美国小伙子流血而亡，不幸的是，他恰巧是个没当值的士兵。跑道上，分别来自美苏两国的两名高官互相拉扯上衣，其中一个人的领子变得破烂不堪。有人用发令枪开了一枪，打在一个俄国女人脸上，又一只眼睛鲜血淋漓，真可以说是以眼还眼。记者席上也是互相推搡谩骂。

不到半小时，双方运动队便已退赛，各自召开新闻发布会针锋相对，互泼污水。很快，打死士兵的那个人遭到逮捕，并被指控和克格勃[①]有千丝万缕的关系，其杀人之举是出于某种军事动机。两国大使馆彼此照会，言辞犀利。新上任的美

[①] KGB，全称"苏联国家安全委员会"，是1954年到1991年期间苏联的情报机构。

国总统本人也有着短跑运动员的体魄，急于证明自己并非竞争对手所说的外交政策上的孬种，想方设法有所作为。但当俄国人关闭位于黑尔姆施泰特①的边境站，让全世界为之一震的时候，美国总统还没回过神来。

许多美国人因为这次事件指责总统温顺可欺，优柔寡断，于是总统命令核武部队全线待命，平息了对他的指责。俄国人也做出了同样的部属。核潜艇悄悄潜入指定的发射区，发射井大张着口子，牛津郡炎热的灌木丛和喀尔巴阡山脉②的白桦林中竖着导弹。报纸和电视充斥着教授们的威慑论调，催促导弹发射升空，免得它们被人在地面摧毁。几个小时之内，大不列颠境内超市里的食糖、茶叶、甜豆和柔软的卷筒纸全都被席卷一空。对峙持续了半天时间，而后未结盟国家要求美苏两国接受监督，同时下调核武备战的警戒级别。与此同时，毕竟地球上的生活还得继续，再加上奥运精神的推波助澜，百米赛场上热情重现，来自中立国瑞典的运动员最终赢得了胜利，这令全人类如释重负。

可能是因为今年夏天的天气好得出奇，或者是因为他从早上就开始喝的威士忌，斯蒂芬有一种美妙的感觉，这种感

---

① 德国城市，为冷战期间民主德国和联邦德国的边境检查站所在地。
② 欧洲中部山脉，横跨斯洛伐克、波兰、乌克兰等国。

觉优于他的实际情况，说实话，地球上的生活是否能继续下去，他并不在乎。对他来说，这更像两支外国队伍之间的一场总决赛。事件发生至今，他也在持续关注，但在其中没什么利害关系，结果怎么样都行，双方谁赢都可以。他懒洋洋地思忖着，宇宙浩渺，智慧生物分布稀疏，但有智慧生物的行星很有可能恒河沙数。在有能力完成物质和能量相互转换的生物中，肯定有不少最后把自己炸成了碎片，他们可能本来就不配生存下去。他隔着内裤挠了挠自己，无精打采地想着，这个两难处境和人类无关，而是和物质结构本身大有关系，人对此完全无能为力。

同样，有些发生在他自己身上的事情，其中一些或古怪或严峻，也会令他在事件发生时深陷其中，但只要稍微时过境迁，就会觉得好像牵涉的不是自己，而是其他人，事后，他也不会去多想这些事，自然也不会琢磨其中有哪些关联。那都是些生活画卷的背景而已，前景是四仰八叉地躺着喝酒，不用见朋友，不用干活，聊天的时候无法集中注意力，看书时读不了多少文字就开始走神、幻想、回忆。

达克辞职时，发表了正式声明，时间点恰好是帕门特分委会成立两天之后，斯蒂芬绕道去了趟伊顿广场，是塞尔玛打电话让他去的。之所以叫他去，倒不是因为他是老友而理当关心，也不是因为他欠了查尔斯和塞尔玛什么人情。在这件事上，他什么决定都没做，或者说看上去没做什么决定；他的朋友需要一个见证人，一个能听自己诉说的人，一个能代替外部世界的人。尽管他被挑中，他事后还是扪心自问，自己对这件事的关注到底有多少被动的成分；达克夫妇朋友众多，但对于查尔斯即将做的事，或许唯有斯蒂芬才是合适的见证者。

塞尔玛打来电话的两个小时后，斯蒂芬出发，预备穿过切尔西桥，从斯托尔威尔步行前往伊顿广场。傍晚空气温暖，平滑地灌入喉咙，酒馆外的人行道上到处都有人在喝啤酒，他们皮肤黝黑，非常健谈，显然都没什么烦心事。漫长的炎热季节给国民性格带来了变化。他在桥中间停了下来，开始看晚报。辞职声明放在头版，但不是头条，而是放在那页的底部，文中提及健康欠佳，知道自己涉及一些丑闻，暗示自己精神崩溃。首相没收到事先通知，据说还为此"隐隐有些恼怒"。日志版上刊登了一段文字，说达克不关心政治，太放松警惕，所以没法高升。首相对他从事出版业的过往并不信任。这段文字总结道，只有密友才会因他的离去而动容。这时，他发现有两个乞丐正朝他走来，这两个人大热天仍然穿着外套，于是他折好报纸，过桥而去。

多年前，他们曾在一家希腊餐厅共进晚餐，达克提议玩一个室内游戏。当时，虽然他在电视台的成功有目共睹，他却正盘算着离开电视台的管理层，进入政界。但他应该加入哪个党派呢？神采飞扬的达克坐在朱莉边上，一边倒酒，一边故意表现出对服务生态度严苛的样子，帮每个人点菜。他们开开玩笑，互相嘲讽，但其中也有些实话。达克没有政治信仰，只有管理技能和雄心壮志。他能加入任意一个党派。朱莉一个纽约来的朋友却态度严肃，坚持认为选择取决于他更看重经验的集体性还是特殊性。达克摊开手说，两方面他都能说得头头是道，既能帮扶弱者，又能为强者张目。更为本质的问题是——他停顿了一下，别人接过话头帮他把话说完——你认识的人中，谁能帮助你成为候选人？达克笑得比其他人都起劲。

服务员端上土耳其咖啡的时候，事情已经有了定论，那就是选择右翼阵营。原因很明确。右翼党派正当权，以后也有可能继续执政。达克做生意的时候，认识了许多和党政机关有联系的人。左翼的话，选举程序太民主，很复杂，此前从未入党的人会处于不利境地，这样很不合理。"其实很简单，查尔斯，"朱莉说，这时候他们正准备离开餐厅，"你现在唯一需要担心的是,你的朋友一辈子都会鄙视你。"达克又一次大笑。

起先确实有不少困难,但没过多久,他就获得了萨福克乡村地区的候选人资格,又用些未经考虑的关于养猪的讲话从前议员手中夺走了大部分选票。他和塞尔玛卖了格洛斯特郡的度假小屋,在选区的边缘地区买了栋房子。政界发掘出了达克的某种潜力,而唱片业、出版业和电视行业的管理经验都不曾触碰到他这方面的潜力。几个星期之内,他就上了电视,明目张胆地对选区里的不规范行为提出了批评,比如有个领退休金的老人,家里的供电被切断,并因此死于中暑。达克破除了不成文的规矩,直接面对镜头说话,而非把话说给记者听,还将政府近来做得如何成功的感言插了进去。他这人能言善辩。两个星期后,在演播室录制节目时,他巧妙地驳斥了一条不证自明的真相。曾帮过他的那些朋友都对此印象深刻。他也受到了党部的关注。曾有一段时间,政府和后座议员发生分歧,达克狂热地捍卫前者的利益。他支持穷人自力更生,也要求多鼓励富人,为此发表的演说显得合情合理而充满关切。经过长时间的考虑,和几轮朋友聚餐时的室内游戏,他决定在针对刑罚的年度辩论大会上站在废除死刑的一边。这个提议强硬,但有爱心,强硬且有爱心。在一次关于法律与秩序的专题讨论广播节目中,他针对这个主题发表了精彩的演说,三次赢得演播室里听众的掌声,演讲内容还被《泰晤士报》引用到了社论中。

之后的三年,他参加过许多饭局,也熟悉了许多领域,因为觉得那些领域应该有事可做,比如教育、交通、农业。他一直都在马不停蹄地奔走。他为慈善活动跳过伞,结果摔断了小腿。电视台的摄像机拍下了事件经过。他还担任著名文学奖的评委,对主席评头论足。他还获推举,以下院议员的身份提交法案,呼吁取缔路边卖淫。虽因准备太过仓促而提案失败,但他也因此成了小报的抢手人物。他时时刻刻都在说话,手指漫天乱戳,说着他从未想过自己会持有的观点,讲话的语气显得崇高而无可辩驳,俨然一位政府发言人——"我认为自己是在替所有人说话……","没人能够否认……",以及"政府已阐明了立场……"。

他给《泰晤士报》写过一篇文章,对已推出两年的持证乞讨政策进行回顾和评论,还在伊顿广场富丽堂皇的会客厅里给斯蒂芬大声朗读过。"政府通过改善立法前的混乱状态,同时建立更精简、更合理的公共慈善机构,构建了一个理想状态的缩影,而这个状态是政府在经济政策方面应该追求的。政府节省了几千万的社会保障开支,许许多多大人和儿童也能够了解到伴随自给自足而来的困难和难得的满足感,而我国的工商业界早已对之心知肚明。"

斯蒂芬一直坚信他这朋友迟早会厌倦政治,转而投身其他事业。他摆出一副用以揶揄的冷淡面孔,对查尔斯的机会主义讽刺了一通。

"如果你当年决定跟随另一阵营,"他对查尔斯说,"也会支持城市公有制、减少国防开支、废除私立教育,而且还同样充满激情吧。"

达克拍了下额头,假装对朋友的天真幼稚感到震惊。"你傻不傻!我要站台的是这个计划。我就是因为这一点得了多数选票。我想什么并不重要。我要完成他们委任给我的事——支持更自由的城市、更多的武器和良好的私立教育。"

"那么你就不是在为私利而付出。"

"当然不是。我这不是为公众服务嘛!"两人开怀大笑,举杯畅饮。

事实上,斯蒂芬的愤世嫉俗掩盖了他对查尔斯徐徐展开的事业图卷的兴致。斯蒂芬不认识其他国会议员,眼下这位算是小有名气,外人难以知晓的下议院里的酒后胡言甚至暴力相向,以及议会日常工作中的荒谬不经、内阁成员恶毒的闲言碎语,他都能悉数告知斯蒂芬。结果,经过在电视台和饭局中的三年苦熬，达克终于当上了副部长，斯蒂芬为此真心实意地高兴。一位老友升迁至高层，这让政府公务变得更有人情味了，也令斯蒂芬觉得离现实世界更近了。如今，伊顿广场每天早上都会迎来一辆公务车，载部长去上班，虽然车子又小又破，但某种令人生厌的威权感还是悄悄潜入了他的言谈举止之间。斯蒂芬有时心想，他朋友是否已经屈从于那些他接受起来毫不费力的观点。

是塞尔玛开门迎接的斯蒂芬。

"我们都在厨房。"她说着，便带他穿过大厅。说完，又改变了主意，转身朝另一个方向走去。

他指了指光秃秃的墙面，墙上的画作不见了，只剩脏兮兮的、灰色的长方形印记。

"没错，搬家工人今天下午开始干活了。"她带着他朝会客厅走去，语速飞快、声音轻柔地说道："查尔斯现在很脆弱。什么问题都别问，别让他因为把你丢在委员会而觉得内疚。"

自从查尔斯成为政界冉冉升起的新星，斯蒂芬和塞尔玛的见面就更加频繁了。晚上，他会陪着塞尔玛，学点理论物理知识。她愿意假装对他比对自己的丈夫还要亲近，假装他们暗地里有种心有灵犀的感觉。这不能算是背叛，而是恭维。

这种关系令人尴尬,却又无法拒绝。他点了点头,像往常那样愿意让她开心。查尔斯是个难伺候的孩子,许多次她都让斯蒂芬来帮忙;议会辩论前一天的晚上,他为了不让部长大人狂喝滥饮而来,还有一次,他为了让查尔斯在吃晚饭的时候分心而来,防止查尔斯和她的朋友、一位信仰社会主义的年轻物理学家针尖对麦芒。

"告诉我,发生了什么事?"斯蒂芬问道,但她从充满回声的大厅走回来,换上一副假装坚定的嗓音。

"你是不是刚起床?脸色白得瘆人。"他刚要抗议,她便飞快地点了点头,意思是她待会儿会弄个水落石出的。他们再次穿过大厅,走下台阶,穿过一扇覆以绿呢的大门走进房间,门是查尔斯在政府供职后没多久安上的。

这位前部长正坐在餐桌旁喝牛奶。他站起身,朝斯蒂芬走去,用手背揩去了胡须状的奶渍。他嗓音轻快,奇怪的是,听上去还挺悦耳。"斯蒂芬……斯蒂芬,天翻地覆的变化啊。我希望你能包容……"

很长时间以来,斯蒂芬见到的查尔斯都是穿深色西装、条纹衬衫、戴真丝条纹领带的。现在,他就穿条宽松的灯芯绒裤子和一件白色T恤。他看上去更灵活、更年轻了;没了定制西装的肩垫,他的肩膀显得纤薄多了。塞尔玛给斯蒂芬倒了杯红酒,查尔斯让他在木椅上坐定。他们坐下后,都用手肘支着桌面。空气中弥漫着一股沉默的兴奋感,有消息待宣布,却又没人轻易开口。塞尔玛说:"我们决定还是不把所有事情一股脑儿地全告诉你。事实上,我们更愿意让你自己看到真相。所以,你要有耐心,迟早会知道一切的。你是我们唯一能倾诉的人,所以……"

斯蒂芬点了点头。

查尔斯说:"你看电视新闻了吗?"

"我看晚报了。"

"现在的情况是我精神崩溃了。"

"嗯?"

查尔斯看了看塞尔玛,塞尔玛说:"我们经过深思熟虑,做出了一些决定。查尔斯要放弃他的事业了,我也会辞职。我们准备卖掉房子,搬去度假小屋住。"

查尔斯走到冰箱那儿,又给自己倒了杯牛奶。他没坐回椅子上,而是站在塞尔玛身后,一只手轻轻搭在她的肩头。自从斯蒂芬认识塞尔玛以来,她就一直想放弃教职,搬到乡村去住,以写书为业。那她又是如何说服查尔斯的呢?她看着斯蒂芬,看他有什么反应。很难忽视她笑容里的得意,也很难遵照她的指示不问问题。

斯蒂芬越过塞尔玛，直接问查尔斯："那你准备在萨福克做什么？养猪吗？"

他苦涩地笑了笑。

他们沉默了一会儿。塞尔玛拍了拍丈夫的手，但没转身看丈夫，开口道："你答应过自己今天要早睡的……"他马上挺起身子。现在还不到八点半。斯蒂芬仔细地打量着这位朋友，惊奇于他如何能够看上去比以往瘦小这么多，体型这么纤细。身居高位难道真的会让人变得高大？

"没错，"他说，"我这就上楼。"他吻了吻妻子的脸颊，走到门口时，转身对斯蒂芬说："我们很希望你能到萨福克来看我们。这比解释起来更容易。"他举起手，做了个令人啼笑皆非的敬礼姿势，便离开了。

塞尔玛给斯蒂芬斟满酒，抿着嘴唇，笑了笑。她本打算开口说些什么，却又改了主意，站了起来。"我马上回来。"她说着，走出了厨房。没多久，就听见她在楼梯上叫查尔斯，还传来开门关门的声音。然后，房子又归于沉寂，只听得见厨房设备低沉的嗡鸣声。

朱莉去奇尔顿静养的第二天，塞尔玛冒着狂风暴雪来接斯蒂芬。当他在卧室里四处找衣服和装衣服的袋子时，她清扫了厨房，把垃圾装好袋后扔到了楼下的垃圾桶里，还把几份没开封的账单塞入了手提包。斯蒂芬在卧室里打包行李的时候，她就在边上看着。她做事干净利落，有着母性的细致，只在必要时才会和他说上几句话。他袜子够不够？裤子呢？这件毛衣真的够厚吗？她把他领入卫生间，让他带几样洗漱用品装到包里。牙刷在哪儿？他准备留胡子吗？要是不准备留，那剃须皂又在哪儿？斯蒂芬没有动力做任何事。他觉得穿得暖和没什么意义，袜子和牙齿的存在都没意义。简单的命令他都能执行，只要他不去想做这些事的理由就行。

他跟着塞尔玛下楼，来到车旁，等着她打开副驾驶座的车门，在她返回公寓关闭水和煤气开关时，他就一动不动地坐在散发清香的皮椅上。他凝视前方，看着大片雪花接触到挡风玻璃后瞬间融化。他的头脑中出现了一幅狄更斯式戏剧化的场景，他三岁的女儿浑身颤抖，踩着大雪，艰难地往家走去，却发现家门紧锁，家园荒弃。他们是不是应该在门上贴张纸条？塞尔玛下楼的时候，他这么问道。塞尔玛没说凯特不认字、凯特再也回不来了这类话，而是转身又上了楼，将写有她家地址和电话号码的纸条钉在了前门上。

斯蒂芬待在达克家那间铺着地毯、由大理石和桃花心木家具共同围成的幽静客房里，浑浑噩噩地度过了好几个星期。

在这由印花毛巾、打了蜡的干净器具里的干花和散发薰衣草气息的整洁床单组成的完美无瑕的秩序当中，他只觉得情绪混乱。后来，他的情绪稍稍稳定，每到晚上，塞尔玛都会陪着他，给他讲薛定谔的猫、倒流的时光、右撇子的上帝和量子力学的其他奇妙之处。

她沿袭了女性理论物理学家令人尊崇的传统，但她却称自己没有任何科学发现，就连最不起眼的发现都不曾有。她的任务就是思考和教学。她说如今，发现已成了科学界人士争相追逐的最终目的，而且，那是留给年轻人做的事。本世纪有过一次科学革命，但几乎没有人能彻底理解其原理，就连科学家们也都没在仔细思考。这个春季令人失望，每逢寒冷的夜晚，她都会和他坐在火炉旁，告诉他量子力学将如何使物理学和广义的科学变得更女性化，更柔和，不再高高在上不食人间烟火，更容易融入那个它想描述的世界。她爱谈些特定的话题，有一些聊天的固定套路。每次聊天时，她也总能生出更多套路来继续这些话题。她的话题涉及孤独既是奢侈也是挑战，涉及所谓的艺术家有多么愚昧无知，涉及对万物的好奇惊异将如何融入科学家的智性之中。科学就是塞尔玛的孩子（查尔斯也是），她对这个孩子寄予厚望，希望他变得更优雅、亲切。他正在茁壮成长，正在学着摒弃贪念。

经历四百年的发展之后,他那狂热而幼稚的自我中心论也终将寿终正寝。

她一步一步地引领着他,通过隐喻而非数学知识给他讲解基础悖论,教授他各种各样大一学生应该掌握的知识:科学家如何在实验室里证明物质既是波又是粒子;粒子似乎能够"意识"到彼此的存在,并且可以(至少在理论上可以)从极远的距离以外即时传达这种意识;空间与时间是不可分离的两个范畴,它们互为彼此的另一个方面,物质和能量、物质及其所占的空间,以及运动和时间的关系也都是如此;物质本身并不是由微小坚硬的颗粒组成,而更像是模式化的运动;你越了解一些物质的细节,就越会丢失它的全貌。她的教学经验在她身上形成了实用的教学习惯。她会时不时地停下来,看他能否理解。讲解的时候,她会专注地观察他的表情,也难免会发现他不仅没听明白,还做起了白日梦,足有十五分钟之久。通常在这种时候,她就会采用另一种套路,用食指和拇指摁住额头,其中还有些表演的成分。

"实在是愚不可及啊!"斯蒂芬一旦露出悔恨交加的表情,她就会这么说。这或许就是他们最亲密的时刻。"科学革命,不对,知识革命,是情感、感觉的大爆炸,是一个刚刚开始向我们讲述的奇妙故事,可你们这些人倒好,竟然连一分钟都不想耗在这上面。古人认为世界是大象托起来的。这种说法比起真相简直是小巫见大巫！不管"真相"一词如何解释，它都比这种说法怪异千百倍。你想要谈论谁？路德？哥白尼？达尔文？马克思？弗洛伊德？他们没有一个人曾像本世纪的物理学家一样，用如此激进怪诞的方式重构世界和人类在世界中的位置。世界的测量者再也无法置身事外。他们得连自己都一块儿测量进去。物质、时间、空间、力，这些都是美丽无比、错综复杂的幻象，而我们现在必须参与到这些幻象当中来。这可是震天动地的巨变呐，斯蒂芬。莎士比亚要是能理解波函数，邓恩[①]要是能理解互补原理和相对时间，肯定会很兴奋。多棒的财富啊！他们会用这些新知识来丰富作品中的意象，还会把这些知识传授给他们的观众和读者。但现在你们这些'搞艺术'的人不但对这些了不起的事情一无所知，还以一无所知为荣。我看得出来，你认为现代主义——现代主义！——这类局部性的、过气的风潮才是我们这一时代的知识成果。可怜可悲呐！好了，别傻笑了，给我倒杯喝的。"

[①] 约翰·邓恩（John Donne, 1572–1631），英国诗人、教士，创作了《歌与十四行诗》等作品。

十分钟后,她出现在厨房门口,让他跟着去会客厅。客厅里,两把巨大的切斯特菲尔德沙发相对而立,中间是一张有凹痕的大理石面矮桌子。桌上放着尚未打开的酒瓶和几个咖啡杯,应该是塞尔玛或管家放的吧。这里的海战画也已不见踪影,代之以长方形的灰色印迹。她顺着他的目光看去,说:"画作和装饰品都先搬走了。跟保险有关。"

他们并排坐了下来,就像以前查尔斯在部里或下议院忙到很晚时那样。她从没把他的政治生涯当回事。他步步高升,荣膺要职,她则保持适当的距离,隐忍四周的喧嚣。丈夫的政府工作唤醒了她对退休、写书和在乡村小屋安家的渴望。但他已经是国家政治生活中的一个固定成员,且《泰晤士报》记者把他誉为"当首相的料",怎么可能让他辞职不干?她施展了怎样的女性化的量子魔法呢?

她像个十几岁的孩子似的,把鞋子随意一甩,将纤细的双腿垫于身下坐好。她马上要六十一了,还常去拔眉毛。她颧骨高高的,看起来开朗俏皮,令斯蒂芬想起了聪明无敌的松鼠。她的脸上闪耀着智慧,一本正经的言谈举止间总是透着玩笑与自嘲。斑白的头发往脑后一梳,拢成凌乱的圆髻——她说这种发型是女物理学家标配——又用一把老古董梳子做个固定。

她将几绺散落的发丝掖至耳后，显然是在厘清思路。窗子敞开着，传来远处隐隐的车流声和巡逻警车战栗的汽笛声。

"这么说吧，"她终于开了口，"暂时还没人猜得到，查尔斯有自己的内心生活。说实话，还不只是内心生活，而是内心的一种执念，一个截然不同的世界。你必须相信这一点。大多数时候，他都会否认这个执念的存在，但它如影随形，消耗着他，也塑造了他。查尔斯的渴望（如果这个词没用错的话）、他的需求和他的所作所为天差地别。正是这种矛盾让他对成功如此痴迷，如此急切。至少从他的角度来看，走这一步就是为了处理这种矛盾。"她笑了笑，又急忙继续说，"我也有需求，可那是另一回事，而且你也都知道的。"她往后一靠，显然很满意自己把一切解释清楚了。

斯蒂芬过了一会儿才开口。"那么，这个内心生活究竟是什么样的呢？"

她摇了摇头。"我们更希望你来看我们，亲眼见到它。我不想过早做出解释。如果这样说让你觉得很莫名其妙，我先跟你说声抱歉。"

她聊起了辞去大学教职一事，还说到她很高兴未来可以写她的书。她会在书中扩写一些已经写好的片段和文章。他想象得出他们日后的生活场景，楼上的书房里，地板吱吱嘎嘎,她就坐在书桌前,阳光照亮了散乱的稿纸,透过窗格子,她能看见穿着衬衫的查尔斯正慢悠悠地推着独轮车干农活。花园那头,电话铃响了起来,部长们乘坐豪华轿车穿城而过,赶赴重要午宴。而查尔斯跪在病怏怏的灌木旁,耐心地夯实泥土。

过了一会儿,她端来一盘冷食。他们边吃边聊,他讲起了委员会开会时的情形,尽量讲得有声有色,比实际情况更有趣。夜色渐浓,喧嚣渐渐褪去,他们聊起了两人共同的朋友。聊到最后,塞尔玛有些抱歉,像是担心他白白浪费了一个晚上的时间。她并不知道他的大多数夜晚是怎么度过的。

由于房子出售之前他不会再来,所以就接受了她的邀请,在此过夜。还没到午夜时分,他坐在床沿脱鞋子,对面是熟悉的墙纸,上面画着矢车菊图案。他看着屋子里的东西,把它们当成自己的物品。他曾长久地凝视这些物品,黄铜和橡木制的抽屉柜上摆了只明亮的蓝色容器,放满了干花,还有一尊但丁的白蜡半身像,以及一只有盖的玻璃罐,里面装着袖扣。他曾在这儿心力交瘁地住了三四个星期。此刻,他脱下袜子,走过去打开窗户,等待苦涩的回忆涌入脑海。留在这儿过夜就是个错误。都市持续不歇的隆隆声也无法减轻恼人的静谧感,那是从厚重的地毯、木架上的羊毛浴巾、天鹅绒窗帘冰冷的褶痕里散发出来的静谧感。他和衣仰卧在床上，等待着那些画面出现，他对这些令人苦恼的画面无计可施，只能摇头晃脑将它们驱散。

出现在他眼前的并不是女儿向他炫耀自己会倒立了，而是他的父母，是上次他去看他们时的一个场景。母亲站在厨房水槽旁，戴着橡胶手套。父亲立在她边上，一手端着干净的啤酒杯，一手拿了块洗碗布。他们转身瞅着门口，他就站在那儿。她的双手仍放在水槽里，那是个不太舒服的姿势，但她不想把肥皂泡沫弄到地板上。没发生什么大事。他觉得父亲正要开口说话。母亲保持着这难受的姿势，准备听父亲说话的时候歪着脑袋。斯蒂芬自己也养成了这个习惯。他能看见父母的面孔，看见他们布满皱纹的脸庞上糅合了温柔与焦虑的神情。这就是衰老，灵魂还在，肉体却凋谢枯萎了。他感受到了压缩的时间和未办的事情带来的紧迫感。他还有许多话没和他们说，总是认为还有时间同他们说这些话。

他有一段记忆无处安放。比如，有件小事，只有他们能解释。他坐在自行车的儿童座椅上，面前是父亲宽阔的后背，白衬衫上的褶痕随着踏板的高低起伏而起起落落。左边是母亲，她也在骑自行车。他们沿着一条水泥路骑行，路上经常会颠簸着骑过一条条细细的柏油路面，它们连接了两段水泥路。他们在一处卵石堤旁下了车。堤岸另一头是大海，他们沿着陡峭的堤面往上攀爬的时候，他能听见海水不歇的咆哮声和撞击声。他对大海的记忆早已荡然无存，只记得父亲拽着他胳膊爬到顶端时，他心中那种满怀恐惧的期待感。但那是什么时候，在什么地方呢？他们根本就没在海边住过，也没去过这样的海边度假。他父母也从来没买过自行车。

他现在去看望父母的时候，聊的都是些熟稔的话题，很难打破常态，对一些虽无用却重要的细节刨根问底。母亲患有眼疾，一到晚上就疼。父亲的心脏跳得不规律，还会发出奇怪的低吟声。此外，各种小毛病也渐次潜入。他们得过几次流感，他却只是事后才听说。更残酷的是，他们之间的距离越来越远。他们会给他发电报，打一通沉闷的电话，而他会为从未开启一段真正的谈话而懊恼自责。

只有等到长大了，也许只有等自己有孩子了，才会真切地理解到，在你出生之前，父母也有过完整而复杂的生活。他只在故事中听说过父母生活中的一些概况和细节，母亲在百货商店上过班，能在身后打出漂亮的蝴蝶结，还为此受到过表扬；父亲曾穿行于一个破败的德国城镇，或穿过机场跑道，向中队长汇报胜利的喜讯。即便他们的故事已经发展到与他相关的部分，他仍几乎毫不了解父母究竟如何相遇，又是什么特质吸引了对方,他们如何决定结婚,自己又是怎么出生的。不管什么时候,若要问这些并非必需却又重要的问题,他都会难以启齿,也很难意识到,对孩子而言,不论父母有多熟悉,他们仍是陌生人。

他觉得自己突然忆起父母是因为自己对他们爱得深切,不愿意让他们的生命默然无闻地悄悄流逝。他甚至已经准备从床上起来,蹑手蹑脚地从达克家出去,叫辆出租车,长途奔向他们的住处,带上他的那些问题和他对时间的诉讼书,起诉它不分青红皂白抹杀一切的做法。他当然做好了准备,正要拿起笔,给塞尔玛留张纸条,然后马上出发,他伸手去拿鞋袜,却又停了下来,只因为他想闭上眼睛,再好好地想一想。

三

不过,有证据表明,父亲平日里对孩子照料得越多,就越难在孩子面前树立权威。如果父亲在宠爱与距离之间拿捏好分寸,让孩子感受到父爱,那么孩子在情绪上就会很好地面对成长过程中无法避免的种种分离。

——《权威育儿手册》,皇家文书局

通过明信片和妻子平淡地交流了几句后,斯蒂夫在六月中旬的一天早晨出发去见她。他有好几个月没见到她了,她之前住在一家修道院,那里向身心受扰的外来者出租房间,那就是她的静养所。从那儿回来后,她只在公寓里住了几周就搬了出去,买了房子自己单住。天上浓云密布,这还是四月以来的第一次。这倒是新鲜事,让人重又来了兴致,想在凉荫之中四处走走。他带着一张纸条出门，上面潦草地写了些指路信息。他不希望自己太过专注于此程的动机，于是就将心思放在旅途上。而这段旅程有着怡人的轮廓，向着前方坚定地收拢，带着他从喧嚣嘈杂的伦敦市区一直来到几十公里以外松树林里的小屋那儿。每过一段路，人就愈发稀少。拥挤的地铁把他带到了维多利亚火车站。列车从这儿隆隆地开出，穿过河面上倒映着的广袤的白色天空。他走过一节又一节车厢，想找到一个最清静的座位。有少数爱闹腾的人认为出行，即便是短途出行，就是为了美好的邂逅。总有人想要侵犯陌生人的隐秘空间。如果你属于那些想要在旅途中静下心、思考思考、做做白日梦的大多数乘客，那就得对这些人退避三舍。大多数人的要求很简单：能将时时变换的风景一览无余，不论这风景有多沉闷，同时躲避其他乘客的气息、体温，远离他们手上拿着的三明治，也不要有肢体接触。

他在头等车厢找到了一个空隔间，便走了进去，把门紧紧关上。列车正从往昔驶入当下，沿着维多利亚式连栋房的后花园驶去，可以透过后侧房屋敞开的房门瞥见厨房，经过爱德华时期风格与战前风格的半独立式住宅，向着郊区行进，而后列车先向南再向东行，驶过了一些新建的小房子，其间夹杂着脏兮兮的乡村老屋。列车在经过一个铁道交汇处时放慢了速度，颤抖着停了下来。置身于这沿铁轨散发的突兀又令人期盼的静谧之中，他才意识到自己多么急切地想要到达目的地。列车在一处新建的住宅区停了下来，那儿都是些面积不大的半独立式毛坯房，是首次购房者的起步房。翻斗车仍在忙碌。屋前花园的泥土仍布满车辙；屋后，迎风招展的白色尿布挂于简约的金属晾衣竿上，昭示着对一个新生命的臣服。两个小孩手拉着手，从晾着的衣物底下跟跟跄跄地走过，向列车挥着手。

他就快到站时，天上下起了雨。这一站几乎相当于一个通勤小站，就在一条漫长通道的尽头，通道两旁遍布荨麻。尽管下着雨，他依然不疾不徐，在人行天桥上望着列车黑色纽扣式的车顶经过脆弱的信号灯架，逐渐缩小，再咔嗒咔嗒地缓缓转弯驶离了视线。这之后便只余丝绒般柔软的属于乡村的静谧，在这一底色之上，其他微弱的声音也显得精致优美起来：另一位乘客离开时轻快的脚步声、复杂的鸟鸣声和简单得多的人类的呼哨声。他仍在天桥上，望着锃亮的铁轨往两边延展没入寂静，似孩童般乐在其中。小时候，他有一次和父亲站在一座大点儿的桥上等火车驶过。小斯蒂芬凝望着远去的铁轨，问为什么远处的轨道会渐渐交会。父亲俯视着他，眯起眼睛，假装很严肃的样子，又眯眼望着远方，问题与答案就在那儿相会。他好像总是以立正姿势站着。他牵着斯蒂芬的手,十指相扣。父亲的手指又短又粗,指节上有凌乱的黑色汗毛。嬉闹的时候,他会将手做成剪刀状,夹住斯蒂芬的手指,直到斯蒂芬因为这过分的力度既痛苦又愉悦地蹦蹦跳跳。父亲望着地平线,解释说火车离得越远,就会变得越小,为了配合火车,铁轨的间距也就只能变小。否则,火车就会脱轨。语音刚落,一列火车便从他们脚下轰隆隆驶过,大桥一阵颤抖。那时候,斯蒂芬惊叹于事物之间错综复杂的关联、无生命体的智慧,以及使铁轨适应火车变小而精准变窄的那种深奥的对称;不管火车开得多快,铁轨总是随时待命。

他站在车站外,看了看朱莉写的路线指引。雨形成了细密的雨雾,手写的字迹洇染开来,几乎看不清楚。他循着出村的路走去,她说那是一条老公交线路。他经过一座超市,广阔的停车场上车子密密麻麻。他穿过一座横跨于公路上的曲线优美的水泥桥。走了八百来米后,他折入一条人工铺就的小径,小径笔直地穿过一片林地。现在总算来到了真正开阔的乡村地带,这让他心情轻松了起来。小径两侧种着一排排针叶树,相邻的两排树木交替映入眼帘,形成了闪烁的视差效应,制造出一种令人愉悦的虚假的速度感。这是一片呈几何形状的树林，间或点缀以灌木丛和鸟鸣声。小径在雨中泛着白光。它的径直无弯让他欢喜，令他想要跑起来。在林中又走了八百来米后，出现了一片空地，高耸的铁丝网围栏圈着一头昏昏欲睡的驴子。这头灰色的牲口懒洋洋地抬起迟钝的大脑袋，一直发出咕噜咕噜的声音。周围还有几处围栏，它们之间都隔着相同的距离。一处围栏外有一辆油罐车，正从一座储油仓里续油。司机坐在车里，脚搁在仪表台上，边喝听装啤酒边看报纸。斯蒂芬走过时，司机笑了笑，向他举手示意，这让斯蒂芬愈发开心。他早已忘了乡下人有多友善。

如朱莉所说，步行半个小时，路就到头了。斯蒂芬走出松林，眼前突然出现了一片一望无际的麦田。斯蒂芬靠在一扇由五道栏杆组成的铝制大门上。黄色的田野犹如大漠，唯一显示它尚有边界的标志就是地平线上复又出现的一道松林。也许那只是海市蜃楼罢了。平原被一条小道整整齐齐地切成两半，小道在松林小径的延长线上，和后者一样笔直。他往前走去，没多久，便从眼前崭新的风景中得到了极大的满足。他正在一片虚空中行进。前进感在此湮灭，时间感也随之消散。斯蒂芬向前走去，远处的树木却并未靠近。这是一片将思绪沉迷在麦子中的风景。不用匆匆忙忙，现实意义上的目的地也消失不见，这与他极为契合。

朱莉在奇尔顿的修道院住了六个星期后就回来了。斯蒂芬离开伊顿广场，计算好自己到达公寓的时间，以便在她回来的时候碰上面。他们小心翼翼地打过招呼，彼此之间仍留存着往昔轻松随意的亲昵感。他们并肩站在客厅中央，手指松松垮垮地勾着。未曾想，一个家在无人照料时，竟会衰败得这么快，令人百感交集；而这衰败并非表现在灰尘、死寂的空气、泛黄的报纸，或者枯萎的瓶中植物身上。他们边聊着这些内容，边掸着灰尘，打开窗户，把杂物扔进垃圾桶。斯蒂芬觉得他们真正在谈的其实是两人的婚姻。接下来一两个星期，他们小心翼翼，彼此绕着圈子，有时相敬如宾，有时传递着真诚和亲密的爱意，甚至还做了一次爱。目前来看，他们应该很快就会触及曾令他们避之唯恐不及的话题。

但也有可能会是相反的结果，事情也确实是朝这个方向发展的。在斯蒂芬看来，问题就在于是否存在这样的欲求。他们并不需要从对方那儿寻求安慰或建议。孩子的失踪已让他们踏上殊途，他们之间已没什么可分享的东西了。朱莉瘦了，剪了头发。她开始读神秘主义和神学作品，如圣十字若望①的作品、布莱克②的长诗、老子的作品。书页边缘密密麻麻的,都是她用铅笔做的标注。她每天花数小时演奏巴赫的帕蒂塔组曲。刺耳的双音音符和疯狂飙升的十六分音符将他赶了开去。而他染上了饮酒的习惯,重新沉迷于青少年时期的读物,沉浸于心系天下、自由自在的独行侠的世界之中。海明威、钱德勒③、凯鲁亚克④。他曾想过轻装上阵,叫辆出租车驶往机场,选定一个目的地,带着他的忧郁流浪几个月。

共同生活加剧了他们的缺失感。坐下来吃饭的时候,对于凯特的缺席,他们不可能忽视,也不可能言说。他们无法给予安慰,也无法接受安慰,所以也就变得无欲无求。他们的唯一一次性爱仿佛例行公事,令他们觉得不真实而又压抑。事后,朱莉穿上睡袍,去了厨房。他听见她在哭,但知道自己不能去安慰他。她并不希望他去找她。他们的生活就这样

---

①圣十字若望(St. John of the Cross, 1542 – 1591),西班牙人,神秘学家,罗马天主教圣徒,同时以写作见长,其诗作及关于"灵魂"的文章被视为西班牙神秘主义文学甚至整个西班牙文学范畴的顶峰。
②威廉·布莱克(William Blake, 1757 – 1827),英国诗人、画家、版画家,布莱克的诗歌富有神秘主义色彩,构建了一套独特的神话体系。
③雷蒙德·钱德勒(Raymond Chandler, 1888 – 1959),美国推理小说家,著有《长眠不醒》、《漫长的告别》,他的推理小说独树一帜,其笔下的侦探菲利普·马洛成为传统硬汉派侦探的代表人物。
④杰克·凯鲁亚克(Jack Kerouac, 1922 – 1969),美国作家,"垮掉的一代"的代表人物,代表作品有自传体小说《在路上》等,作品涉及美国当时的年轻人迷惘的状态以及追寻新信仰的心路历程。

维持了五个星期。直到最后,他们才进行了仅有的一次正儿八经的交流。那时他们已经开始考虑分开;当然不是要离婚,也不是分居,而是"分开一段时间"。于是,房产中介就派人上门来为这套公寓估价。来人是个大块头,举止和善,却有股威严的派头,他测量了一下房间大小,将现有的陈设全都记录在案,同时做出了机智的评价。

他们再三要求来人喝杯茶再走。那人喝到第二杯时,他们就跟他说起凯特在超市失踪、警察立案、入住修道院的事,告诉他回来住有多艰难。他手肘支在餐桌上,双手托着脑袋,全程都在严肃地点头。斯蒂芬夫妇的话证实了他一直怀揣的担忧。他们说完后,他用手帕擦了擦嘴唇,然后把手臂伸过桌面,握住他们的手。他的手很有力道,手心滚烫而干燥。沉默了一会儿后,他告诉他们不该相互指责。一时间,他们感到心情舒畅、如释重负。

但那样的时刻终究还是过去了。他们互相之间做不到的事,房产中介却能做到。这意味着什么?后来,他们得知那人曾经做过牧师,但后来不再信基督了。估价完成后,斯蒂芬给了朱莉一张支票,数额是房价的三分之二。朱莉找到那处乡村小屋后,便搬了出去,拿走了小提琴、他们的床和其他几样东西。她不愿装电话。他们偶尔会通过明信片联络,还在伦敦市区的餐厅里见过一两次面,但都无话可说。如果还有爱,那爱也已深深埋葬,埋葬在他们无法触及的地方。

雨水仍淅淅沥沥,形成一道道水雾,穿过原野向他迫来。他走了二十分钟,地面在不知不觉中向后退去,远处的树林沉了下去,视线所及之处尽是麦田。好奇和不安驱使他穿越了这片湿漉漉的平原,而他本可以在家观看男子一万米长跑的比赛。朱莉可能已经开始改变自己,带着决心去重新认识生活以及自己在生活中的位置。她应该曾长时间地漫步于对称的松林间,重新审视自己的往昔,他们的往昔,重新理解什么重要、什么不重要,安排一个崭新的未来;他在她生日时送给她的徒步靴也应该曾踩在这条笔直的水泥路上。在他掘出自己的情感之前,在他无法见证蜕变过程的情形下,她就将变成一个彻头彻尾的陌生人,而他将不知该如何同她说话。他不愿落在后面,仍想在她的故事中占据一席之地。她虽然思维混乱,缺乏理性,但自有一套从情感或精神层面理解和展示个人困境的方法,这种方法实用且不容亵渎。跟她在一起,先前的确定性并未被抛弃,而是被接纳,就如同塞尔玛口中的科学革命一般,将先前的知识重新定义,而非弃之如敝屣。他以前经常认为她这人很矛盾(你去年可没那么说啊!),她则认为这是自己进步的表现,因为去年还没弄明白！她并非简单地栖身于自己的内心生活，而是驱使之、指挥之，将前方的地形绘成地图。学习的过程不能依赖误打误撞的机遇，不能依赖仅仅可能出现在生命中的事物。另一方面，她也不否定命运的作用，它的工作和责任是帮助一个人完成自己的宿命。

她信仰永恒的变化，认为随着理解的事物越来越多，一个人要不断地重塑自己，甚至彻底地改头换面，他觉得这正是她女性气质的一个方面。他曾经相信，或自以为应该相信，男女除了非常明显的生理差异之外，就没什么不同了，可如今却意识到，对待变化的不同态度正是他们之间的众多差异之一。男人一旦到了一定年纪，就会安于现状，相信就算遇到困厄，也是命运的安排。他们就是他们自以为的样子。虽然不愿承认，但他们就是对自己正在做的事有极大的信任感，且不愿改变。这既是弱点，也是优势。无论是和成千上万人爬出战壕任人宰杀时，抑或举枪射击时，还是给交响乐的乐章收尾时，他们极少会想到，或者说他们中只有极少数人才会想到，自己还不如干些别的事为好。

对女人而言，这种想法恰恰就是基础。不管她们在自己或是他人眼里如何成功，这种想法都是持久的折磨或安慰。同样，这既是弱点，也是优势。专心育儿的母亲无法追求职业生涯的完满。像男人那样的职业生涯又让女人无法好好生儿育女。两者兼顾就有可能在疲惫不堪中崩溃。当你觉得自己并不完全适合目前正在做的事,当你认为能找到自我,或能通过其他方式表达另一部分自我时,要坚持做一件事并不容易。这样一来,工作和级别、制服和勋章就不太能吸引她们。男人信仰一种由他们而非女人构建的制度,而女人接受的是另一种关于自我的原则,对她们来说,存在第一,行动第二。很久以前,男人就已经注意到了这其中的难以驾驭之处。男人渴求渗透进女人的空间,她们便把这一空间封闭起来。于是,男人就产生了敌意。

他终于来到了田野另一端的松林。他爬过第二道铝制大门,正如地图所示,过了这道门,他来到一条更窄狭些的水泥小径,两侧的铁丝网将其围起,小径在阴郁的绿意中蜿蜒向前。后来,斯蒂芬曾尝试回忆走过铝门和一条老车路之间那不到三百米的小径时,自己究竟在想些什么。但终无头绪,只留一脑子的白噪音。说不定他当时很在意淋湿的衣服,在想到了之后如何把它们烘干。

当他从树林里钻出来,打量新的环境时,便觉得愈发无法承受眼前景象带来的冲击了。他站在那里,呆若木鸡,快速地叹出一口气。车路转了个直角弯,和那条小径并行消失于远处。几辆车子驶过,却近乎悄无声息。他认识这儿,而且很熟悉,似乎很久以前就已来过这个地方。四周的树林徐徐伸展,花儿烂漫。他百感交集,而就算他许久之前真的来过这里,也很难解释现在的感觉,这种痛楚和熟稔感,似乎这地方与他心照不宣,正在吞噬过往车辆的寂静中期待着他的来临。一个特殊的日子迎向他,一个可供他细细品味的日子。潮湿的初夏时节应有的样子,这一天都有:新鲜的空气中夹杂着水汽,朦胧的烟雨在纯洁无瑕的七叶树树叶上聚成水珠,沉重的水珠从叶子上滚落,感觉树木都被放大了,经喜人雨水的净化后,将空气置换一新。他知道,正是在一个这样的日子里,这地方构建出了它的意义。

他站着没动,生怕一动就会破坏这广袤无垠的感觉、这周身弥漫的宁静感和他心中隐约的渴求感。他以前从未来过这地方,小时候没来过,成年后也没有。但眼前的景象却又和他脑中对这里的构想如此不谋而合,这令他不那么确定了。而他丝毫不记得自己曾想象过此地的样子。但他知道若是踏出草丛,看向左边,就能见到一个电话亭,对面有家酒馆,就在碎石路停车场的后方。他快步往前走去。

他得走到路当中,方能看到道路转弯后的情景。那里,一栋小巧的红砖楼房如此符合他的预设，令他不由地心中一凛。这发生得太突然了。没有对它的记忆，他又怎么会有这种预设呢？他站在一百来米开外，能看见楼房四分之三的外立面。楼房维护得不错，看上去和想象中一模一样。这栋简朴的维多利亚晚期风格的长方形建筑屋顶倾斜，上铺红瓦，还有一座后楼，让整栋建筑呈现出字母T的形状。再往后，有一辆白色旅行车，如今已破败泛黄，成了盆栽棚。几块抹布晾在松垂的绳子上。酒馆前方的一侧门廊上，有一条虽已损坏却仍能使用的木条凳。

惊人地相似。这种熟稔感嘲讽着他。一根单独耸立的高杆子上撑着一块招牌，上面有图有字，写着"钟"。他对这名字一无所知。他凝望了很长时间，想还是转身回去吧，下次再来探个究竟。但此刻他不止拥有一个特殊的空间，还有一个特殊的时间，今天。他能品味出雨水在碎石路上冲刷出的尘污味。他意识到，那轻柔而浓密的水雾已在他周身营造出了另一种乡村风景，曾经常见的树木（榆树、栗树、橡树、榉树），那些被经济作物种植园替代的古老的巨树、曾君临于风景之上的参天大树重新归位，云团般的绿叶毫无阻碍地向着北部丘陵地带滚滚而去。

在这六月中旬一个下雨的日子里，斯蒂芬站在肯特郡的一条小路边，试图将彼时彼地与记忆、梦境、电影和早已忘却的童年造访关联起来。他需要这样的关联，如此就能做出一系列解释，好减轻自己的恐惧感。但此地对他的召唤，它的无所不知，它所引起的渴望，那种无凭无据的重要感，所有这一切都让他确定，这个特定之地的音量（他能想到的就是这个词）拥有着独立于他自身存在的起源，而他还无法明了其间缘由。

他等了十五分钟，然后才开始慢慢朝"钟"楼的方向踱去。突然移动会破坏对另一时间的精巧重塑。他克制着自己。如此多的阔叶落叶树翻滚喧嚣，雨雾使闪亮的蕨类植物的底部变得愈发阔大，几近赤道地区植物特有的尺寸，使欧芹和荨麻生长出了罕见的品种，这一切他都很难理解。若是猛地摇头，他就会返回至整齐有序的松林之中。他紧盯着前方的那栋楼房。此时刚过正午。"钟"楼应该已开门迎纳首批前来用餐的顾客，可门前的碎石路上却并无停泊的车辆，没有车辆来破坏眼前这如画作真迹般的一切恰如其分、准确无误的感觉。

门前没有车，但门廊上的木条凳旁斜倚着两辆老式黑色自行车。其中一辆是女式车，两辆都装了柳条篮。恐惧使他的脚步变得飘忽，呼吸变得微弱。他本可以转身折返的。朱莉正在等他，他得想办法处理湿衣服。他得早点回家，为委员会列阅读书单。他放缓了脚步，但并未停下。车子从边上驶过。他就算走入车道，也不会碰到车子。他此时经历的日子并非他今早醒来时见到的那一天。他头脑清晰，坚定前行。他置身于另一个时空，但他并未溃退。他正做着梦，也很清楚自己的梦是怎么回事，尽管害怕，却仍出于好奇任由梦境徐徐展开。

他继续靠近那栋静默的楼房。他是一个闯入者。这地方既将他卷入，又排斥着他，这其中有种精妙的平衡，他或许可以逆势而为，翻转结果。此刻，他正走在碎石路上，每一步都踏得小心翼翼。酒馆的角落里传来雨水落入大水桶的嘀嗒声。距离十来米远时，酒馆的窗户看起来漆黑一片。楼房看似已遭废弃，后来他换了个位置，才发现内里幽暗的灯光。他在小门廊上停下脚步。自行车靠墙而立，在屋檐下避雨。车子的后轮刚好触到破条凳的扶手。男式车抵着酒馆的墙面。女式车倚在一旁，显出一种奇怪的亲密感。两车的前轮呈八字形张开，脚踏板交缠在一起。车体是黑色的，很新，上面竖着印了几个清晰的金色哥特体字母，写着制造商的名号。车前的柳条篮很干净。坐鞍宽大且弹性良好，高档皮革散发出柔和的排泄物气味。把手上套着米色橡胶，雨珠聚落在车把横梁的铬面上,透着车身的黑色。他没碰自行车。房子里面有些响动,灯光前有人影移动。他走到窗子的一侧去,知道别人看得到他,他却看不见别人。

雨已经停了,但水声却更响了。雨水从布满青苔与裂纹的沟槽中溢出,滴落至大水桶中发出声响,也有些雨水渐渐消隐于树叶之间。他站在酒馆的墙边,可以从旁边的窗子窥到内景。有个男人从吧台上端起两杯啤酒朝一张小桌子走去,一个女人坐在桌边等着。桌子摆在墙壁向外突出的窗边,光亮从窗子透进来,勾勒出两人的剪影。男人放好酒杯后,不动声色地将宽松的灰色法兰绒裤子上的褶皱抻了抻,便坐在女人身旁。他们坐在长条座椅上,座椅与凸处的三面墙壁相贴合。那剪影难以辨认,声音也不够熟悉,但电光火石间斯蒂芬感受到一种共振,令他不得不往干燥的墙面上靠去才稳住身形。狂跳的心脏令他的视线也跃动起来。若是两人抬头往左看,朝门边的窗子那儿瞥上一眼,说不定就会发现肮脏的窗子外有一个幽灵,因一种难以言喻的似曾相识而紧张到一动不动。那人脸上布满了期待,好似介于存在与虚无之间的一种灵体,等待着他人的决定,召唤或者驱逐。

但那对年轻的男女正聚精会神于自己的事情。他的酒杯里有一品脱啤酒,他猛喝了一口,认真地说着话,而她却始终没喝酒。她认真地听着,拽着印花裙的袖口,无意中精确地调整着漂亮的发夹,不让一头整齐的直发遮住脸庞。他们双手相触,露出果决却无力的微笑;然后,双手分开,他们立马又说起了话。问题(显然,只有一个问题)并没有得到解决。

据斯蒂芬观察,酒馆里并无其他顾客。服务生肩宽背阔,动作慢慢悠悠,正背对客人,摆弄着架子上的东西。斯蒂芬可以进去买杯酒再好好看看,这是个理所当然的选择。可这个想法对他来说没什么吸引力。斯蒂芬一直将手搭在墙上,墙面温暖,令人安心。忽然,如风云突变灾祸骤至,一切都起了变化。他双腿变得虚弱无力,一阵寒意瞬时捣入他的腹部。他与那女人四目相对,认出了她。她朝他的方向抬头望去。男人正在说话,一直在强调某个观点,而女人则一动不动地凝视着。她脸上并未显出好奇或震惊的神色,只是一边听同伴说话,一边朝斯蒂芬看去。她稍微点了点头,扭头作了回答,然后又向斯蒂芬看去。但她并没有看见他。并无任何迹象表明她注意到了他。她并没有忽视他,而是透过他望向马路对面的树林。她根本就没在看,而是在听。他竟然荒唐地举起手,做了个尴尬的动作,既像挥手,又像敬礼。年轻女人没有任何反应,而他确信,那女人正是他的母亲。她看不见他。她正在听父亲说话,看不见自己的儿子。他也确信那个男人就是他父亲，他是多么熟悉父亲在发表观点时摊开一只手的姿势啊。冰冷的、孩童般的无助感沉入他的心里，隔绝与渴求的苦涩感浮上心头。

当他从窗子那儿抽身而回时，他可能在哭泣，可能正像个在夜里惊醒的孩子那般号啕大哭；而照旁观者看来，他也许只是表现得沉默而顺从。周围的空气黑暗又潮湿，而他轻盈而虚无。他并未看见自己沿着那条马路折返回去。他是掉落回去的，他穿越虚空，无助地坠落，被无言地裹挟着掠过隐形的弯道，拂过树梢，即便被抛入灌木丛中蜿蜒曲折的通道和潮湿而结实的水闸，却仍未到达地平线。他双眼圆睁，绝望至极，坚称自己是无辜的，他屈起双膝，抵着下颏，手指犹如覆着鳞片的鱼鳍，游弋于咸涩的海水之中，鱼鳃规律、急切而无望地张合，那海水没过了树梢，波涛汹涌地翻滚于树根之间；他听到了哭泣声、呼唤声，觉得应该都是自己发出的，在这些声音中，他只有一个想法：他无处可去，没有哪个时刻能将他容纳，没人期待他的到来，他既说不出目的地，也道不明时间；尽管他拼尽全力向前行进，实际却停滞不前，只是绕着一个固定点飞驰打转。这个想法弥漫着哀伤，可这哀伤并非为他独有。它已历经数个世纪，有千年之久。它从他和无数人之间横扫而过，犹如飓风掠过草地。没有什么东西为他独有,他的游弋和飞驰不是,呼唤不是,即使是悲伤,也并非他独有,世上没有一样东西是为任何人所独有的。

斯蒂芬睁开眼,发现自己躺在床上,朱莉的床上,身上盖着鸭绒被,胸前搂着一只温热的热水袋。房间的大部分空间都被床占据,床的对面有一扇门敞开着,门的另一边是浴室,里面有一团翻滚的水汽,在灯光下泛着黄,还传来了轰隆隆的水流声。他闭上眼。这张床是多年未见的朋友们赠送的结婚礼物。他想记起他们的名字,却怎么也想不起来。他的婚姻始于这张床,六年后,又终于这张床。他动了动腿,便认出了乐音般的吱吱呀呀声,从被子上和堆叠起来的枕头上,他嗅出了朱莉的气息,她的香水味,以及新洗的床单上散发出的掺杂着肥皂味的浓浓精油味儿。在这儿,他先是经历了这一生中最为漫长和最饱含真情的对话,后来又经历了最为落寞的对话。这里见证了他最为销魂的性爱,也目睹了他最不堪的失眠之夜。他在这儿读的书多于其他任何地方,他还记得,自己卧病在床的一周时间里,读完了《安娜·卡列尼娜》和《丹尼尔·德隆达》[①]。只有在这儿,他曾经真正暴

[①] 英国女作家乔治·艾略特(George Eliot)的长篇小说,以宏大的场面和细致丰富的心理描写著称,生动地刻画了环境对个人的腐蚀作用。

跳如雷，大发雷霆，也会真正柔情蜜意，对人呵护备至，宽慰人心，也只有在这儿，他才开始真正关心自己。他的女儿就是在这儿得到孕育，降生于世的，就在床的这一侧。床垫深处还有她大清早过来时遗下的尿迹。她会爬往他们中间，睡上一会儿，再叽叽喳喳地把他们吵醒，坚持宣告新的一天已经开始。当他们仍然徘徊于梦境最后的片断之中时，她却总会提些不合理的要求：讲故事，读首诗，唱歌，问十万个为什么，要打闹一番，要互相挠痒痒。除了相片，几乎所有能证明她存在过的证据，都已被他们销毁或者送人了。他经历过的所有喜事和坏事之最都发生于此。这儿就是他的归宿。所有那些有关当下的考虑，比如婚姻已差不多完结之类，先暂且抛到脑后，此刻他仍然有权躺在这张婚床上。

接下来，他睁开了眼睛，朱莉就坐在床沿上，看着他。屋里很静，只有浴室里回荡的滴水声因周围的静谧而更为突出。她双唇紧绷，努力克制着笑意，也努力不去说些冷漠挖苦的话。她那清澈的灰色眸子稳稳地移动着，来回打量着他的两只眼睛，进行比较，通过察觉到的些微差异估量真相，然后往下看向他的嘴唇，收集那里表露的信息，再作进一步比对。他撑起身子，坐了起来，握住她的手。她回握了，手心却是一片冰凉。

他说:"对不起,我给你添麻烦了。"

她立刻微微一笑。"没事儿。"说完,她再次合上双唇,撅起嘴,继续这有趣的观察。她不会径直问他刚到这儿时为什么会处于一种休克状态,这不是她的风格。提出问题并追根究底,那不是她。她从来不会强求问题的答案。她可能会问一次,若是没有回答,她也会以沉默回应沉默。她的沉默有一定的深度,这深度很讨喜。若是想要把她从难以打破的自省状态中拉回来,走近她,就很难不将事情的原委告诉她。

他说:"又能躺在这张床上,感觉真好。"

"它都快把我弄疯了,"她立刻回道,"中间陷了下去,你只要一动,它就会吱吱嘎嘎地响。"

他想都没想,就轻轻说:"那就我来睡吧。"朱莉耸了耸肩。

"如果你想要,就拿走吧。"

话说得郁郁寡欢。他们松开对方的手,都不开口了。斯蒂芬想要回到醒来时的那种亲密中去,想尽力把一切说清楚。但要进行一大段解释,他又没什么信心,因为那也容易将他们彼此推离得更远。他将被子踢开,向前倾了倾身子,把双手放到她肩头,牢牢按住,仿佛是想确认她还在。她很瘦弱,透过那件棉布衬衫,他能感觉到她的体温,如此灼热、亲切。她很警觉,但仍保留着压抑的笑容。

"我会解释清楚的。"他说,手仍搭在她肩上。

接着,他松开手,想要从床上爬起来,她却将手放到他的胳膊上,语气坚定地说:"别起床。我给你端来了茶,还做了蛋糕。"她拉过被子,盖住了他的双腿,一直拉至腰际,然后站起身,帮他把被子整理好。她不想让他离开这张婚床。她从地板上拿起托盘,放到他面前,说:"就这一次,你别再假装一切正常了。现在你可是我的病人。"

她切开蛋糕,倒好茶。杯子是用高档骨瓷制成的。她还不嫌麻烦特地去找了搭配蛋糕碟的茶杯托。这无疑是一个重要时刻。他们碰了碰杯,说了声"干杯"。他问起时间,她说:"是洗澡时间。"说着,她指了指他胳膊上的一道道干泥印。在卧室半明半暗的灯光中,她抬眼看他,眼眸闪烁不停,似在将他的面容与记忆进行核对。但她尚无法和他四目相对。他冲她笑时,她垂下了眼睑。她戴着长长的彩色水晶耳坠。不同往常的是,她的双手并未平静得纹丝不动。

聊天并不容易。过了一会儿,斯蒂芬说:"你很美。"

朱莉马上就做了回应,语调很平静。"你也是。"她冲他笑了笑,"现在……"同时长吁一口气,端走了茶杯。她站在床头,摩挲着他的头发。他屏息凝神,而时间也屏住了呼吸。他们面对着两种可能性,它们分量相同,在光滑的支点两端保持着平衡。朝其中任何一种可能性接近的时候,另一种曾一直存在的可能性就会永久地消失不见。此刻,他可以从床上起来,冲她深情地笑笑,再向浴室走去。他可以锁上身后的门,确保自己的独立和骄傲完好无缺。她会等在楼下,他们也会重新谨小慎微地交流几句,等时间到了,他就穿越田野去赶火车。或者,他们可以冒些风险,别样的生活就会徐徐展开,那时,他的忧愁将要么加倍,要么清零。

　　置身于分叉的小径前,他们的犹豫短促而有趣。如果那天他没见到那两个幽灵,没有从彼此独立的事件间擦身而过,在它们发生的时空短暂逗留,那他就无法像现在这样不经深思熟虑便做出选择,不至于如此刻不容缓,而这样的急迫感令人觉得既放纵又明智。一个幽灵般的身形渐淡的斯蒂芬站起身,笑了笑,穿过房间,走进浴室,关上了门,无数暂不可见的事件也就已准备好粉墨登场。当斯蒂芬拉起朱莉的手,感受自她手臂传递而来的肉体的柔软时,当他将她拉到自己的膝上吻她时,他能肯定现在所发生的事以及由此引发的其他事,都与他刚才的经历密切相关。他隐约觉得自己的内心还在继续争论。可与此同时,当他捧着她亲爱的脑袋,吻着她的眼睑时,他只感受到了快乐,而先前在酒馆外面的时候,他却只感受到恐惧;但这两个时刻毋庸置疑地捆绑在了一起,它们都引发了同一种渴望,一种纯洁无瑕的渴望,对归属感的渴望。

不论是婚姻那朴实无华的生活模式,还是它的情爱模式,都无法轻易摒弃。他们面对面跪于床的中央,慢慢地替彼此宽衣解带。

"你太瘦了,"朱莉说,"越来越憔悴了。"她抚摩着他的锁骨,沿着肋骨一路轻抚,见他兴奋了起来,便满足地用双手紧紧地搂着他,弯下腰,用绵长的吻将他驯服。

她已是赤身露体,他也浑身充盈着柔情。他注意到了变化,腰部稍稍变粗,曾经硕大的乳房略微变小了。他含住其中一颗乳头,将另一颗挤到脸颊边,心想这些变化该是因为她自己一个人住得太久了。亲眼见到并亲身感受到至为熟悉的裸露的肉体,这其中的新奇感太过强烈,有好几分钟,他们只能与彼此稍稍隔着一臂的距离,说着"嗯……"、"我们又在一起了"之类的话,空气中弥漫着强烈的戏谑感,一种差点抹杀欲望的压抑的快乐。如今看来,他们之间的冰冷相待就是在自欺欺人,他们实在想不通怎么会互相冷落如此之久。其实也挺简单:他们要做的仅仅是脱衣服,彼此看着对方获得自由,扮演一个不再复杂的角色,不再否认对彼此的理解。现在,他们又变回了以前的自己,还是那么明智,为此,他们止不住脸上的笑容。

　　后来，当那长条状的唇形裂隙在他身上分而又合，当他填满这熟悉的洼地，迎合这曲线，进入那深不可测的熟悉的所在时，有一个悦耳的词一直在耳边回响，它来自于湿滑的肉体与肉体的贴合，变成一声温馨的低吟，语音轻柔和谐……家。他回家了，封闭的、安全的家，所以他也能付出了，这个家属于他，他也属于这个家。有了家，为什么还要去其他地方呢？除了回家之外，做其他事不就是在浪费时日吗？时间已得到了救赎，它重新有了目的，因为它就是欲望的媒介，有了它，欲望才能被满足。屋外的树木挪得愈来愈近，松针抚摸着小小的窗格，光线斑驳，屋随影动，使屋子愈发地暗了。雨下得更大了，大雨敲击着屋顶，复又退去。朱莉哭了起来。和以前一样，他自问，怎么会有如此美好简单的事情被允许，他们怎么不用接受惩罚，事件已经发生了这么久，这世界怎么还能维持原样。设计出这一情节的不是政府、公关公司和调研部门，而是生物习性、存在和物质本身，是为了欢愉，为了生生不息，这是你本就应该去做的事情，它亦期望你得到享受。他的手臂和双腿漂浮了起来。他在崖壁上仅凭手指将自己高高悬挂于清澈的空气之中；再往下十几米就是绵长而光滑的碎石坡。他马上就要抓不住了。而当他向后坠入令人目眩的精致的虚空之中，疾速冲下极度陡峭的山坡时，他仍然觉得这地方肯定是以慈悲为怀的，它喜欢我们，需要我们去喜欢它，它喜欢自己。

然后，一切变得截然不同。他们挤入狭窄而温热的浴缸，还带上了红酒，对着瓶子喝。欲望得到满足后，两个人头脑敏捷，不管不顾。他们又说又笑，毫无芥蒂。朱莉说起了附近村庄的事情，讲了很长时间。斯蒂芬在谈论委员会委员的时候，极尽夸张之能事。他们评论起共同朋友近来的生活时，毫不留情面。但即便聊得如此投入，他们的内心仍焦躁不安，因为他们都很清楚这番坦诚相待好似无根之木，他们其实根本没有洗鸳鸯浴的理由。他们之间萦绕着一种不明朗性，可他们谁都不敢表露丝毫。他们自由地聊着，但这自由却黯淡无光，毫无根基。很快，他们就开始结巴，花言巧语也逐渐消停。孩子失踪的阴影又横亘在他们之间。他们失去的那个孩子正在外面等他们。斯蒂芬知道自己很快就会离开。他们穿好衣服后，气氛就更尴尬了。分居的习惯没那么容易被舍弃。于是，他们不再说话，沮丧不已。往昔小心翼翼的礼貌伺机而入，他们却无能为力。他们太轻易、太快速地暴露了自己，展露了自己的脆弱不堪。

他到了楼下，看着朱莉跪在地上，将一块浸湿的浴巾展开，放到冒着烟的柴火前面。总归还是能说些亲密的话吧，既不会显得过于轻浮，又不至更加暴露自己。但他们之间能做的就只有闲聊。他只想握住她的手，却没行动。他们已将所有的可能性、触摸时的紧张感悉数耗尽，他们的关系既触了底又走过巅峰。眼下，一切又都变得模棱两可。他们若是仍旧在一起的话，可以寻求其他资源，彼此忽视一段时间，或者做些事，或者设法面对这失落。但现在什么也没发生。在喝最后一壶茶的时候，悲伤与骄傲使他们几乎没怎么说话。他对她的生活有了大致的了解。松树就在房子边上生长，窗子很小，所有的房间都显得阴沉黯淡，即便阳光明媚的日子也不例外。整个夏天她都生火祛湿。房间的一角放了张干净的餐桌，桌上整整齐齐地码了好几堆各式各样的笔记本，还放着几根蜡烛，每逢晚上和阴云密布时，她就在烛光下阅读，桌上还有一果酱瓶的海草，以及她在林边找到的零星的野花。还有一个果酱瓶里放了几支削尖的铅笔。她的小提琴就在地板的一角，固定在琴盒里，没见到乐谱架。他想象得出她在乡间的水泥小径上独自徜徉，思念凯特，或尽量不去思念凯特，回屋后在令人不安的寂静中独自练琴的情形。

他随时可能出发，穿过被机器修整得极为平坦的草场，返回自己的隐居地。他坐在她对面，注视着她俯身喝茶和捧着杯子暖手的模样，内心波澜不惊。他已经可以开始学习如何与妻子保持疏离了。她的指甲都被咬掉了，头发也没洗，表情痛苦。只要能时不时地和她见个面，知道她也是个凡人，是个三十多岁快四十的女人，正刻意保持孤独，想要弄明白自己坎坷的生活究竟有何意义，他就可以学着不再爱她。以后，他可能会想起她那裸露的细胳膊从撕坏的毛衣里杵出来的模样，毛衣大得可爱，他认出来那是他的衣服，可能还会想起她控制情绪时那沙哑的嗓音。想起这些时，他心里应该会暗自发窘。

当他站起身，他们需要极其简单地互相告别，这是无法避免的。她替他打开门，两人的手稍微握了握，他刚沿着小径走了三步，就听见门关上的声音。一来到大门旁，他便回头张望。这栋房子就像小孩子画的那种房屋一样。它像个盒子，前门就设在正中央，每个拐角附近都有四扇小窗，整栋房子都是用红砖砌成，和"钟"楼一样。大门和前门之间的小径是用建小屋时剩下的砖块铺成的，呈窄窄的 S 形。小屋矗立在一块不过十几米见方的空地上。树林从四面八方挤压过来。有那么一会儿，他想回到屋里去，但不知自己想说的到底是什么。

于是，他们俩就这样在郁郁寡欢中达成了别扭的默契，过了好几个月才又见了次面。心情好些的时候，斯蒂芬会觉得两人的重聚为时过早，令他们猝不及防。心情糟糕的时候，他就会生自己的气，责怪自己竟会破坏那在他看来如此小心谨慎的分居进展。而之后几年，他对自己竟然坚持没回去看她而感到困惑不解。每逢这时候，他就会这样辩解：朱莉从没叫他过去。上次见面是他主动提出来的。看见他，朱莉是很高兴，但他走后，她重归孤独，也很是自在。如果重聚时发生的事对她来说哪怕有一丁点儿意义，那她就会打破沉默。如果他没得到回应，那就可以理解为她仍然想独自生活下去。

雨早就停了。斯蒂芬很快穿过了"钟"楼边的马路，决定今后的生活再也不要如此戏剧化。他沿着水泥小路朝广袤的田野匆匆走去。他要去伦敦赴一对夫妇的晚餐邀约，那对夫妇因美食丰盛和朋友有趣而闻名，而他就要迟到了。

四

> 与前人一样，虽然我们断定，对祖国矢志不渝的忠诚源于对家园的爱与尊重，但不论是对祖国还是对家园，我们的感情都非如此深刻。
>
> ——《权威育儿手册》，皇家文书局

近正午时分，天气炎热，委员会在听取各方说辞。前一天，气温越过了三十八度大关，于是大众媒体上掀起了一阵爱国高潮。有专家认为这样的天气对政府有利，并且今天的温度很有可能还要上升。早会开了十分钟后，在坎汉的强烈要求之下，文书拿来了一个电风扇，放在了主席旁边，恭恭敬敬地正对着他吹风。上周末，工人免费安装了推拉窗，此刻，窗子大开，传来白厅街道上车辆缓慢驶过时发出的嗡鸣声。一只绿头苍蝇困在了两扇平行的窗户之间,在发烫的玻璃间发出断续的嗡嗡声。随着上午时光的流逝,中途休会的时间也愈来愈长。巨大的桌面湿乎乎的,散乱的文件在隐隐的温暖气流中慵懒地翻动。

斯蒂芬凝视着放在膝上的双手,足足看了一个多小时。近来,天气燠热,皮肤的味道和触感又让他忆起了自己在热带国家度过的童年时光,脑海中又出现了各种气味:汗水的味道,芒果无处不在的甜甜的气息,厨房里炖煮英国蔬菜的味道,绘有青龙与棕榈树的罐子里香料的香味。香料被小保姆放在了外屋。他曾有一次掀开盖子,嗅到了一片棕色香料的气味。他返回屋内,站在空无一人的客厅,头顶是缓慢转动的吊扇,便觉得这苦涩腐烂的味道是一个秘密,他要在这泛着淡紫色光泽的、空军配给的家具中间守口如瓶。

他的东方是这样的:烟草和快杀牌灭蝇喷雾剂的男性气息;套着花卉图案布套的笨重的扶手椅,父亲的那张上面有一个用皮绳绑着的黄铜烟灰缸;母亲的那张有粉色香皂味,摆着她在闷热的天气里依然坚持编织的衣物和她看的《妇女之国》杂志;墙上的黑色锡制框架中嵌了一幅画,画着日落时分美妙的棕榈树剪影;漂亮的小保姆据说晚上就睡在他的床尾,但他从来没见她睡在那儿过;水蛇栖息于他的床单上,只有不断祈祷才能不让它靠近；他第一次坐在课堂上的时候，热气将他指间的铅笔蒸出了香柏的气味，还有棕榈树下有只老虎的图案，它既是学校的标志，也是父亲喝的啤酒的商标。

一个湿热的午后，他跟着母亲上了楼，躺在母亲身旁，身下是一大张烛芯纱织成的螺纹床单，边上有只烟灰缸和滴答滴答响的闹钟。她有个奇怪的提议，就是他们应该在大白天睡觉，上床时间比其他人早好几个小时。他躺在床上，注视着吊扇。

"闭上眼睛，儿子，"这是她的命令，"快闭上眼睛。"他照做了，醒来的时候，已经过了很长时间。她不见了，但能听见她和朋友们在楼下喝茶聊天的声音。这给他留下了很深的印象；睡觉这事，不是自然而然发生的，是可以靠闭上眼睛来控制的。那他们还能控制什么东西呢？

他喜欢听母亲和朋友们说话。她们讲事情干砸了，有人说了错话，做了错事，还说有人得了什么病，医生误了事。没人会对孩子讲这些错事。父亲回来之前，女人们便把茶具清走，四散而去。父亲穿着松松垮垮的短裤，卡其衬衫上有好几摊濡湿的污渍。他一回来，就找到斯蒂芬，假扮妖怪追着他跑，还一边大吼大叫："哇呀呀，我闻到英国人的血啦！"还挠他痒痒，把他抛得老高。空军中士刘易斯洗完澡，便喝了杯虎血啤酒，他允许斯蒂芬帮他倒酒，这之后他们坐下来喝茶，饶有兴致地聊一聊其他有趣的错事：年轻军官才疏学浅；一名空军上士把事情搞砸了，或者政客让皇家空军干不靠谱的事。之后，母亲就说起下午听来的一些事情。再后来，斯蒂芬收拾桌子，母亲负责清洗，父亲负责擦干。

斯蒂芬心想，要是他能像母亲控制睡眠那样控制其他事情，那他就要让父母成为整个世界的国王和王后，这样他们就能把曾如此明智地议论过的错事都变为好事了。难道父亲不比其他妖怪都厉害？队际比赛时，他把自行车骑得飞快，人们都看不清他的动作；弹跳而起时，身子轻飘飘的，像是在无动力飞翔；他会背着斯蒂芬去海滩，后来他们才得知，那儿有许多鲨鱼，还有头海中恶魔，会从浪中咆哮着翻腾而出，脑袋和身子上缠满水草；年轻军官会向父亲询问一些事宜，尽管父亲还得称呼他们长官，而底下那些士兵又生怕惹恼父亲，斯蒂芬和母亲也是这样。

她不也比英国女王还要漂亮吗，而且天赋异禀，每年都过二十一岁生日，能在射击赛场上用点二二口径的步枪击中靶心，能在晚上听见谁都听不见的声音，能知道他何时做噩梦，而每次他在黑暗中惊醒时，她都陪在他身边。他们经常去军官食堂参加宴会。母亲穿的是自己做的丝质长裙。父亲穿军装，出发前总要喝上一杯啤酒。有时，他们会在客厅里伴着军队广播电台播放的华尔兹舞曲、狐步舞曲或两步舞曲跳舞，挺着腰板，在家具间自信满满地盘旋翩跹，干净利落地旋转。那时，他们就像母亲首饰盒上那对优雅的舞者，伴着《致爱丽丝》的清脆乐声，旋转舞动，当你凑近细看，就会发现那梦幻般的身影融成了粉色的液滴。

梦很危险；午饭的时候，那盘土豆泥没砸中父亲的脑袋，而是砸在了墙上，事后母亲边哭边把陶器碎片捡起来，放入围裙，再用湿抹布擦拭墙面，那只是一场噩梦吗？他曾梦见过晚上楼下传来的高八度嗓音吗？他曾通过敞开的厨房门看见父亲拿了把切肉刀吗？曾见父亲怒气冲冲、满脸通红地凑到他跟前，说他是妈妈的小乖乖吗？或者更糟，父亲曾经直接在来客面前把他提溜起来，像个婴儿似的抱在怀里，又摇又晃，嘘他不让他作声吗？这些是不是噩梦呢？

或许，他就是妈妈的小乖乖。几年后，无论已是准尉的父亲是否在外训练，斯蒂芬都还和母亲睡一张床。他们被派往北非后也仍然如此。斯蒂芬参加了童子军，要获得手工制作方面的熟练者徽章时，母亲就帮他做了一套玩具家具。最后，她把手工活全揽下了。那些成果包括三件套的蓝色家具、火柴盒制餐具柜、落地灯，他把它们全都放到了鞋盒客厅里，每礼拜去尼森小屋聚会时，都会带过去，并且很笃定地认为，她的劳动成果本就属于他。

她这人生性脆弱，很漂亮，常失眠，还总是不声不响地替别人担心，却从不担心自己。当担忧的对象是斯蒂芬时，她的担心似乎就是一种微妙的占有欲，与对他的爱难分难解。她让他以为这世界充满了危险，有的房间里到处都是看不见摸不着的细菌，还有会导致肺炎的致病气流。她不让他穿湿衣服，一日三餐少一顿都不行，傍晚时必须套上开襟羊毛衫，并警告他，如果做不到这些，就会有危险。尽管对她的严苛教条谨遵不误，但他也会像父亲那样拿这些规矩开涮，嘲弄它们。

因为斯蒂芬也是爸爸的小乖乖。苏伊士运河危机[①]期间，所有随军家属全都搬入了军营，以防当地阿拉伯人的骚扰。刘易斯太太当时正好在英国探亲，因此有好几个星期他都很兴奋，因为学校和海滩的常规日程被打断了。他不再是父母关注的中心，可以和朋友们住在大帐篷里，一切都显得很新鲜。在他的记忆里，朋友们个个都是长着雀斑脸、短头发、

---

①苏伊士运河危机（Suez Crisis），又称第二次中东战争、西奈战役，发生于1956年10月29日至11月7日期间，系英法为夺取苏伊士运河的控制权，而联合以色列对埃及发动的军事行动，最后在美苏两国的干预下，埃及取得了苏伊士运河的全部主权。

招风耳的小男孩,和他一样。空气中有股卡车机油滴在热沙砾上散发出的气味,军车跟他的那些丁奇牌模型车简直一模一样,每条小路上都整齐堆放着刷了白灰的石块,四周还有铁丝网和沙袋堆起的机枪掩体。最重要的是,还有军官专门负责随军家属的安全,那个军官就是他父亲,但显得有些冷漠疏远,总是大踏步地从一个地方赶到另一个地方开会,腰间佩一把左轮手枪。

危机结束后,他们还一起短途旅行过几次,把母亲留家里,开着黑色的莫里斯牛津汽车,沿着空荡荡的公路穿越半荒漠地带,往内陆的机场驶去,想看看新车究竟能跑多快。他们随身带了只果酱罐,用来抓蝎子。父亲挪开一块石头,就看见一只肥美的黄蝎子,蝎子朝他们哀求般举起钳子。父亲用脚把蝎子驱入罐子,此时斯蒂芬已经拿着打了孔的盖子在一旁候着了。当母亲说只要一想到蝎子可能逃出来,并在房间里摸黑游荡,她就无法入睡的时候,他们会哈哈大笑,不过斯蒂芬笑得有些不自在。后来,蝎子被带往车间,泡在了福尔马林里。

每天上学前,父亲总会带他进浴室,用两根手指从百利牌发乳罐里抠出一些来,以饱满的热情将其抹在斯蒂芬短短的脑后和两侧头发上。然后,再紧紧捏住他的下巴,用钢梳将他服帖的头发梳平,并以军人的一丝不苟找出一条笔直的中分线。不到一小时,发型就会被烈日摧毁。夏日长达九个月,其间的大多数午后,他们都会在海滩上度过,军官及其家属坐一头,飞行员、中士和准尉坐在另一头。父亲会站在齐胸深的海水里慢慢地数数,而斯蒂芬则毫无支撑地站在他肩膀上,直到因为笑得直不起腰,或者脚下的发乳让他打滑,掉下来为止。波浪涌过父亲头顶时,数数就会中断,但他马上又会接着数。当他们最终不再玩这个游戏时,记录是数到四十三,没过多久,斯蒂芬就去上了寄宿学校。

  北非对于他来说就是五年的田园时光。后来,詈骂声不再闯入他的梦境。他的时间分成了上学和去海滩两部分,学校中午就放学了,他会去海滩见朋友,那些朋友都是父亲同事的儿子,父亲的同事也都是一级一级爬上来的。母亲也在海滩见她的闺蜜,也就是那些男人的老婆。就像父母的小家庭用炽烈的、充满占有欲的爱将他封闭起来一样,皇家空军也将他们的家庭封闭了起来,为他们挑选朋友,规定他们交什么样的朋友,从事什么样的娱乐活动,找什么样的医生,上什么样的学校,找什么样的老师,住什么样的房子,选什么样的家具,甚至餐具和床单都在规定之列。斯蒂芬在朋友家过夜时,发现床单被套都很熟悉。这是一个安全有序的世界，等级分明，却又呵护备至。儿童必须明白他们所处的位置，必须如他们的父母一般，遵从军队的种种规定，不得越界。这个世界鼓励斯蒂芬和朋友们（但不包括他们的姐妹）称呼父亲的同事为长官，就像空军基地过来的那些美国男孩一样。他们受到的教导是，出入门口时，必须女士先行。他们都过得很开心，因为这个世界鼓励他们，其实是命令他们敞开玩。毕竟，他们的父母都是大萧条时期长大成人的，因此，现如今柠檬汁、冰激凌、芝士鸡蛋饼和薯条可以说是一样都不缺。海滩俱乐部的露台上，父母们围坐于摆满啤酒杯的锡制餐桌旁，感叹当时的生活与如今的生活、他们的童年及孩子的童年之间形成了多么鲜明的对比。

斯蒂芬对寄宿学校第一学期的记忆是模糊的，其中既有复杂的礼仪，也有残忍的暴行和时刻存在的喧嚣声，但他并没觉得有多难受。他这人沉默、警惕，所以也就没人霸凌他。事实上，根本就没什么人注意到他。他内心里仍然是那个小家庭圈子里的一员，在这学期的九十一天中，每天他都做上一个标记，倒数着圣诞节假期来临的日子，以决心好好坚持下去。后来，他终于回了家，阳光明媚，从卧室窗口能看见枣椰树映衬在淡蓝的冬日天空中，他轻易地找回了在三口之家中的位置。直到十二岁生日之后的那天，要返回英国了，当他站在另一座堆积如山的日子的山脚时，才开始强烈地感受到他将抛在身后的是什么。简单计算一下就会知道，从此刻起，他将有四分之三的人生要在外度过。事实上他已经离开了家。父母想必也在做同样的计算，因为驾车穿越沙漠灌木丛前往机场的时候，他们聊起了下一个假期的计划，谈话异乎寻常地欢乐，除此之外，还有漫长的沉默，他们唯有翻来覆去地讨论那些计划，才能将其打破。

飞机上，一个老婆婆好意坐到旁边，让他坐在靠窗座，好和父母挥手作别。他能清楚地看见他们，但他们却看不清他。他们距机翼尖十几米远，挽着胳膊，站在飞机跑道与沙土路的交界处。他们微笑着，用力地挥手，放下胳膊，又再次挥手。他这一侧的飞机螺旋桨开始转动。他看见母亲扭头擦拭眼睛。父亲把双手伸入兜里，又拿了出来。斯蒂芬已经足够懂事，清楚地知道自己生命的一个阶段，那段相亲相爱的时光，已然终结。他将脸贴在舷窗上，哭泣起来。他头发上的百利发乳全都黏到了玻璃上。当他想把窗户擦干净的时候，他父母误解了他的手部动作，又挥起了手。飞机缓缓向前移动，他们从他的视野里倏然消失。他把头转回舱内，发现那老婆婆看着他，也在哭泣，仿佛确认了他最糟糕的预感。

房间里有个陌生人，那人有些憔悴，但好像拒绝了别人给他搬来的椅子，他将斯蒂芬从忐忑的白日梦里拉了出来。那人一直在说话，说了有半小时了。他好似悔罪的苦修士，弓背站着，泛青的手指在身前交叉。他的下巴和嘴唇上方布满胡茬，使他显出一副悲不自胜、老实巴交的模样，活像一头猩猩。还有他那双褐色的大眼睛，胸前交错的黑毛好似阴毛般浓密，从白色的尼龙衬衫里透出来，还从纽扣中间傲慢无礼地伸了出来，更是加深了"他像头猩猩"的印象。他讲话时双手一动不动，斯蒂芬猜想，这可能是因为不想让人发现他手臂过长，他的上臂要比一般人长上几公分。他嗓音绷得紧紧的，声音尖锐，吐字精准谨慎，就好像刚刚掌握了语言这门危险的武器，生怕会将自己炸得面目全非。斯蒂芬尚未从自省中缓过神来，就被这人的外表吸引住了，因此还没能听明白他讲话的内容。委员会的其他人默不作声地坐在那儿，显然都听得很专注，但出于礼貌，脸上没有显现任何表情。蕾切尔·墨雷和一位学者正在做记录。为了使注意力更加集中，帕门特勋爵闭上眼睛，通过鼻腔颇有节奏地缓缓呼吸着。

看清这人的长相后，斯蒂芬便注意到委员们有些骚动，这应该不是由于无聊或天热。他们的脑袋都朝斯蒂芬的方向转了过来。一旦有眼神接触又都纷纷移开目光,蕾切尔·墨雷和泰莎·斯潘基等人露出忍俊不禁的表情。就连帕门特勋爵也换了下坐姿,转了转他那粗糙似皮革的脑袋,朝斯蒂芬的方向倾斜过去。他是要讲话吗?有人要他发言了吗?他强迫自己停下飞速转动的大脑和天马行空的思绪,转而去听那个紧张单调的声音,那绷紧了的嗓音里有种恳切的调子,说着,当然,您也会同意事实就是这样的。他发现自己正直视那双诚实无欺的棕色眼眸。他需要接话吗?是现在吗?那人微微点了点头,露出苦笑,沉默不语,表明自己完全理解,对此已然会意。

"毫无疑问,"——他的眼神似乎在说,拜托,千万别在这句话上提出异议——"在智慧、情感、直觉这些取之不竭的资源中,我们只用到了一小部分而已。就在最近,出现了一个案例,一个年轻人在大学学位课程中表现得相当优异,后来却发现他几乎没有大脑,颅骨里只贴了一层薄薄的新大脑皮质。很显然,我们只需依靠大脑中很小的一部分便能过活,这种不充分开发所导致的结果就是我们已与自身,与自然界及其数不胜数的演变进程,与整个宇宙形同陌路。委员们,我们一直没有重视一种以共情的、奇妙的方式参与到万物中的能力,没有好好地培养它,我们被抽象思维异化和阻碍，与深刻、直观的理解能力越来越疏离，但这种能力才是一个完整的人的标志，是身体与心灵彼此渗透贯通、最终不可分离的标志。"

形如猿猴的这个人不再说话，用明亮的眼睛扫视着在座的听众。他揉了揉耳垂。"如果这些是惩罚性的结果，那原因又是什么呢，究竟是什么在阻挠我们成长中的思维获得完整性呢？正如我们所见，大脑作为身体器官，有它自己确定的发展模式。就像臼齿和第二性征差不多会于同一个特定时期出现在个体的生命中，大脑也有它的成长迸发期，而这无疑与智力发展及思维能力可确定的爆发期有关联。通过迫使五到七岁的儿童锻炼读写能力，我们引入了某种程度的抽象概念，粉碎了儿童世界观的整体性，在词语及其所命名的物之间打入了一根破坏性的楔子，将它们分离开来。正如我们所见，那个年龄段的人类大脑尚未发展出更高级的逻辑能力，无法轻而易举且得心应手地处理书面语言这一自我封闭系统。只有根据大脑成长的基因编序，孩子的自我与世界之间至关重要的分离已经达成时，才应该培养读写能力。正是出于这个原因，主席先生，我强力建议儿童应该到十一二岁的时候，也就是他们的大脑和思维经历重要的成长爆发期，使这种分离成为可能的时候，才开始学习识字。"

斯蒂芬挺直身子，或许是为了使自己显得更高大而采用了这种哺乳动物的古老策略。作为一名童书作家，一位迷你世界的粉碎者，他应该要为自己做些辩护。

发言者又握紧了双手，关节都变白了。"各种各样的舞蹈和各种身体活动，"他说，"对世界的感性探索、音乐（让人吃惊的是，与针对身体运动做出的精确指导相比，音乐符号不算抽象）、绘画、经由操作来发现事物的发展方式、更具逻辑性而不那么抽象的数学，以及各种形式的智力活动，都是适合幼儿的重要活动，能使他们的思维与万物的力量保持和谐，并随之自如流动。在这个阶段强迫儿童学习读写，摧毁词与物之间拥有魔力的联系，并以此摧毁自我与世界的联系，就会导致自我意识的早熟，而我们喜欢粉饰这种无情的隔绝感，美其名曰个性。

"主席先生，这其实就是等于将儿童逐出伊甸园，由此而来的后果会维系终生。早熟的读写能力阻碍了成人与自然界、其他人类、社会进程之间自然产生的、充满智慧的共鸣感；对这样的成人而言，天地万物的整体性是一个很难理解和把握的概念，就算是研读神秘学的文本，也很难领略一二。然而，"说到此处，陌生人压低声音，将目光投向了斯蒂芬，"然而这样的理解力其实是我们在童年时代收到的一份礼物。我们千万不能用充满焦虑感和竞争性的教育，用我们那些令人眼花缭乱的、擅加干涉的书籍将这份礼物从孩子们的手上夺走。"

讲话接近尾声，四周亮起了微笑。委员会认为这纯粹是奇思怪想，都觉得好笑。负责审查发言者资质的坎汉一脸不安地在本子上写着什么。一位学者（不是莫利）正用纸巾擦鼻子，以此来掩饰笑声。塔克尔上校双臂抱于胸前，垂着脑袋，身体轻轻抖动。这些鬼鬼祟祟的举动令斯蒂芬对发言者产生了同情。他发言完毕之后，便似乎对拒绝椅子有些后悔。他尴尬地站在桌前，胳膊垂落下来，等待别人向他提问，或请他退场。他不会知道政府并不希望它的公民有奇异的能力。他的眼神丧失了挑衅的意味，凝视着主席头顶上方的某个地方。斯蒂芬真想和这人握握手。出于反其道而行之的想法，他挺想对此人施以援手。但他现在还有自己的利益要维护。帕门特勋爵颇为好奇地含糊念出了他的名字。

"只有犬儒派，"斯蒂芬虎视眈眈地环视四周说道，"才会对刚才所说的整体性、发掘自己潜力的愿望提出反对意见。问题在于如何实现这种愿望。"

他顿了顿，在脑海中搜索其他想法，又说了下去，但也没搞清楚接下来究竟要说些什么。"我不是哲学家，但我觉得……有些问题还是要考虑一下为宜。"

他又停了下来,长叹了口气,继续道:"你其实也可以用刚才描述音乐符号的方式来描述书面文字,比如,书面文字即是指导嘴唇、舌头、喉部和声音如何活动的说明。等到稍微长大一些之后,儿童才学会默读。但我并不确定对音符或书面文字的这种描述是否正确。这两种活动看上去都是高度抽象的,或许某种程度的抽象恰恰就是我们在幼年时期就擅长的。但当我们试图对过程进行反思,想要给它做出明确定义的时候,问题出现了。一段曲调具有某种意义。很难说那是什么意义,但孩子理解起来却毫无困难。阅读和写作都是抽象活动,但和说话的抽象程度是一样的。刚开始说完整句子的两岁孩子,就能利用一整套相当复杂的语法规则。

"我记得我女儿凯特……不对……书面语完全可以使自我与世界相联结,这也就是为什么最优秀的儿童作品具有隐形的特质,能带领你直抵它所命名的事物跟前,并且能通过隐喻和想象唤起某些无对应词汇的情感、嗅觉和印象。九岁的孩子可以强烈地体验到这一点。和口语一样,书面语也是它所命名的事物的一部分,想想巫师魔碗边缘写的咒语,祈祷者在亡者坟墓上凿刻的祷词,某些人在公共场合写污言秽语的冲动,再想想还有人非要禁止淫秽书籍的传播,上帝的英文单词首字母总要大写，以及书面签名的重要性。究竟为什么要让儿童远离这些呢？"

斯蒂芬看着那位站着的发言者，看着他的眼睛。帕门特勋爵又闭上了眼睛。坎汉站了起来，透过开着的门对走廊上的人低声说了几句。

"书面语正是你们希望让童稚般的自我融入的世界的一部分。尽管书面语是用来描述世界的，但它并不孤立于这个世界。想想五岁的孩子认出路标时的高兴劲儿，还有十岁的孩子完全沉迷于探险小说的劲头。他读到的不是词语，不是标点符号和语法规则，而是小船、岛屿和棕榈树后鬼鬼祟祟的人影。"

他眨了眨眼睛，驱散女儿的形象，画面中的女儿长大了些，此刻正坐在床上全神贯注地读着小说。她翻过一页，蹙着眉头，又翻了回去。本来，她可以读他专门写给她的书。他内心出现了一个坚定的想法，但又逐渐变得模糊，他继续说了下去。

"识字的孩子阅读时，会听见头脑里的声音。这是一种即时出现的私密的声音，滋养着她的幻想生活，将她从成年人的奇思怪想和解读倾向中解救出来，不管他们有没有时间读书给她听。"他正坐在凯特的床前给她读书。他不太确定两种画面中,自己究竟更喜欢哪一个。事实上,他真的不确定,也许人生最初十一年拉手风琴、跳舞、把旧钟表拆开、听别人讲故事挺好的。也许到头来,这两种方式产生的结果并没有什么区别,也根本没办法衡量两者的区别。于是人们又将走上以前的老路,创立理论,选择立场,竖起身份与自尊的大旗,与后来者血战到底。若是找不到证据证明自己好过对方,那就只能凭借敏捷的思维和持之以恒的心态了。

在把猜测粉饰为毋庸置疑的事实这件事上,没有哪个领域能比育儿界做得更好了。他读过一些背景资料,都是坎汉那个部门搜集整理的文章摘录。三个世纪以来,一代又一代的专家、牧师、伦理学家、社会学家、医生(绝大多数都是男性)为母亲的利益着想,提出过大量指导建议和瞬息万变的事实。没人怀疑它们的绝对真实性,每一代人都认为自己必已站于常识与科学洞察力的巅峰,而前辈对此仅能望洋兴叹。

他读到过一些正儿八经的论述,认为有必要将新生婴儿的四肢绑在木板上,使之无法动弹,以免它给自己造成伤害;有人强调母乳哺育的危害性,另一些人则强调母乳哺育对身体有好处,同时在道德层面也有优越性;还有些论断认为慈爱与鼓励会让儿童堕落;有的强调泻药和灌肠剂、严厉体罚和冷水澡的重要性，另外，本世纪初的一种说法是，无论多么不便利，都需经常呼吸新鲜空气；有的认为必须按照科学设定的时间间隔给孩子喂食，还有的反其道而行之，主张只要孩子饿了，就该随时喂食；一方面说孩子一哭就抱的做法危害很大，会让孩子觉得自己可以呼风唤雨，另一方面又认为，孩子哭时，不去抱的危害很大，会让孩子觉得自己能力薄弱；还有人说规律的肠胃蠕动、花三个月的时间训练孩子如何排便、全年全天候照顾孩子很重要，却也有人认为奶妈、保姆、国立保育院二十四小时保育孩子更重要；张口呼吸、抠鼻子、吮吸大拇指、母爱缺失、不是由专业人士在明亮灯光下接生、没敢在家里进行水中分娩、不给孩子割包皮、不给孩子切除扁桃体都会导致严重的后果；后来，这些流行一时的观点又都被轻蔑地扫入了垃圾堆；应该允许儿童做他们想做的事，使儿童的非凡天性茁壮成长，或千万不能任由孩子的意志发展；手淫可导致痴呆与失明，或对成长中的儿童而言，手淫可使之愉悦舒爽；可借用蝌蚪、鹳鸟、花仙子和橡实来谈论性，或者完全不能论及性，又或者以直率坦诚的态度谈论，既要耸人听闻，又要小心翼翼；见到父母赤身裸体会给孩子造成心灵创伤，相反，若是看见父母一直穿着衣服，孩子就会心生疑窦，导致慢性精神疾病；还有些专家呼吁，要教九个月大的孩子学数学，以抢占先机。

斯蒂芬在这一大帮专家中间只能算个小兵，此刻他正慷慨陈词，说儿童学会读写的合适时间段是五到七岁。他为什么这么肯定呢？因为这一标准施行已久，因为他得靠十岁的儿童读书来维持生计。他像个政客，像个政府的部长那样论辩着，激情洋溢，似乎没有掺杂任何私利。那个刚发过言的陌生人倾听着，礼貌性地低着头，右手的指尖摩挲着桌面。

斯蒂芬说："识字的儿童更强大，也因此更自信。"

在他慷慨陈词的时候，有个与他矛盾的声音却在说，他的不可知论其实是他干枯的情感状态的另一面，这时，坎汉匆匆走过去，向主席附耳低语。斯蒂芬一听见含着口水说话的声音，便中止了话头，转过身去，看见帕门特勋爵抬起一只懒洋洋的手指。"首相马上就会经过，并且希望过来见见委员会成员。有什么反对意见吗？"

坎汉把重心从一只脚换到另一只脚上，左手搭在领带结上。他往房间里面走了几步，像是要去把家具重新摆放一下，接着又改了主意，转身返回门口。四周传来了一阵沉闷的"没意见"的声音。当然不会有反对意见。委员们正稍稍整理仪容，把衬衫披好，拍拍头发，补一下妆。塔克尔上校又穿上了花呢夹克衫。

两个穿蓝色外套的人挤进了房间，一边面无表情地对大家扫视一周，一边走向窗前。他们在窗前站定，背对着房间里的人，虎视眈眈地望着那几个懒洋洋、没事可干的司机，而那些司机则漠不关心地转身走开，继续抽烟。半分钟后，三个穿着皱巴巴西装的人满脸倦容地走了进来，冲着委员们点了点头。紧随其后的就是首相，后面还有好些助手，有些人发现里面没地方待，就站在了门口。委员们都从桌边窸窸窣窣地站了起来，帕门特勋爵抬了抬手，让大家都坐下去。坎汉热心且不声不响地搬来了一把椅子，但首相根本没理他。首相喜欢站着，他站在主席身边，巧妙地将控制权夺到了自己手中。

正对面的是那个酷似猿猴的人，他站在桌子的另一头，目光和善，满是好奇。坎汉觉得他这么站着不合礼仪，就冲他挥了挥手，做着嘴型示意他要不就站到边上去，要不就坐下来，但这一次他还是没被理会，这时，帕门特勋爵开始介绍来客了。

斯蒂芬听说在高层公务员当中有个惯例，就是千万不要用人称代词或其他方式透露对首相性别的观点。毫无疑问，这个惯例起先具有侮辱性的意味，但过了这么多年，它却变成了满含敬意的标志，也成了能言善辩的试金石和良好品位的展现方式。此刻,斯蒂芬觉得帕门特勋爵遵循的就是这一惯例,勋爵的欢迎词无可挑剔,他称颂说,如今无数的专家委员之所以会对育儿实践进行审视,完全是因为这位尊贵来客的关照,后世的父母孩子定当对此感激不尽。

然后,他依次介绍委员会委员,提及他们的教名、姓氏、职务和背景的时候,丝毫没有踌躇。每听到一个名字,首相就会略微欠一欠身。斯蒂芬是最后一个被介绍的,所以有时间去关注别人,他注意到蕾切尔·墨雷听到自己名字的时候,脸红了一下。塔克尔上校听到自己名字的时候,从座位上腾地站起,啪地来了个立正。斯蒂芬发现那个陌生发言者名叫布罗迪,是发展研究院的教授,还有一个委员赫麦翁·斯利普夫人,从前介绍过一次,但没被首相记住。艾玛·凯茹是个校长,虽然得了厌食症,但整天乐呵呵的,一听到别人大声说到她的名字,脖子上的青筋便马上绷得紧紧的,像个伞架。

不管委员们个个多么世故圆滑,此时都心生敬畏。多年来,一说起首相,斯蒂芬总是出言不逊,或是极尽嘲讽之能事,带着最愤世嫉俗的意图来看待他,有时甚至表现出纯粹的憎恶。但此刻站在他眼前的这个人,身旁没有演播室里的聚光灯,也不是在电视里出现,既无名人风范,也算不上是个传奇人物，与政治漫画上的讽刺形象毫无相像之处。就连鼻子也和其他人的一模一样。现年六十五岁的首相干净利落，稍稍伛偻，脸颊塌陷，眼神朦胧，举止谦逊有礼，毫无独断专行的架子，反而显得脆弱不堪，让人有些不安。斯蒂芬想要伪装他自己。他涌起了一股冲动，想表现得有礼貌，以赢得好感，并保护首相不受批评言论的伤害。他毕竟是这个国家的家长，是集体幻想的承载者。所以，当帕门特说到斯蒂芬的名字时，他发现自己竟然点头如捣蒜，甚至急切地露出了笑容，宛如莎士比亚戏剧中爵爷的随从。由于他是最后一个被介绍的，所以有幸得到了提问。

"你是那位童书作家吗？"他点了点头，没说话。

"外交部部长的孙子们特别喜欢读你的书。"

他说了声谢谢，之后才反应过来，那根本不是什么赞美之词。首相面无表情地对委员们说了几句话，提及育儿事业的重要性，并希望委员们在工作上再接再厉。

蓝外套正从窗前往回走，助手和两个穿着皱巴巴西装的人朝敞开的大门走去。委员们听到等在走廊上的人发出咳嗽声和跋着脚走路的声音。另一个穿西装的人绕过椅子，给斯蒂芬传了个口信。这位随从的呼吸中有股巧克力的味道。"你如果不介意的话，首相想在走廊上和你说几句话。"

在众目睽睽之下,斯蒂芬跟着那人走了出去。大多数随行人员都朝着走廊另一头的楼梯走去。剩下的人聚集在几米开外,等在那儿。一名看上去年资颇高的文职人员正在让首相签字,首相给他下达了几条指示。每听一条,他都会低声模糊地说点什么。文件签署完毕后,他就走开了。那个散发着巧克力味儿的人把斯蒂芬向前推去。他和首相既没有握手,也没有寒暄。

"我知道你是查尔斯·达克的密友。"

斯蒂芬说:"没错。"这话听上去太直截了当,他又补充了一句:"他做出版的时候,我就认识他了。"

他们转过身,沿着走廊若有所思地缓缓走着。两名保镖紧随其后。

过了好一会儿,首相才问出下一个问题。"你有他的消息吗?"

"他和妻子搬到乡下住了。他们把房子卖了。"

"是啊,是啊。那他精神崩溃了吗,生病了吗?"

斯蒂芬自己知道的也不多,但他有股冲动想把自己知道的每一件事都和盘托出,以显得自己很重要。他克制住了。"他妻子给我寄了张明信片,请我过去玩。她说他们过得挺开心。"

"是他妻子要他辞职的吗?"

他们来到了楼梯口,站着没动,俯视着宽阔的大理石台阶,两名保镖站在两侧。

有好一会儿,他凝视着首相,没开口。他并不清楚这究竟是一次重要的谈话,还是一次无关紧要的聊天。他摇了摇头。"查尔斯做公众人物已经很久了。"

"确实如此。但如果没有充分的理由,没人会这么放手。"

转身朝委员会大门走去的时候,首相的语调有了变化。"我很喜欢查尔斯·达克,比绝大多数人想象的更喜欢。他很有才干,我对他寄予了厚望。"在即将被等在那儿的助手听见时,他们放慢了脚步。"消息传到我这里的时候,都变得非常平淡了,你明白我的意思吗?"

"你想说服他再回来?"但还没轮到斯蒂芬提问。

首相举起一只手,那手很小,一根手指上戴了只朴素的金戒指。一名助理从那群人里走出来。"你去看过他之后,能让我知道他状况如何吗?"助手从一只皮质文件夹里取出一张小卡片,把它递给斯蒂芬。

他本想说没法保证之类的话,却接收到了这次面谈已经结束的信号。另一名随行人员来到首相身侧,一边打开一本预约登记簿,一边同首相和其他一众人朝楼梯快速走去。

斯蒂芬回到了自己的座位上,会议室里鸦雀无声。只有帕门特勋爵看起来真的不感兴趣,甚至因为会议中断还有些恼怒。等到斯蒂芬落座后,他暗示布罗迪教授继续发言。

这名憔悴瘦削的年轻人颔首致意,手指不经意间飞速将衬衫纽扣间露出的几绺黑毛塞了回去,然后又在身前握住手,说如果委员会不介意的话,他会按照问题被提出的顺序逐个回应。

限水令使伦敦西郊房屋前的花园全都变成了尘埃。绵延的水蜡树枯萎开裂。斯蒂芬从列车终点站出来,步行了很长时间,其间见到的花朵就只有几个窗台上凋零的天竺葵。窄小的草坪都已龟裂,甚至连干枯的草叶也已丛丛剥落了。有个爱开玩笑的人在外面栽了一排仙人掌。在那些铺了水泥地面、到处漆成绿色的花园里,反而蕴含着更加浓郁的田园风情。身着红外套、卷起袖子转动迷你风车的小个子木偶们一动不动,像是中暑一般。

他父母家所在的那条街道十分笔直,两公里多长的路上没有一家店铺,属于二十世纪三十年代建起的区域,中意维多利亚风格排屋的人曾对这儿百般鄙视,而如今,从旧城贫民区搬过来的人却把这儿变成了一块理想住地。房子矮矮的,但挺宽敞,只是脏兮兮的。滚烫的屋顶下栖居着对开阔海域的向往：每扇前门旁都有个圆形的口子，楼上镶了金属框的窗户则让人想起远洋轮船上的桥楼①。他缓缓地穿过静谧的雾气，朝着七百六十三号房走去。一坨菱形的狗屎被他踩在了脚下。和之前每回来时一样，他又一次心生疑虑，这么多房子一栋挨着一栋，怎么会如此没有人气，既不见孩子在周围踢球，也没有人在马路上跳房子，既没人在拆卸齿轮箱，也没人从房子里进进出出。

二十分钟后，他和父亲坐在荫蔽的露台上，喝着从冰箱里拿来的啤酒，轻松自在。干净锋利的园艺工具整齐地堆在它们的位置上，粉色的石板刚被冲洗过，硬毛刷挂在墙上属于它的挂钩处，水管整齐利落地紧紧缠绕在圆柱周围，被禁用的水龙头上还留有黄铜抛光剂擦拭的痕迹，少年时期让他倍感压抑的这些细节，此刻却令他神清气爽，头脑清晰，能够将注意力放在更重要的事物上。无论室内还是室外，物品都摆放得井井有条，而且一尘不染，他已不再将这些特征视为与人性、创造力和丰富的生活势不两立的对立面，后者在他狂热的少年时期曾是他日记本上的关键词。他们端着啤酒坐在那儿，能望见同样有序的花园、褐色的草坪、涂了木馏

---

①指船舶中位于上层的建筑，可提供居住空间，也是驾驶室和指挥中心的所在地。

油的篱笆和橙色的屋顶,头顶正上方,在蓝黑色天空的映衬下,一座高压电缆塔的两个塔臂从倒霉的隔壁房子上横跨而过,而视线所及之处并没有塔身的影子。

头脑从纷乱的思绪中解脱出来,两人聊起了天气。

"儿子,"父亲说,他坐在扶手椅上,边伸手给斯蒂芬加酒边嘘出一口气来,"七十四年来,我不记得还有哪个夏天比今年还热。今年很热。说实话,我觉得热得过头了。"

斯蒂芬说炎热总比多雨好,父亲说没错。

"不管他们说水库怎么样了,也不管我们家的草坪发生了什么,我倒希望天气一直都这样。你可以坐在外面。需要的话,就待到荫凉处,但还是能坐在外面,不是坐里面。等你到了我和你妈妈这年纪,像有几年夏天那样的潮湿天气就一无是处啦,只会让你骨头疼。而这样的炎热天气什么时候我都受得了。"斯蒂芬正想说话,父亲又愤愤不平地说了下去。"问题是,人啊从来不会满足。太热了,太冷了,太潮湿了,太干燥了。人压根儿就不知道满足。他们根本不知道自己到底要什么。我觉得现在的天气挺好。我们从前就不会埋怨这样的天气,是吧?每天都去海滩,海水那么舒服,再游会儿泳。"他又恢复了往常的好心情,端起酒杯,倒满了啤酒,穿拖鞋的脚打着得意洋洋的节拍。

他们在令人舒服自在的沉默之中坐了一会儿。斯蒂芬的母亲正在厨房里烤肉，烤箱门一开一关，还有一只厚重的勺子正在平底锅里舀着什么，这两种动作发出的声音令人心安。后来，在父亲的坚持要求下，母亲也出来了，喝起了雪利酒。她摘下围裙，坐好后，将围裙仔细地叠好放在膝头。要准备三道菜的焦虑令她的表情生动起来。她的脑袋一直偏向厨房的窗子，留意蔬菜是否炖好了。

他们继续聊天气，这次谈到了天气对花园的影响，毕竟花园是她的最爱。

"太可惜了，"她说，"我们在这上面花了多少工夫啊，是吧。它本来就要变得很漂亮了。"

斯蒂芬的父亲摇了摇头。"我刚才还对斯蒂芬说呢。这样总好过整天只能坐在屋里，眼睁睁看着花园一天比一天没生机，还骗自己说明天就会好起来。可明天并不会变得更好。"

"我知道，"她说，"可我喜欢看着它们生长。我不想看着它们死去。"她喝干了雪利酒，说："你俩还要待多久？"斯蒂芬的父亲瞥了一眼手表。"我们再喝杯啤酒。"

"那我到半点的时候就上菜了？"

他点了点头。

从椅子上站起来时，她感到一阵刺痛，皱起了眉头。她说：

"很好。只要我知道自己到底在干些什么就行。"她拍了拍儿子的膝头，很快进了屋子。

父亲跟着她进去，回来时又拿了两听啤酒。他俯身坐到椅子上时大声地呻吟了一下，这呻吟更多表达自嘲而非疼痛。他把啤酒罐子放在扶手上，噗通往后一靠，笑了起来，假装被这样的折腾累坏了。他们把酒杯斟满后，他开始问斯蒂芬委员会的事，耐心地听他说会议中的情况。

斯蒂芬和首相见面一事，他听了并没大惊小怪。"儿子，他们都想获取自己能捞到的东西。这话我以前对你说过，你待在那儿是在浪费时间。他们早已秘密地完成了会议报告，整件事情全都是扯淡。照我看，这些委员会全都是用来唬人的。还某某教授、某某勋爵！就是为了让别人读报告的时候相信上面那些说辞，而大部分人还都是蠢货，真的会相信。某某勋爵在上面签了名，那肯定就是真的。那这个勋爵到底是什么货色？就是随便一个家伙，一辈子都在说对的话，谁也不得罪，又捞了点钱。对的话传到对的耳朵里，他出现在了女王的授勋名单里，他就突然成了神，他的话就成了准则。他成了神了。某某勋爵这么说，某某勋爵那样想。这个国家的问题就出在这儿，所有人都在点头哈腰，所有人都对勋爵先生什么的唯唯诺诺，没人有自己的思想。儿子，如果我是你,我肯定撒手走人。你待在那儿是在浪费时间。好好去写一本书吧。现在也该这么做了。凯特是回不来了,朱莉也走了。你得好好过下去。"

这些话不是事先准备的,说完后,两人都呆住了。斯蒂芬摇摇头,但不知道该说什么。刘易斯先生靠回到椅背上。两人端起杯子,大口大口地喝了起来。

晚餐前,斯蒂芬一个人在屋内待了一两分钟。父亲去厨房帮忙了。这个房间从屋子的后门一直延伸到前门,一头是餐桌,另一头是三件套的沙发。这儿是父母最后的家园,也是他们能依着自己的品位布置的第一套房子。到处都是他们从前被派往各地时搜集的物品,他们把这些东西放在了盒子里,一放就是好多年,"等我们有了自己的房子再说",他记得自己很小的时候就听过这句话。拴着皮绳的烟灰缸被放在一个合适的位置上,棕榈树的剪影和北非黄铜罐子也在。餐具柜上摆着母亲收藏的水晶和雕花玻璃动物模型,栩栩如生,棱角尖利,沉甸甸的。他用手掌托起一只老鼠,它的眼睛是两颗珠子,脸上伸出尼龙胡须。

餐桌上放着葡萄酒杯,长长的杯柄呈绿色。他以前常把它们想象成戴着长手套的女士。餐具垫上绣着皇家空军的标志,咖啡匙上则印有斯蒂芬去过的各个城镇的徽饰,温哥华、安卡拉、华沙。奇怪的是，整个过去竟能如此轻易地嵌入一间屋子里，摆放得不伦不类，却又被一丝丝熟悉的、并不代表特定日期的气息束紧：薰衣草漆的气味、烟味、香皂味、烤肉味。在这些物品、这种特殊香气的环绕中，他的决定，以及他要提出的那些问题的重要性，他都已经开始遗忘。他有问题要提，有一些话题想聊，但喝了三听啤酒后，他感到浑身舒坦、晕晕乎乎，再说他也已饥肠辘辘，此刻，母亲正将一碗碗盖着盖子的蔬菜从上菜口递出来，准备将它们放到电炉上热；父亲拿来一瓶家酿红酒，是用特制的工具花了四周酿出来的，他正往玻璃杯里斟酒，如往常一样，让杯中红酒的液面呈新月形；他们把第一道菜端了上来，每一片西瓜都是鲜红色。他心怀感激地坐了下来，等父母也落座后，三人举起酒杯，母亲说："儿子，欢迎回家！"

斯蒂芬看着父母的面庞，时光在其上留下的痕迹远不及凯特失踪事件带来的摧残。现在他们已很少提及凯特了，也是因此，二十分钟前父亲的话才令他惊讶。唯一的孙女失踪，让他父亲在两个月内白了头发，母亲眼窝深陷，眼周长满皱纹。他们的退休生活都是围绕着孙女计划的，对凯特来说，这间房间就像天堂，到处都是不得触碰的物品。她能独自待上半个小时，下巴支在餐具柜上，给玻璃动物们配音，沉浸于它们令人费解的对话中。除了身体上的痕迹,斯蒂芬看不到父母流露出任何悲伤。他们不想增添他的压力。他们有一些共识,正是这些共识将三人凝聚在一起,他们还无法一起为凯特哀伤,而像父亲先前那样说出凯特的名字,则是打破了一个心照不宣的规则。

直到吃完饭,斯蒂芬才设法提起了自行车的话题。他说他有一段记忆,但不太确定是什么时候的事情。他描述了儿童座椅、通往大海的小径、卵石堤岸,还有堤岸另一侧雷鸣般的响声。父亲反抗似的摇着头,面对无法挽回的往昔,他常是这种态度。但刘易斯太太很快就想起来了。

"那地方叫老罗姆尼,在肯特郡。我们在那儿待过一个礼拜,"她碰了碰丈夫的前臂,"你不记得了吗?我们从斯坦那儿借回了自行车。那些车都很旧了。我们在那儿住了一个礼拜,没一天不下雨的。"

"我这辈子从来就没去过老罗姆尼。"斯蒂芬的父亲说,但他有些迟疑,等着别人来反驳他。

"那时你正在上一门课,中间有一星期的假。我们住在一家小旅馆里,那儿提供早餐,我现在想不起它叫什么名字,但那儿很漂亮,也很干净。"

"你们把自行车借了回来。"斯蒂芬说。

"没错。那两辆自行车我们骑了很多年了,买来的时候是新的,后来,我们要驻扎到国外去,就把它们给了斯坦舅舅。"

这次,父亲不再模棱两可。"我们什么样的自行车都骑过,就是没骑过新的。不可能买得起,那时候不可能。"

"好吧,我告诉你,我们确实买了新的,是分期付款买的,后来给了斯坦,去老罗姆尼的时候,又借了回来。"

他对自行车的记忆很确切,所以对老罗姆尼一事坚决否认。"从来就没去过那儿附近。就连周围都没去过。"

母亲为了掩藏恼怒之色,站起来收拾餐盘。她压低嗓音生气地说:"你啊,连自己喜欢什么都会忘。"

刘易斯先生正在倒酒,向斯蒂芬做了个搞笑的表情,意思是快瞅瞅,看我现在给自己惹的麻烦。

喝咖啡时,气氛又轻易地恢复了融洽,这时,他们说起了某个长辈的葬礼,这位长辈上星期葬在了温布尔顿的公墓里。斯蒂芬的母亲在说这事的时候,一度说不下去,抹起了眼泪。葬礼中,死者的一名曾孙把一只泰迪熊扔进了坟墓,泰迪熊就躺在棺材上睁着独眼仰头凝望着送葬者。那孩子的行为引起了大骚动,盖过了牧师低沉的布道声。人群中传来了扑哧扑哧的笑声,丧亲者那家人则怒气冲冲地瞪了过去。

没人想爬下去把那玩具取回来，于是，它就和死者一起落葬了。

"还比死者收到了更多哀悼。"斯蒂芬的父亲之前听过这故事，就咧嘴笑着说。

他们仨准备洗碗，这项工作遵循的是惯有的流程。斯蒂芬和父亲收拾餐桌时，母亲先去厨房水槽洗碗。等到母亲洗出许多餐盘，需要有人把它们擦干时，斯蒂芬就去厨房做帮手。父亲收拾完桌面，擦干净，然后也到厨房帮忙擦碗并放回原位。之后，刘易斯太太总是把男人们从厨房里赶出去，好由她自己来洗净烘焙盘和烤盘。整个进程中包含了舞蹈、仪式和军事演习的元素。斯蒂芬正处在一团乱麻似的生活中，因此觉得这个过程让人心情舒坦，尽管以前洗碗总让他有种生不如死的感觉。在第二阶段中，父亲正干劲十足地擦拭着餐桌，这时就只有斯蒂芬和母亲待在厨房里，他又问起了自行车的事。他们是什么时候买的自行车？

她并不好奇他为什么想知道这事。她戴着手套，在泡沫水中握着双手，歪着脑袋想了会儿。"在你出生前。在我们还没结婚的时候，因为我们曾经骑车出去幽会。车子很漂亮，车身是黑色的，上面刻着金色文字，挺沉的。"

"你知不知道肯特郡奥特福德附近有个叫'钟'的酒馆？"

她摇了摇头。"是在老罗姆尼附近吗？"她问，这时，刘易斯先生走进厨房。斯蒂芬强忍着冲动没再多问，他不希望这个夜晚过得不安稳，再小的纷争也不想引起。

等到餐具全部洗净放好后，他们坐下来聊天，一直聊到他需要去赶最后一班火车的时候。他们来到前门的台阶处，在温暖的空气中道别。一阵熟悉的悲伤又涌上了父母心头，他们说的都是些开心的话，声音却很低沉。他心想之所以如此，一方面是因为他要再次离家，三十年来，他无数次离家，每次都不知不觉地和第一次大同小异；另一方面也是因为他要独自离家，身边没有妻女陪伴，没有儿媳和孙女随行。无论何种原因，都是不会被说破的。和往常一样，他们一直在房屋前的小路上挥着手，直至儿子没入昏黄的暮色之中，他们就这么挥手，放下，再挥手，一如那次在沙漠中的飞机跑道上的情形。直到街道稍稍转弯，他彻底从他们的视野中消失为止。仿佛他们想亲眼确认他不会改变主意，转身回家。

五

未成年人作为数量庞大、最为弱势的群体，可以穿特殊的服装，不用参加日常工作，行为常不受限，多数时间只是用来玩乐，这种情况并不是一直存在的。必须记住，童年并非自然现象，从前，儿童是被当作缩小版的成年人来看待的。童年这个概念是人为创造出来的，是社会建构的结果，随着社会日益复杂，资源日益增多而出现。最重要的是，童年是种特权。孩子在成长的过程中，必须记住是作为社会化身的父母牺牲了自己，给予了他这种特权。

——《权威育儿手册》，皇家文书局

斯蒂芬租了一辆车，沿着一条荒弃的小路向东开，朝萨福克郡中部驶去。车上天窗大开。他已经厌烦了在收音机上搜索还能入耳的音乐，索性吹着温暖的风，好好体验一下一年多以来第一次驾驶的新奇感。他的后裤兜里有一张写给朱莉的明信片。她似乎只想一个人待着。他不晓得是否该将这张明信片寄出去。太阳高高地悬在身后，照得眼前的一切清晰而透亮。马路两侧是水泥灌溉渠，渠边是宽宽的一片树桩子和干枯的欧洲蕨丛，马路在这里有好几处急转弯，沿途穿过树桩后几公里长的针叶林。他记起，前一天晚上自己睡得很好。他心情很放松，但也合情合理地保持着足够的警惕。车的时速大致在一百一十到一百二十公里之间，只在正前方出现了一辆粉色的大卡车时，才稍微降了一点。

  接下来发生的事虽一闪而过，时间却好似放慢了一般。他正准备超车时，卡车的车轮出了状况，他没看清楚到底是什么问题，轮胎卡了一下，闪出一股尘烟，随即一长条黑色的物体曲折前行，从几十米外朝他袭来。那东西砸向了挡风玻璃，在上面附着了一会儿，又一掠而过，而他还没来得及看清那究竟是什么东西。然后（也有可能是同时），卡车后部剧烈扭动起来，跳跃，摇摆，擦出一条条火星，即便艳阳高照，火星依然亮得刺眼。一个弯曲的金属物体飞向一侧。眼下，斯蒂芬仍有时间把脚放到刹车上，他甚至注意到一只挂锁悬挂在松脱的轮缘,还能看见手指抹开灰尘潦草写就的"请洗涤"。金属摩擦发出嘶鸣声,又闪出新的火花,浓密的火花形成了一道白色焰火,似乎将卡车后车身推向了空中。他踩下刹车,眼前是脏兮兮疯转的轮胎、凸轮轴、差速器上满是油污的鼓凸,齐眼处又忽然飞来变速箱的底部。卡车后部抬起,车头落地,复又弹起,也许弹了两次吧,这才懒洋洋地、踌躇不决地翻完了筋斗,散热器罩旋转落地,挡风玻璃也猛地掉落下来,车顶撞击路面时发出了沉重的轰隆声,车身弹起了几米又坠下,于一片火花之中迅速翻转。然后,车身横扫,堵住了马路,侧身翻倒后,突然就停住了,这时斯蒂芬的车子正从不到三十米外向卡车驶去,据他超然事外的估算,时速大概在七十多公里。

此刻,在这延缓的时间中,出现了一个崭新的起点。他来到了很久之后的未来,那儿所有的规则和条件都与现在不同。原来这就是新的规则,他对此充满了敬畏,仿佛正在一个新发现的星球上独自朝一座巨城走去。那儿还有空间,供你悔不当初,也供你真诚地怀念往昔那些不寻常的日子,回到卡车飞速弹射而起,硬生生地落在了百般不情愿的证人眼前的时刻。现在必须努力集中注意力。路牌和纹丝不动的卡车前保险杠之间有一道近两米的空隙,他正驾车朝那儿疾冲而去。他已经把脚从刹车上移了开来，因为他像是刚以此为主题完成了一篇专题论文那样推理道，刹车的力量正把他的车拽向一边，妨碍他手上的动作。他换入低速挡，双手坚定地握住方向盘，但没有握得太紧，准备一旦偏离方向，便将其连根拔起护住脑袋。他发出信息，或者说信息从他的脑中跳跃而出，发给了朱莉和凯特，但只不过是些表达警告和爱意的脉冲。他很清楚还应该发给其他人，但时间太短，也就不到半秒，幸好那些人并未在脑中出现，对他产生干扰。他换到二档，小车发出了抗议的嘶吼声。显然多想无益，只能任凭思绪放松自在地遨游，想象自己已经驶入了那道空隙。他肯定是大声喊出了"空隙"这个词，喊声刚落，金属和玻璃便发出了清脆的爆裂声，他穿过了空隙，车停住了，门把手和后视镜散落在后方十几米远处。

还没来得及如释重负，也没来得及震惊，他便强烈地希望卡车司机能看看自己的驾驶技术有多完美。斯蒂芬一动不动地坐在那儿，握着方向盘，透过身后卡车司机的眼睛注视自己。就算不是那司机，路人也行，也许是农民，某个会开车的人，能理解这样的成就有多了不起的人。他想要掌声，想要副驾驶座上的乘客转头用亮若星辰的眼睛看着他。其实，他只想要朱莉。他狂笑不已，大声吼叫："看见了吗？看见了吗？"接着又喊："你成功了！你成功了！"整个过程最多持续了不过五秒钟。如果朱莉在场，她应该会欣赏这发生在时间上的变化，时间的长度因事件的紧张程度不同而产生的变化。他们现在应该会在谈论这件事，因大难不死而激动不已，很想明白这究竟意味着什么，对他们的未来有何种意义。他又一次纵声大笑，直到笑得喘不过气。他们还会接吻，从后座拿来一瓶香槟，开始互相脱衣服，庆祝尘埃落定，自己终于活了下来。他们该有多开心啊！他用手捂住脸，幸福地抽噎了一会儿，又用租车公司提供的抹布猛地擤了擤鼻子，下了车。

若是想让那司机一直关注斯蒂芬的话，就得在驾驶室的顶部开一个口子。斯蒂芬转身朝卡车走去的时候，并未立即意识到这一点。车头已经砸得稀巴烂，扭曲得厉害，很难搞清楚如果车头没损毁，究竟朝向哪边。他不辞辛劳地把撞烂的门把手和后视镜踢到了马路边。前方的空气因柴油蒸发而变了味儿。玻璃在脚下发出难听刺耳的声音。他觉得司机可能已经死了。他警惕地朝驾驶室走去，试图分辨哪儿是门，哪儿有其他开口。但车架都绞扭在了一起，像一只攥得紧紧的拳头，又像是牙齿掉光而紧闭的嘴巴。他一只脚踩在残骸上，撑起身子，让脸与挡风玻璃齐平。挡风玻璃已完全裂开，表面雾蒙蒙的,完全看不清里面。他又往上爬了爬,找到了侧窗,发现驾驶室顶部的衬垫紧紧挤压着窗玻璃。马路上很干净,他只能跳过灌溉渠,在欧洲蕨丛里搜了搜,找到一块大石头。他拿着石头,对着残骸砸去。

他清了清嗓子,在一片寂静中喊着,显得有些荒谬:"嘿!听得见吗?"接着又拔高了嗓门,"嘿!"

驾驶室深处有窸窸窣窣的声音,继而又是短暂的寂静,接着近处传来男人的声音,就说了两个字,声音闷闷的。那是个死气沉沉的声音,像是有人在摆满家具的房间里喃喃低语。斯蒂芬又喊了一声,但马上住了口,因为喊声盖过了那个男声重复刚才那两个字的声音。他等了会儿,往乱糟糟的金属堆里瞅了一眼,看有没有裂口。他再喊的时候,那个声音应了一声,又说了些什么。是说"在这"还是"救命"?他绕过驾驶室,尽量让自己的嗓音显得冷静一些。"我听不清楚你在说什么。我想想办法找到你。"

他回到原先的位置。暂时没有回话,斯蒂芬觉得他应该是在积聚力量。

他听见那人猛地吸了一口气,接着清楚地说:"往下看。"

斯蒂芬脚边有个脑袋,从钢架上一个纵向的裂口伸了出来。还有条裸露的胳膊,卡在脑袋底下,紧紧地挤着脸,遮住了嘴巴。斯蒂芬跪了下来，毫无顾忌地碰了碰这个陌生人的脑袋。他头发浓密，发色棕黑。头顶有块硬币大小的地方秃了。那人脸朝下面对着马路，但斯蒂芬仍能看出他至少有一只眼睛是闭着的。

那道裂口是两块皱皱巴巴的镀锡铁皮之间的豁口。他能辨认出那人隐在暗处的肩头，还有工作服上红黑相间的格子图案。斯蒂芬轻轻拍了拍那人的脸，那人睁开了眼睛。

"你疼吗？"斯蒂芬问，"我去找人帮忙，你等一下好吗？"那人想说话，但卡在下巴底下的前臂却让人听不清他的声音。斯蒂芬双手抬起那人的脑袋，用一只脚将那条胳膊推到了一边。

那人咕哝了一声，又闭上了眼睛，等睁开眼后说："朋友，你有纸和笔吗？我希望你能替我写点东西。"他操着伦敦口音，声音沙哑而亲切。

斯蒂芬兜里有笔记本和铅笔，但他没伸手去拿。"先得把你弄出来。你可能正在流血。而且这里到处都是柴油。"

那人用一种理智的口吻说："我觉得我出不去了。就帮个忙吧，写几条信息。要是之后能把我救出去，也没什么损失，对吧？"斯蒂芬觉得自己有责任写下那人的临终遗言，所有人此时都会这么想。

"这条给简·菲尔德,地址是西南九区安奇奥路,二三一六号,特比特之家。"

"那里离我住的地方不远。"

"亲爱的简,我爱你……"他闭上眼睛,想了想,"我昨晚梦到了你。我一直都打算回来的。你也知道,对吧?我很清楚这种事迟早会发生。爱你的乔伊。哦,对了,再写上,和孩子们说,我爱他们。接下来那条给皮特·泰普,西南二区布里克斯顿路三〇九号。亲爱的皮特,老伙计,这种事先发生在我身上了,我礼拜六过不来了。你懂的,还要再加上几个感叹号。你那一百块钱,我还欠着。去找简拿吧。要喝贝思宝儿果汁。一天喝一整听,六点钟左右喝,加点饼干和一杯牛奶,别放巧克力。再见。乔。哦,对了,第一条上再加一句,另外,我欠皮特一百块。"

斯蒂芬翻过一页,等着。

那人凝视着路面,过了好一会儿才恍恍惚惚地说:"这条给考纳先生,由西南九区的斯托克维尔庄园学校转交。亲爱的考纳先生,我觉得你应该不记得我了。我是大概十四年前离开学校的。你在课上把我撵出了教室,说我什么事都干不成。但我现在有自己的生意了,还有自己的卡车,是辆粉红色的法施奈卡车,载重二十吨,买卡车的欠款也差不多还清了。我想让你知道,我经常会想起你说的话。致以最诚挚的敬意,约瑟夫·弗格森,二十八岁。接下来一条写给温迪·麦圭尔,地址是伊普斯维奇郡,福克斯路,十三号。宝贝……"

斯蒂芬啪地合上笔记本,站了起来。"够了。"他说完,便快速往自己的车子走去。他打开后备箱,在里面气恼地翻找,最后找到了一只千斤顶,它在一个隐蔽的地方,被有磁力的设备吸住了。

"我告诉你,"斯蒂芬返身回来,想把千斤顶侧着塞入缝隙时,那人说,"我脖子以下没有任何感觉。我不想见到自己这种惨样。"

看上去,裂口边上皱皱巴巴的车体根本没有着力点。不过,一想到还要再听他口授信件,斯蒂芬就不好受,于是他继续努力着。千斤顶最终被塞了进去,他开始转动棘轮。

他跪在地上,那人的脑袋在他的两膝之间,面颊抵着柏油路面。千斤顶就在那人脖子上方四五十厘米处,是斜着塞进去的。待到千斤顶放稳后,下端就开始将铁皮往两侧挤去,每次用力转动一下棘轮,口子就会稍稍撑开一点。上端抵得很牢,纹丝不动,形成了一个很好的着力点。等到缝隙打开十公分左右时,斯蒂芬重新安放了千斤顶,这次是竖着放的,底座就在那人的喉咙旁。随着一阵如指甲划过黑板般刺耳尖锐的声音，车身上一个损毁的部分被抬了起来。上升了约十五公分后，又顶到了一个很重的东西。斯蒂芬往黑乎乎的驾驶室内瞅了瞅，能看见那人的身子蜷曲着。他没看见血，也没见到任何受伤的痕迹。他小心翼翼地，尽量不碰千斤顶，而是一手抓住那人的肩膀，另一只手托住那人的脸，把他往外拽。那人发出了呻吟声。

"你得帮个忙，"斯蒂芬说，"把头抬一下，我好把手放到你下巴底下。"这次斯蒂芬能够拉动他了，差不多移动了两三公分。这样重复了好几次后，那人总算能用一条没被卡住的胳膊推着自己动，斯蒂芬则勾住那人的腋下，把他拽了出来。

他们朝斯蒂芬的车子走去时，那人轻轻揉着手腕。"我觉得手腕应该是断了，"他伤心地说，"礼拜六我还得去参加斯诺克比赛呢。"

斯蒂芬自己也在浑身发抖，只觉得双腿使不上力。他认为那人应该还没从震惊中缓过神来。他把那人扶上副驾驶座，再用小毯子把他裹住。但驾驶室的门没把手打不开，斯蒂芬只能再把那人扶出副驾位，自己先爬过去，挤到方向盘后面。等到全部安顿妥当后，他们又坐了一两分钟。插入点火钥匙、轻拨挡杆、紧握方向盘，这套仪式让斯蒂芬平静了不少。他看了看那人，那人正透过挡风玻璃往外望，浑身颤抖不已。

"听着，乔，你能活下来简直就是个奇迹。"

乔用舌头舔了舔嘴唇说："真渴啊。"斯蒂芬从后座上拿了只瓶子过来。"现在只有香槟。"瓶塞爆开，从仪表盘上弹起，猛地砸中了乔的耳朵。他接过瓶子，咧开嘴笑了笑。他对着盈满泡沫的瓶颈抿嘴吮了几口，闭上眼睛。瓶子在他们之间递来递去，谁都没说话，直到瓶子见底。喝完后，乔打了个嗝，问斯蒂芬叫什么名字，然后说："你太厉害了，斯蒂芬。太厉害了。我就想不到千斤顶。"他看着手腕，惊讶地说："我竟然还活着。连腿都没瘸。"

他们哈哈笑了起来，斯蒂芬兴奋地说起自己如何开车穿过那道两米宽的间隙，讲当时时间如何变慢，路牌又是怎么刮掉了后视镜和门把手。"厉害，"乔不停地喃喃自语道，然后又说，"太厉害了。"斯蒂芬又拿了一瓶香槟过来，他们开始从各自的视角还原这次事故。乔说他觉得就像有个巨人把他的卡车提溜了起来，往空中扔去。他还记得马路朝他迎面而来，然后自己瞥见了后面颠倒的车子，看见周围的东西向他围拢而来。他们一直在说这是个奇迹，绝对是个奇迹。第二瓶快要喝完的时候，他们欢呼号叫起来，纯粹就是因为高兴，还毫无缘由地唱起了"因为他是个大好人"，每当唱到"他"

的时候,他们就指向对方。

车子启动后,斯蒂芬才记起千斤顶,心想就把它留在那儿吧。他们朝最近的城镇驶去,讨论是先送乔去医院,还是先去报警。

乔坚持要先去报警。"想让保险公司的人清清楚楚地了解事故的情况。"

车子的时速超过了一百四十公里时,斯蒂芬突然想起自己已经喝得有点晕晕乎乎,就放慢了车速。乔沉默了一会儿,只在经过城郊的时候,喃喃自语道:"以前认识的一个挺好的姑娘就住这儿。"他们在市中心找警局时,他说:"我在那儿待了多久?两小时?三小时?"

"十分钟。可能还不到。"

斯蒂芬找到警察局,把车停下来时,乔还在嘟囔,说着"不可思议"之类的话。斯蒂芬问道:"关于时间,你是怎么看的?"

乔透过车窗凝视着三名全副武装的警察,他们正坐进一辆巡逻车。"说不清。我在里面待过近两年。什么都干不了,什么事都没发生,每天都他妈的一模一样。然后你猜怎么着,那段时间就像弹指一挥间。我还没反应过来自己待在哪儿,那段日子就结束了。所以,这就说得通了。要是一大堆事情一件接一件地飞速发生,时间就会显得漫长。"

他们下车，站在人行道上。庆典结束了。

"你还活着，"这可能是斯蒂芬在那一小时里第十次说这话了，"那你认为这意味着什么呢？它到底造成了什么影响？"

乔一直在思考，现在已经有了答案。"这意味着我得回到简和孩子身边，还得回到那个可恶的温迪·麦圭尔身边。这意味着我要用保险理赔的钱买两辆二手车。"

说到这儿，他想到手头还有重要的事情得处理，于是转身朝警察局走去。乔一定还没缓过劲儿，斯蒂芬想着，因为他连谢谢再见之类的礼节都给忘了。乔站到一边给两名女警让了路，即将走进一扇推拉门，这时斯蒂芬想起了笔记本里的那几条信息，觉得是个拖累。他把那几页纸撕了下来，又从后裤兜里掏出明信片，俯身于排水沟旁，将它们全都经由下水道寄出。

或许是因为副部长的影响，冷杉林场和树篱切割机没有出现在圣奥格堡菲利克斯附近。这里的树林原有五百公顷，早在诺曼时代之前就已开始生长，《土地赋税调查书》[①]里也

[①] Domesday Book，又译为《末日审判书》，是由英国国王威廉一世制作的书籍，出版于1086年，是对当时全国土地情况的汇编。

提到过它,如今却只剩这块巴掌大的地方,只有商业摄影师和电影导演会过来,因为这儿与人们印象中的英国乡村风情颇为相似。树林名义上属于一个僵化保守的慈善组织,实质上属于这片地产上唯一一栋房子的业主,此人也负责出钱维护树林。房子原是一排三栋的伐木工农舍,农舍被打通后,就成了现在的房子,坐落在树林南侧的一小片空地上。要想去那儿,得先走一条小马路,再经过一条布满坑洞的小径,小径两边长满了花楸树和酸橙树。唯有来过这里的人才知道,其中一片浓密的灌木丛正是达克夫妇家的野生篱笆,每到夏季,你就得在纠结缠绕的灌木枝叶间奋战多时,才能找到一扇边门,走进一条翠绿的通道。出了通道后,穿过一道玫瑰拱廊,便进入了塞尔玛的农舍花园。

斯蒂芬到附近集镇上又买了几瓶香槟。他拎着香槟,穿过小广场,朝镇上最好的一家酒店走去,只觉得四肢沉甸甸的。他想洗个澡,喝上一大杯威士忌。但他没想到酒店门口会聚集一群乞丐。他们看上去不像伦敦常见的乞丐那么挫败,而是更健康,更自信。他走过去时,听到一阵笑声,一个穿网眼背心、肌肉发达的老头朝人行道上啐了口唾沫,搓了搓手。通常的规则在这里似乎完全不适用。按照法律,乞丐甚至不得两人一起乞讨。他们应该在官方划定的大道上时刻走动才对。肯定不应该像这样麇集于酒店门口，伺机纠缠路人。在这儿，他们就连徽章都没好好戴。要么是绑在肌肉发达、肤色黝黑的前臂上，要么像有些女孩子那样，直接缝在彩色的发带上。其中有个大个子还把徽章当作了眼罩，一个在脑袋上文身的光头小伙子把徽章粘在了耳坠上。

斯蒂芬走过去时，注意到酒瓶在袋子里叮当响，瓶颈上的金箔反射着阳光，仿佛在挑衅。他们现在都在看他，他已不可能转身。都是政府和那套恶劣的规章制度惹的祸，他心想。但是，这种情况放在伦敦是决不会被容忍的，他四处张望，想看看有没有警察。他已经放慢了步子，来到了他们中间。他直视前方，眼神空洞，只听有人说道："给个十块吧，怎么样？"他继续往前走，瞥了眼一个女孩手里的袖珍版雪莱诗集。有人去扯他的袋子，斯蒂芬用力把它往自己身边拽。另一个人拙劣地模仿文化人的口音说："嗯，喝博林格①香槟。真是妙不可言啊！"在哄堂大笑中，斯蒂芬从散发着青草气息的汗味和广藿香的香味中挤过去。

他沿着达克夫妇家附近那条坑坑洼洼的小径驶去时，脑中想的反而是这次小小的正面冲突，而非先前那场撞车事故。

---

①法国香槟地区最优秀的生产商之一，深受英国皇室喜爱，被钦定为"御用香槟"。

他觉得自己是个叛徒。一边是一个穿白色丝绸衬衫、肤色苍白、拎着香槟的家伙,一边则是挤在门口的流浪汉。这么些年来,他深信自己本质上还是个流浪汉,钱是美好的意外,是天下掉下的馅饼,他随时可以把所有家当打个包重新上路。但时间却将他钉在了原地动弹不得。他也变成了那种只要一见到邋里邋遢的穷人,就想方设法地找警察的人。如今他已经是另一边的人了。不然,他为什么要装得那些人压根儿就不存在似的?为什么不接受自己势单力薄,不像曾经那样直视那些人的眼睛,然后再给几张天上掉馅饼得来的钞票?他停好车子,沿着杂草蔓生的小径向边门走去。广藿香令他震惊。那是他在坎大哈遇见的一个恍恍惚惚地自残的女孩的气息,是伦敦西区混乱的合租房的气息,是蒙大拿露天音乐会的气息。而他已经被"时间不可逆转"的陈词滥调动摇了。他曾经觉得毫无羁绊。以前他总认为自己的生活就是一场无拘无束的冒险,有东西就送,喜欢意料之外的事情,他的人生曾充满机缘巧合。这一切究竟在什么时候戛然而止?比如,他什么时候开始认为,自己拥有的那些东西都真正为自己所有,与他不可分离?他已经记不得了。

他在夏日灌木丛昏暗的通道中停下脚步,放下过夜行李和香槟,准备见朋友。他的双手在幽暗中反着白光。他用这双手遮住了眼睛。最近发生的这么多事已令他精疲力竭,像是得了感冒。若他能只活在当下,应该还能自由地呼吸。但我不喜欢当下,他想着,拿起了东西。他直起腰,看见两侧伸出的玫瑰圈起的一方天空下有一个剪影。塞尔玛一直在注视他。

"你在那儿藏多久了?"他们互相亲吻问好时,塞尔玛问道。

他说:"好多年了。"语调却怎么也轻松不起来。作为补救措施,他给她看了看冰镇的香槟,建议立刻开一瓶,而这是他现在最不想做的事。

塞尔玛领着他朝房子走去。门窗大开,迎着晚霞。他们从一间小小的用餐室走入屋内,石板地面透着淡淡的冰凉。塞尔玛去找合适的酒杯,斯蒂芬就在这里等着。书架上摆放着许多鸟类标本,都装在圆顶的盒子里,在自己的栖息地中摆着造型。一只茶色猫头鹰的爪子深深地卡入一只老鼠的标本。一只方形的水箱里有一头水獭,正死命咬着一条腐烂的鱼。斯蒂芬将手肘倚在一张有些不稳的圆桌上,心情好了些。他的胳膊旁放了一瓶勃艮第葡萄酒,瓶塞刚被抽出来。烤肉和大蒜的香味混合着他身后沿窗台生长的忍冬花的香气。塞尔玛在厨房里给冰桶装冰块,花园里传来嘈杂的鸟鸣声。

他们坐在一棵梨树下,面前是一张锈迹斑斑的铸铁桌,安放于一块未经修整的草坪上,四周栽满了硕大的罂粟花和金鱼草,还有飞燕草,斯蒂芬在听到塞尔玛介绍之前,一直以为那是羽扇豆。

她将两只酒杯放在冰桶边上,开始斟酒。"查尔斯在林子里。待会儿你得自己去找他。"

酒好酸,一入口,斯蒂芬就打了个颤,想起了放在屋子里的红酒,或者再来一杯威士忌也一样不错。想说的话太多,他们就聊起了花园。更确切地说,是塞尔玛一个人在说,斯蒂芬边听边颔首,表示理解。直到当他指着一堆矢车菊问那是什么花的时候,塞尔玛才知道他在这方面有多无知。她说自己特意把花园的外侧和林子里的野生植物混合在一起,就是为了使两者之间没有明显的藩篱,还说她一直在种野花,准备将野花的种子保存起来,放进她所说的基因库。

"现在就连报春花都见不到了。接下来就会轮到毛茛。"

"一切都在变糟,"斯蒂芬说,"就没有什么东西在变好吗?"

"你生活在外面的大千世界,你来说说看。"

他仔细想了想。"他们准备在萨塞克斯郡的高地上栽种针叶树。不到二十年,我们的木材就能自给自足了。"

他们为此干了一杯,然后斯蒂芬问起书写得怎么样了。他们都对查尔斯避而不谈。写作进展得不错,塞尔玛说,书已经写了四分之一了,还有人委托她写另一本书。她问了委员会的近况,斯蒂芬就把和首相的谈话讲述了一遍。

塞尔玛毫不吃惊。"是啊,查尔斯很受偏爱,毫无疑问。这在当时是个秘密,但我也不太清楚为什么保密。也许是为了不引起嫉恨吧。这偏爱中也还有点个人喜好和欲望的成分。"

"欲望?"不是说首相没欲望吗。

"总会有怪事发生。在政界,查尔斯还太嫩,就是个小孩子。"

"这是你希望他撒手不干、搬到这里的原因吗?"

塞尔玛摇了摇头。"在你见到他之前,我什么都不会说。"

"他开心吗?"

"你自己去看吧。出了厨房,沿小路走就行。到了和主道的交叉口,再左拐。你总能碰见他的。"

二十分钟后,他出发了。刚进林子,就有一条野草丛生的宽敞小径,形成了不规则的椭圆形,照塞尔玛的说法,走一圈要一个小时。在有些路段,站在路的一侧时,能透过树木望见开阔的田野;在另一些路段,小径又会深入树林,仅有一人多宽。林子里没什么光线,不见野草,遍地都是常春藤,斯蒂芬不想踩着藤走,因为藤叶踩在脚下就会萎蔫,发出难听的扑哧扑哧声。上次来这片林子的时候,查尔斯还在政府当部长,树林只剩骨骼,一切都纯粹而清晰。植物的季节性变化极其缓慢,慢得足以使这种转变好似一场惊喜。毕竟,和当时相比,这里好像不是同一个地方了。干旱还没有侵入这儿。他不识树名,不识植物,反倒更加觉得这儿的植被旺盛丰饶。树林像经历了大爆炸,被混乱的植物所掩埋,随时可能因丰饶而窒息。

小径穿过一条溪流,这里的一块石板就像是一片迷你版的亚马孙,它原是一堵旧墙的残留物,现在俨然成为一片由苔藓、透亮的地衣和微观树木构成的丛林。头顶布满了厚实如绳索的藤蔓,层层滤着光线;地面上都是硕大的甘蓝和大黄、棕榈叶,还有被自己的重量压得折弯了腰的野草。有一片地方未被遮挡,迎着天空,现出一丛肆无忌惮生长的紫色花朵;还有片地方幽邃昏暗,飘着大蒜的气味,令人想起晚餐。

斯蒂芬屈服于此刻的必然,心想,这片树林需要一个孩子。凯特不会注意到身后几百米开外的车和树林边缘的景象,不会意识到在那道边缘之外,还有道路、舆论和政府。树林里,蜘蛛以线为轴,旋转不息,甲虫在野草上艰难跋涉,它们就是一切，此时此刻就是一切。他需要凯特来给予他好的影响，来教会他为某种具体的事物欢呼喝彩；教会他如何填满当下，又如何被当下填满，从而使人本身消隐于无形。他总是神游物外，难以集中注意力，无法完全严肃认真。尼采所谓的真正的成熟，难道不就是希望达到儿童游戏时的那种严肃认真吗？

一次，他和朱莉带凯特去康沃尔。那是个短假，为了庆祝弦乐四重奏乐队顺利举办第一场公开演奏会。抵达他们游玩的那片海滩前，需走过一条三公里长的步道。傍晚时分，他们开始在海边搭建沙堡。凯特很是兴奋。她那个年龄的孩子，总觉得所有东西都该一丝不苟。墙壁应该做成方形，应该有窗子，镶嵌贝壳时应该间隔相同的距离，堡垒内部应该用干燥的海草铺得舒服些。斯蒂芬和朱莉本打算就逗孩子玩玩，到点了就离开。毕竟他们已经游了泳，也野餐过了。但很快，不知不觉中，迫于孩子的声声催促，他们也聚精会神起来，逐渐忘记了时间，只感受到即将涨潮带来的迫切感。他们仨争得不亦乐乎，吵闹而和谐，他们共用一个桶和两把铲子，互相支使着干这干那，对彼此使用的贝壳和设计的窗子或鼓掌或嘲讽，在海滩上跑来跑去而非闲庭信步地寻找新的材料。

沙堡完工后，他们围着自己的心血来回绕了好几圈，然后挤入墙内，坐下来等待潮水来临。凯特坚信他们的沙堡很完美，可以抵挡大海的冲击。斯蒂芬和朱莉也顺着她的意思，于是当潮水拍打沙堡外壁的时候，他们就尽情取笑潮水；把一面墙卷走时，就向潮水喝倒彩。他们等待着沙堡被潮水彻底冲毁，夹在他俩中间的凯特却恳求父母待在里面别走。她希望父母能把这儿当成自己的家。他们可以放弃伦敦的生活，永远生活在海滩上，玩这个游戏。也就是在这时候，两个大人才摆脱了魔咒，开始看表，说还要吃晚餐，还有许多其他安排。他们对凯特说,现在得回家去拿睡衣和牙刷。对她来说，这似乎是个合情合理的好提议，于是她就被哄骗着沿步道返回了车里。过了几天，等到这事最终被他们俩抛到九霄云外的时候，她却想知道什么时候可以回到沙堡，开始新的生活。她一直对这事很认真。斯蒂芬觉得如果自己能全情投入地做每一件事，像上次帮凯特搭建沙堡那样，他就会拥有非凡的能力，也会过得幸福快乐。

走着走着，小径转了个直角弯，通向树林深处，路面开始下降，逐渐进入一片凹地。树木枝叶繁茂，在小径上方形成了一片华盖，晚霞透过华盖在愈发幽暗的野草上投下橙色的光斑。路面变得平坦时，路边出现了一棵枯死的橡树，已成了一根朽木柱子。斯蒂芬走到离这棵树十米时,一个男孩从树后走了出来,站定后盯着他。斯蒂芬也停了下来。微风掠过,光斑晃动起来。虽然看不真切,但他很清楚,那男孩和以前学校里那些既令他感兴趣又使他害怕的同学没什么两样。男孩脸色苍白,头发是沙土色,留着刘海儿,神情过于自信,有种熟悉的趾高气扬的感觉。他的外表比较老派,一件灰色的法兰绒衬衫,袖子卷起,衣摆松松垮垮,肥大的灰色短裤上系着一条安着银蛇扣的条纹松紧腰带,鼓鼓囊囊的兜里露出一只弹弓的把手,两只膝盖结满了痂、挂着一条条血痕。斯蒂芬想起了一些相片上,二战时期被疏散的学童和他们的老师在伦敦火车站月台上排队的场面。

"嘿,"斯蒂芬往前走去,用一种很亲切的口吻说道,"你在干什么?"

男孩靠着树身,抬起一条腿,用鞋尖挠了挠脚踝。他的鞋很破旧。"没干啥。就等着呢。"

"等什么?"

"等你呢,傻蛋。"

"查尔斯!"斯蒂芬走上前,伸出手,但他不确定对方会不会握住。查尔斯抓住了他的手,然后搂住他的脖子,和他拥抱在一起。查尔斯身上有股子甘草味儿,还有湿泥味儿。

查尔斯跳了开去，横穿小径。"想见见我的地盘吗？"他直截了当地说完，便领头沿着另一条小路走去，道路两侧都是高高的蕨类植物。斯蒂芬紧随而上，注意力集中在他朋友露在裤兜外面的弹弓上。皮质的弹弓袋挂在橡胶带上，像是随时都会掉落。他们穿过一片树桩间长着野生玉米的空地，然后又进入一片全都是成熟的参天巨树的林子。查尔斯走得飞快，斯蒂芬偶尔得小跑才能跟上。查尔斯呼哧呼哧地喘着粗气，语句不太连贯，说话时也没回头。斯蒂芬只听到了一部分。查尔斯好像是在自言自语一般。

"真不错……整个夏天都在靠我自己……建造……我的地盘……"

斯蒂芬这才注意到，他的这位朋友并没有如他刚遇见时以为的那样，真的变小了。他只是动作更轻巧灵活了。他额前的头发留长了，成了刘海，耳后的头发则剪短了。是他那大大咧咧的举止、快如流瀑的语速和专注的眼神，那无拘无束、任性而为的踉跄步伐，以及在快速拐弯、准备进入另一条甚至更窄的小径时那四肢飞舞的模样，还有对成年人间问候礼仪的彻底摒弃，才让他看上去只有十岁。

他们来到了一片更小的空地，空地中央耸立着一棵围度惊人的巨树。

查尔斯在草丛里搜摸了半天，捡起一块石头。"看见了吗？看见了吗？"一直等到斯蒂芬给出肯定答复，他才继续说，"我就是用它把那些东西砸进去的。"他指着树干上一颗十五公分长的钉子，钉子离地有六十公分，然后他又指了指另外一颗钉子，它在第一颗钉子上方六十公分左右。树干上约有十二颗这样的钉子，形成一条曲线，一直通往离地面最近的树枝，大约有十米高。他拽着斯蒂芬的胳膊肘，来到树下一片踩踏过的草地上。"就在上面！"他喊了起来，"快看！快看！"斯蒂芬仰着脑袋望去，但只见令人头晕目眩的树枝，层层叠叠地分叉而上，根本望不到树顶。"快，快。"查尔斯说着，双手抓着斯蒂芬的脑袋，往后掰。最顶上的一堆树枝中间有一个黑点。

"那是什么？"斯蒂芬问，"鸟巢？"

这话问得合宜。查尔斯往空中一跃："不是鸟巢，傻子。那是我的地盘。我自己的地盘！"

"不可思议！"斯蒂芬说。

查尔斯将弹弓往兜里用力塞去。"准备好了？"

他左脚往第一颗钉子上一踩，右脚荡到第二颗钉子上，站定后，左手勾住第三颗钉子，腾出右手招呼斯蒂芬，"很简单。跟着我做就行。"

斯蒂芬摩挲着树皮,开始采取拖延战术。"你觉得这是……呃……什么树?"

"当然是榉树喽。你不认识?这是个庞然大物,有五十米高,"他往上爬去,到离地三米处时,俯身往下看,"我一直想让你看看这儿。"曾经的商人、政客,如今却成了个出色的还未到青春期的少年。

斯蒂芬踩了踩第一颗钉子,测试它能否承受住自己的体重。他想问朋友身上究竟发生了什么事,但查尔斯全情投入这至新的自我,丝毫不见做作的成分,也没意识到自己的转变有多荒唐,所以斯蒂芬并不确定该如何谈论这事。或许查尔斯已是精神病晚期患者,需要慎之又慎地对待。另一方面,兴奋感、高空挑战、老友对当下时刻的看重,都感染着斯蒂芬。他不想让自己显得太古板。他向来不擅长爬树,可话说回来,自己也从没认真尝试过。他往上一用力,双脚都挤在了第二颗钉子上。还挺容易的,但往下一瞅,他变得警惕起来,原来已经这么高了。

"我不确定我能不能爬上去。"他说,但查尔斯已站在第一根树枝上,双手插在兜里,告诉他该怎么爬。"抓住头顶的钉子,把脚抬上去,再用另一只手够下一颗钉子……"

斯蒂芬慢慢地把手往上伸去,摸到了钉子。从一米五高的地方摔下来听起来不算什么，但很多人从椅子上摔下来，高度只有这里的一半，就摔断了脖子。

几分钟后，他就趴在了第一根树枝上。树枝几乎和地面一样坚实，他把身体紧紧地压在上面。近旁有一只木虱，正在专心致志地干自己的事。这儿是它的地盘。查尔斯正尽量给他讲明上方的路径，但斯蒂芬不敢抬头往上看，也不想往下瞅。他紧紧地盯着木虱。"我觉得我还是一点点爬过去吧。"他能说出口的话也就这句了。查尔斯给了他一颗糖，又往空中扔了一颗，用嘴接住，然后继续往上爬。

现在的难点是如何站起来，放开那根树枝。他紧紧贴着树干，挺直身体站好。接下来的任务就是抬高一条腿，把脚放到上方树枝的弯曲处。这之后就简单些了。树干上伸出了许多枝条，就像螺旋梯一样。他只要心无旁骛、小心翼翼地往上爬，别往下看就行。令人心满意足的十五分钟过去了。这事他还真能做到，他小时候完全错过了这种乐趣，现在他总算理解其他男孩为什么会不厌其烦地爬树了。他停下来稍事休息，向地平线望去。现在他比灌木丛高得多。远处可见教堂的尖顶，稍近处，也就是距他一两公里远的地方，可以见到达克夫妇家的红砖屋顶，只是看不完全。他紧紧抓住树干，往下看去。他只觉得一阵反胃，但也没什么大不了的。

透过树枝交错形成的弧形空间,他看到了地面,心中并不觉得惊恐。他由此壮了胆,便深吸一口气,双手抓得更紧一些,头往后仰去。他希望能在不远处看见树屋的底部。他的视野绕着一个中心点旋转,一阵冰火交加的感觉从胃部传至肠道。他把脸颊靠在树干上,闭上眼睛。不,这样也不行。他又睁开眼睛,凝视着树皮。他不敢回想,他又看见了在地面上仰头时,见过的那些无穷无尽、令人头晕目眩的繁密枝条,查尔斯裸露的膝盖在很高的地方一闪而过,而在他上方,唯有没入幽暗的树叶和枝条,连树屋的影子都没有。

他花了点时间让自己平静下来,心想还是返回地面更加明智。他想取悦朋友,但冒生命危险就没什么意义了。问题又来了。要找到下方的立足点,他就得往下看,可他已经吓破了胆。"天哪,"他对树身低声咕哝了一句,"该怎么办?"他一动不动,屏息静气,想听听地面上是否传来令人安心的声音。哪怕鸟鸣声都可以。可在这上面,什么都听不到,连风声都没有。刹那间,他意识到自己已经倾尽全力聚焦于此时此刻了。很简单,如果有其他想法令他分心,他就要从树上摔下去了。然后他想,以后再也不爬树了。还是干点别的好。快让我下去,别再这样了。

头顶传来响动,但他没抬头。查尔斯已经爬下来找他了。

"快来，斯蒂芬，"他喊道，"顶上的景色还要好呢。"

斯蒂芬说话都不敢过于用力，生怕语言的后坐力把自己从树上弹开。"我不敢动。"他对着树皮咬牙切齿地说。

"天哪，"查尔斯说着，爬到他的身边，"你浑身湿透了。"

"别爬得这么快。"斯蒂芬轻声说。

"这棵树很安全的。我已经爬上爬下几十次了，带着木板之类的东西，甚至还带上去了两把椅子。"

斯蒂芬往边上一歪，查尔斯马上抓住了他的胳膊。查尔斯身上的甘草味儿无法让人心安。

"你看这根树枝，把手放上去，把自己往上拉，再把脚移出来，然后将身体重量压到膝盖上，爬到这儿来……"查尔斯不停地指导。斯蒂芬知道自己别无选择，只能言听计从。说要下去也没用，争执只会让他完蛋。他得信任对方。于是，他往上挪去，将手脚放到查尔斯说的地方，集中注意力，分辨任何稍有危险的模棱两可的语言。有几次，他会打断对方，问："查尔斯，你是说用左手还是右手？"

"右手，你傻啊！"

他将视线集中在落手处和立足点上。他不确定查尔斯在哪儿，也不想去看。他头顶上总会传来一个缥缈的声音，严苛地指导他："老天！不是用手，是用脚，笨蛋！"

在攀爬的过程中,有好几次,斯蒂芬寻思着,自己不会一直这样爬下去的。总有一天,我要做点其他的事。但他也不完全确定。他很清楚眼下自己只能往上爬,同时对其他的事不管不问。总有一天,他会返回原有的生活,也有可能根本回不去了。摆在眼前的是另外一件事,如此可怕而又宏大,他把握不了。最后,他终于钻过一个圆洞,爬上了一个摇摇欲坠的木头平台。平台面积大约一平米,没有扶栏。起先,他只敢趴在平台上,压抑着嗓子里的啜泣声。

"你觉得怎么样?"查尔斯一直在问,还问他,"喝点柠檬汁吗?"

总算恢复过来后,斯蒂芬才抬起头,他的动作很慢,以免把平台从树上颠下去,然后他看了看四周,手掌始终紧压着木板。下方是整片树林,然后是一片田野,穿越田野后,再走八公里就是他停留过的那座镇子。西边是光彩夺目的落日,一百公里开外的泰晤士河谷泛起了尘埃,令余晖变得愈发绚烂。查尔斯四仰八叉地靠在一把餐椅上,骄傲地看着放眼四顾的斯蒂芬。他用食指和大拇指晃着一个柠檬汽水瓶,这瓶已经快见底了。他边上有只橙黄色的板条箱,上面放着一副望远镜、一个插着蜡烛的烛台和一盒火柴。箱子里有一排书,其中有两本是讲如何认鸟的,还有各种各样的儿童冒险故事书，几本《小淘气威廉》，此外斯蒂芬还发现了自己的第一本小说，但没觉得有多开心。查尔斯指了指另一把椅子，但斯蒂芬并不想坐到更高的地方。他从地板上他钻出来的那处洞口边慢慢地挪开，才能舒服地坐好。

在朋友满怀期待的注视之下，斯蒂芬终于开口说："这里不错，很好。"查尔斯将瓶子递过去，斯蒂芬想要显得客随主便，就猛喝了一口。他口中一下子充满跑了气的咸涩液体，有股鲜血的味道，但比血更冷，更稠。常识告诉他最好全都吐掉。可他还是强行咽了下去，忍着没呕出来，因为他注意到脚下有块木板是松动的。

查尔斯把最后两口喝完。"我自己做的，"说着，他把瓶子塞入书堆里，"想不想知道是用什么做的？"

往上爬时，有一个想法令他十分恐惧，此刻它又重新潜入他的心里。他还要爬下去。"说说看，"他说得很快，语调因恶心和恐惧而高了些，"你怎么像个孩子一样？我们来这上面干什么？"

查尔斯弯着腰站在橙黄色的盒子旁边，站了好一会儿，也许是在理书吧，斯蒂芬看不清楚。他难道是哪壶不开提哪壶了？他还指望查尔斯帮他呢，千万别说错话冒犯了他，至少下去之前还不行。查尔斯走过来，跪在他身旁，露出了笑容。

"你想看看我兜里有什么吗？"首先出现的是弹弓，他把弹弓塞入斯蒂芬的手中，"胡桃木做的。这种材质最好了。"接下来是一个放大镜、羊的脊椎骨和一把有十几样配件的折叠刀。查尔斯一样一样地打开配件，解释它们的功用，斯蒂芬仔细地观察他，试图从中寻找幽默的成分，寻找有意为之的迹象，寻找成年人的蛛丝马迹。但查尔斯语调平稳，表情专注于每个细节。他的口袋里还有一个底部沾了几颗老式薄荷糖的纸袋、一只大于平常个头的蜗牛壳、一只干瘪的蝾螈，以及几颗弹珠。查尔斯塞入斯蒂芬手里的弹珠很大，呈乳白色。

为了显出感兴趣的样子，斯蒂芬问："从哪儿弄来的？"

查尔斯口气很大地快速回答道："我赢来的。"斯蒂芬不想再问从哪儿赢来的。还有一个滚珠轴承、一个玩具指南针、一卷绳子和两只空弹匣、一只勾在瓶塞上的鱼钩、一根羽毛和两块椭圆形的鹅卵石。

斯蒂芬低头瞅着木板上这些摊在自己面前的物品，被如此详尽的调查成果惊呆了，不知该说什么。他的朋友仿佛是遍访了各个图书馆，孜孜不倦地咨询了相关方面的专家，总算弄清楚了某一类男孩口袋里可能会放些什么东西。但这个解释太严丝合缝，反而不具有说服力，它不够怪异，说不定还有些欺骗性。斯蒂芬暂时因尴尬忘记了眩晕感。

再说了，又有哪个小孩子会把自己兜里的东西全部拿出来给人看呢？斯蒂芬望了一眼西边。光辉逐渐黯淡，光线也愈发模糊。他们头顶上方几根树枝上的叶子晃动起来。他实在想不出该说什么。他再也不想迁就这个四十九岁的小学生，但也不敢泼他冷水，最后只能说："你开心吗，查尔斯？"

查尔斯正把那些物品大致按照拿出来时的顺序塞回口袋。放好后，他迅速站了起来，伸出一只手臂。斯蒂芬蜷缩在木板上，试图用双手稳住它们。"看！多奇妙！你理解不了，太奇妙了！"

"你是指这景色？"

"不是，笨蛋。看……"他从兜里掏出弹弓，将一块鹅卵石塞入皮兜，"看好了。"他面对落日，将皮兜往后拉过自己的脑袋，把橡皮筋拉至两臂长。他保持这个姿势站了几秒钟，很有可能是为了确保准头。气氛越来越紧张，斯蒂芬觉得呼吸都变得困难起来。然后，橡皮筋砰地砸向木柄，发出短暂尖厉的声音，石子儿从平台上呼啸而出，瞬间远离他们，跃入高空，在红色天空的映衬下变成了一个黑点。石子儿还没开始掉落，就不见了踪影。斯蒂芬猜测它应该跃过了树林，落入了四百米开外的田野。

"射得好。"他喊得很带劲儿。但他心里在琢磨,是不是该提醒查尔斯天色越来越暗了。

查尔斯双手背后,放在屁股上,凝望着石子儿飞跃而去的方向,这时,树丛间传来一阵微弱的摇铃晃动声。"要吃晚饭了。"他说着,便走向洞口,往下爬去。等到他又说了一遍这话时,平台上就只露一个脑袋了。很难确定他笨拙的言语是刻意伪装的结果,还是出于习惯。"只是……要放手才行……"

斯蒂芬朝着洞口匍匐而去时,过于神思恍惚、心惊胆战,以至于一度以为他朋友说的是弹弓的弹射技巧。他挪到木板边缘,很不情愿地蹲在那儿,双手颤抖,柠檬汽水涌上了喉头。查尔斯又往下爬了半米,停了下来,笑得前仰后合。最后,他稳住身子,抹了抹眼睛,仰头盯着斯蒂芬,又哈哈笑了起来。"现在,完全照我说的做,否则必死无疑!"

斯蒂芬那天险些撞车,眼睁睁地看见一个人差点被压死,还受到乞丐的骚扰,又几乎从树上摔下来,故而天色将晚之时,他只想泡个热水澡。塞尔玛说她还要看书,不介意推迟用餐时间。维多利亚风格的长浴缸一头紧紧地挨着客用洗手间的倾斜屋顶,他泡在里面,脑海彻底放空,无欲无念,意识中只有水面上的阵阵涟漪和心跳带来的冲击。他的膝盖犹如雾中的海岬,在他面前升起。指尖的皮肤皱缩着。他闭上眼睛,半梦半醒,时不时清醒过来用脚拧一拧热水开关。

他下楼时,塞尔玛正在看物理杂志。她的胳膊肘支在餐桌上,桌上只放了两套餐具。门窗仍旧敞着,夜色如墨,外面传来蟋蟀的鸣叫声。她从厨房端出饭菜,告诉他查尔斯已经吃过上床了,他一般九点前就睡着了,"今天为了等你还晚睡了"。

这本应该看作是在提醒斯蒂芬问几个问题,聊聊查尔斯退回少年时期的原因。但他很高兴塞尔玛这时递给他一把餐刀,让他用来切肉块。他们聊了聊羊肉的最佳做法。塞尔玛心情不错。呼吸了几个星期的乡村空气,每天花一下午的时间照料花园,有机会从事自己喜欢的工作,这些都令她心情愉悦。她从厨房端来沙拉、土豆、醋和橄榄油,拖着光脚在石头地板上走来走去,发出令人舒心的声音。她穿了件无领的男士衬衫,下摆掖进宽松的裙子里。脖子上挂了一串彩绘木珠,兴许是从玩具店里淘来的。她仍旧在后颈上方扎着从事物理研究时扎的小圆髻。斯蒂芬和她之间仍有一丝如往昔那般心照不宣的感觉。住在偏远的乡村并有朋友造访让人十分开心。更何况,查尔斯的行为让他们俩都深受触动,感觉摆脱了束缚。塞尔玛不再是唯一知晓这个秘密的人，她往玻璃杯里倒了点勃艮第。空气中弥漫着无拘无束的气息，斯蒂芬喝了一大口酒，勃艮第已在外面放了很长时间，入口还挺暖和，这时他对自己疑神疑鬼的态度有些后悔起来。如果现在的他知道自己要什么、想成为什么样的人，肯定会一条道走到黑。

吃了十五分钟后，斯蒂芬完成了一件好几周以前就决定要做的事，跟塞尔玛说起了那次在肯特郡乡村的经历。故事快要讲完时，他觉得自己像是坐在了朱莉家壁炉旁的扶手椅上。塞尔玛对他们夫妻二人的分离很恼火，说真恨不得狠狠地修理他们一通。他不想拿他和朱莉短暂而不负责任的亲密说事儿，免得刺激塞尔玛。不过，他很注重还原除此之外的细节，还原另外一天的场景贸然闯入时的感受，那地方给予他的熟悉感，酒馆外倚在一起的自行车（他不厌其烦地描述了一番那种老式自行车的模样），他还讲到自己认出了餐桌边的那对年轻人，还有他父亲熟悉的姿势，他母亲视他如无物的目光，返回马路时的下坠感，跌跌撞撞穿过水闸时的感觉。

塞尔玛边听边不慌不忙地吃饭，等他说完，她收拾好餐盘，才问他在那前后发生过什么事，他当时头脑里在想些什么。他说了那次乘火车的经历,但已记不太清,说觉得当时自己应该是一直在想委员会的事。那后来呢?但后来发生的事和塞尔玛没关系。他说道,他只是和朱莉漫无目的地说了几句话,喝了两壶茶,吃了块朱莉烘焙的蛋糕。然后他就走回车站,搭火车回家,和朋友一起吃晚餐。

"那你的看法是?"塞尔玛边倒红酒边说。

他耸了耸肩说,后来得知父母以前是有过新的自行车。

"他们还记得那家酒馆吗?"

"母亲不记得。父亲就连自行车都记不起了。"

"你没对他们说这事?"

"没。我不想说。总觉得那就像他们在讨论一件很重要的事时,我在边上窥视似的。"

"说不定他们当时正在谈论你。"

"也许吧。"

"但你还是没告诉我你的看法。"塞尔玛说。

"我不知道这是怎么一回事。显然应该和时间有关,我应该是来到了时间之外。你有那么多理论,那……"

她鼓起掌来。"你去了趟乡村,出现了幻觉、幻象之类的东西,该怎么办?当然要来咨询专家啦,而且还是个科学家,还要毕恭毕敬地听一番自己暗地里鄙视的高论。你怎么不去找个现代派艺术家问问？"

斯蒂芬对此早已习以为常。"塞尔玛，别磨叽了。你就快点承认吧，你现在肯定恨不得马上就给我好好讲一课。你一定想念你的学生，甚至包括蠢学生。快说说。关于时间的理论有什么最新进展？"

尽管塞尔玛现在心情不错，她却不像往常那样急着传授知识。她或许是怀疑斯蒂芬现在懒得思考，又或许是想把一些想法留待写书的时候用。至少一开始的时候，她语调轻蔑，语速很快。到了后来，她才逐渐进入状态。

"这世道，理论有一箩筐。你可以随便挑。各种科普书籍把这些理论写得浅显易懂，供门外汉去惊叹。有一种理论把一秒细分成无限多份，每一份无穷小的时间单位里发生的事还有无数版本，每个版本都在持续不停地衍生、发展，而人的意识会从中选择一条路径，构建出稳定现实的幻象。"

"这你以前说过，"斯蒂芬说，"我对此思考了很久。"

"照我看，你还不如去相信天上有一个大胡子老头。还有些物理学家乐意把时间描述成一种物质，认为它是由某种无法探测的粒子演变而来。还有好几十种理论，都不值一提。它们是在给量子理论修修补补。数学计算的部分还算合理，但那些大而无当的理论总结却是胡说八道。得出的都是些不优美、让人反胃的东西。但不管时间到底是什么,那种认为时间是直线的、规律的、绝对的,只会从前往后行进,从过去到现在再到未来的种常识要么是胡扯,要么就只是真相的一小部分。从亲身的体验中也能得出这个结论。一小时会显得只有五分钟那么短或一星期那么长。时间是可变的。爱因斯坦告诉了我们这件事,他现在仍然是我们理论的奠基人。照相对论看来,时间取决于观察者的运动速度。一个人认为同时发生的几件事,在另一个人看来却是逐一发生的。根本就没有普遍认同的绝对的'现在'。当然,这些你都已经知道了。"

"每次听,都会理解得更好一些。"

"在拥有庞大引力场的致密体,也就是黑洞中,时间会完全停止。云室内某些粒子的短暂出现,只有用时间倒退这个说法才解释得通。大爆炸理论认为,时间和物质同时被创造出来,两者无法分离。而问题就出在这儿,我们把时间看作一个实体,就只能把它从空间和物质中分离出来、把它扭曲之后,才能观察它。有人认为是大脑构造限制了我们对时间的理解,这和我们只能感知三维空间是一个道理。在我看来,这是种让人心生绝望的唯物主义。太悲观了。但我们也确实只能通过模型来理解事物:时间像液体;时间像一层错综复杂的膜,所有的时刻都能彼此联系。"

斯蒂芬想起了六年级时学过的内容:

> 现在的时间和过去的时间
> 也许都存在于未来的时间,
> 而未来的时间又包容于过去的时间。[1]

"你看,你们的现代派艺术家还是能派上点用场的。对你的幻象,我无法解释,斯蒂芬。物理学肯定做不到。这仍然是一个有分歧的领域。有两个基石,分别是相对论和量子论。一个认为世界是符合因果律、连续的,一个认为世界是不符合因果律、不连续的。有可能让它们和解吗?爱因斯坦的统一场论没能做到这一点。我站在乐观主义者一边,和我的同事戴维·玻姆[2]一样,期待一个更高层级理论的出现。"

说到这里,塞尔玛激动起来,斯蒂芬却开始有些听不太明白了。前景总是让人着迷,塞尔玛细数了当今时代那些最优秀的头脑对难以捉摸而又常见的时间进行过怎样的思索,

---

[1] 出自 T.S. 艾略特的长诗《四个四重奏》,引文选自汤永宽译本。
[2] 戴维·玻姆(David Bohm, 1917–1992),美国量子物理学家、科学思想家,曾对玻尔创立的量子力学正统观点提出挑战并致力于量子理论的新解释。

以及他们通过实验室和大型加速器中的实验结果展示了什么。他们的目标是让关于时间的悖论变得荒谬可笑，并证实一些直觉的正确性。令人们背离这一目标的，是过程本身的艰难，是智慧无法突破上限时的羞耻感。

起先，她还很有耐心地跟他解释，他也挣扎着紧跟而上。可后来，她慢慢地把他落在了后面，讲起了格林函数、克利福德代数和费米子代数、矩阵和四元数。很快，她就不再假装与斯蒂芬交流。她是在对物理学家说话，同不存在的灵魂伴侣说话。她说话时不再看着他的眼睛，而是定定地看着他左侧几米以外的某个地方。她的话语似滔滔的江河之水。她现在说话纯粹是为了让自己开心，如着了魔一般。她讲起了特征函数和厄米算符、布朗运动、量子势、泊松括号和施瓦兹不等式。她的精神状态是不是和查尔斯发生了一样的变化？斯蒂芬警惕地注视着她，不知道是否该伸手过去碰碰她，设法将她拉回来。但他又觉得她需要释放一下，讲讲她的费米子、无序和通量。其实，不到十五分钟，她就回过神来，似乎又能意识到他的存在。她的嗓音不再单调而急切，很快又讲起了他所能理解的概论。

她想与他分享自己的兴奋，她预计再过个一百五十年，甚至都用不了这么长时间，就能发展出一种理论或一组理论，相对论和量子论会成为其中特殊却有局限性的部分。这种新的理论描述的是更高一级的现实,更高一级的领域。在这个领域中,一切都是无需分割的整体,物质、空间、时间,甚至意识本身,都会错综复杂地彼此映照和融合,组成我们所理解的现实。有朝一日,人们将能用数学和物理理论来描述斯蒂芬叙述的那种体验,这并非纯粹的空想。不同类型的时间,包括我们熟知的直线的、连续的时间,将通过更高级的领域投射在意识中,而在这一领域中,意识本身也只是一种功能、一个有局限的部分,与作为其主体的物质不可分割,与其所在的空间无法分离……

塞尔玛将最后一点酒倒给斯蒂芬。等到科学开始严肃看待整个宇宙的不可分割性,而且觅得一种数学语言来描述这一特点,并因而摒弃有关客观性的谬论,开始重视主观体验,聪明的男孩就能变成明智的女人了。

"你想想,如果科学家能加入关于时间的重要讨论,且不认为自己可以一锤定音,而是了解一下神秘主义者经历的永恒,梦中时间线的混乱,基督教徒完满与救赎的时刻,深度睡眠中消失的时间,小说家、诗人、白日梦者精心编织的时间规则,童年时无限延展且一成不变的时间,科学家将会变得多么有人情味、多么亲切啊。"

他知道这是她书中的部分内容。"还有在恐惧中变慢的时间。"他在她举出的例子后补充了这一项,又讲了和卡车差点相撞,之后救出卡车司机的经历。从这时起,谈话变得冗长乏味,让人疲惫不堪,夜深之时,塞尔玛才回到斯蒂芬所说的"幻象"上面,他们都同意先这么称呼它。

"你得原谅我这么滔滔不绝。在乡村独自生活,只有思想做伴,人就会变成这样。你所经历的那件事不需要用物理学来解释。尼尔斯·玻尔说,科学家应该同现实毫不相关,这句话极有可能没说错。他们的工作就是建立模型,解释观察结果。"

她在屋子里走了一圈,关上台灯,拉下窗子。斯蒂芬细细观察她。"独自"这个词过了很久才消散。头顶的灯亮了起来,灯光很是刺目。她看上去有些疲惫,并且有些驼背了。

"但这不也是我们每个人都在做的事吗?"上楼的时候,斯蒂芬说,"这不就是现实吗?"

她轻轻地吻了吻他的脸颊,嘴唇有些发干。他感受到她脸上袭来的热气。她转过身,沿着吱吱嘎嘎的过道去了自己的房间,斯蒂芬站在门口没动,注意到她和丈夫住在不同的房间。

次日上午，他醒得很晚，鸟鸣声异常聒噪，这才将他惊醒。他在床上躺了半小时，决定现在就回伦敦。都两年半了，只要不在家，他总觉得不自在，生怕凯特或者某个知道凯特下落的人会去他家。他也实在不想再和查尔斯在树林里待上一天了。一天足矣，第一天发生的事已经够多了。现在他只想坐在沙发上看会儿电视，被混乱而熟悉的东西围绕。

他下了楼，步入花园耀眼的光亮之中。塞尔玛正坐在荫凉处看书。查尔斯一大早就去了树林，要在树屋附近和他会面。斯蒂芬说明了自己的计划，她并未强迫他留下来。他们一起喝了杯咖啡，之后塞尔玛领着他穿过了翠绿的通道，站在那儿瞻仰了会儿被刮下的门把手和后视镜。他打开副驾一侧的车门，但没坐进去。四周的荨麻丛中传来一阵恼怒的虫鸣。

塞尔玛来到驾驶座这一侧。她在炫目的车顶另一侧向他微笑。"没事，你可以说出来，他是彻底疯了。"

"你来说说吧。"

"我们当时要是继续在城里待下去，情况肯定会更糟。这根本不是突发事件，已经酝酿好几年了。你觉得他为什么那么喜欢你的第一本书？"

斯蒂芬耸了耸肩。他穿了件刚洗过的亚麻西装和一件素白的衬衫。他手里攥着车钥匙,口袋里放着钱包,这是成年人的配置。待会儿要独自开车,这让他心里挺高兴。查尔斯的奇思怪想昨晚还显得狂野不羁、无拘无束,此刻看来简直愚不可及,得尽快从中摆脱出来。斯蒂芬的金属表带钩住了手腕上的汗毛。他调整好手表,坐到车里。

她举起食指,以示警告。"你可别跟我装文雅。"

他从副驾那侧挪入驾驶座,将钥匙插入点火开关。

她隔着敞开的车窗说:"他还挺开心的。"

"看得出。你呢?"

"我一直在工作。"

"独自一人。"塞尔玛撅着嘴唇,看向了一边。斯蒂芬对这两个朋友有些恼火。他们一向都喜欢表现得鼓舞人心,做事也脚踏实地。可如今却乱成了一锅粥。塞尔玛把手伸进车里,碰了碰他的胳膊。"斯蒂芬,柔和点……"

他轻快地点了点头,发动了汽车。

六

  那些认为完全管束不了自己孩子的人应该好好考虑奖罚分明的体系。比如说，准时上床的孩子可以得到巧克力作为奖励，两相权衡，巧克力给牙齿造成的损伤可以忽略不计，毕竟他们很快就会换牙。以往，人们对父母的要求太高，希望他们千方百计给孩子灌输大公无私的品质。但归根结底，一定的动机才是我们经济结构的基础，也恰恰是各种动机塑造了我们的道德观；但人们却认为举止得体的儿童根本不应该有隐秘的动机，这种观点毫无理由。

  ——《权威育儿手册》，皇家文书局

  九月末终于下雨了，同时狂风大作，不到一星期，树木悉数凋零。树叶堵塞了下水道，有的街道成了可以通航的河，警察们穿着高筒防水靴，带着一对对老年人走出地下室公寓。人们普遍觉得危机感和兴奋感并存，至少电视上呈现出的是这样。天气预报专家不得不出来解释为什么秋天不见踪影，为什么上星期还是夏天，这周就入了冬。安慰人心的理论从不稀缺：什么冰河时代正在入侵，冰盖融化，臭氧层遭碳氟化合物破坏，太阳大限已近。现役士兵带着重型抽水机走出无人知晓的市内兵营。电视上播出了军用直升机从树上救下一个男孩的画面，新闻节目里，警长或军队指挥官用木棍在地图上指指点点，还可以见到查尔斯的前上司内政大臣出现在受灾最严重的地区。据内阁新闻办公室报道，首相对灾情极为关切。可靠人士都认为，天气帮了政府一个大忙，因为尽管还没人知道该如何止住暴雨，但人们却看到政府在采取行动。五十天里，天天下雨。后来雨骤然停止，生活重归正常，不久就要到圣诞节了。

斯蒂芬本就无甚活力，天气对他几乎没影响。此前的奥运会让他提起兴趣，在上午和下午看看电视。电视台增设了一个全天候频道，由政府资助，主打赛事转播和访谈节目，以及广告和观众来电。斯蒂芬瘫在沙发上，穿着睡衣和厚厚的羊毛衫，一边喝威士忌，一边看比赛，如所有的球迷般目不转睛，充满了耐心。房间一角有只冰桶，用来接天花板上滴落的雨水。节目主持人都像一个模子里刻出来似的，甚至让他生出了些许同情。他们都是专业人士，兢兢业业，工作上循规蹈矩，但偶尔也会对一些限制冷嘲热讽几句。他挺喜欢那几对惹人疼爱的主持人，他们在舞台上很受欢迎，都是手牵着手同进同出，他还爱听夸张的喇叭声，就是那种速冻冷藏箱面市揭幕时可能听到的声音，而那些几乎赤身裸体的助理带着僵化而大胆的笑容，也令他喜爱。

不过，那些观众却让他陷入了一阵阵严重的厌世情绪之中。他们像狗一样，急于取悦主持人，也急于得到主持人的取悦；他们随时听令鼓掌喝彩，挥舞印有节目标语的三角旗；他们的情绪很容易受到调控，让欢呼就欢呼，让安静就安静，让正经就正经；先是来点小调皮，再来点感伤和怀旧；主持人的一通训斥会让他们羞愧难当，而接下来他们又能欢呼雀跃。一张张脸迎着演播室的灯光，他们是成年人，是父母，是职员，但面部表情却像孩子看变戏法时一样，极尽夸张之能事。当主持人走下台步入他们中间，不带姓直呼他们的名字，骂上几句，奉承上几句，他们便好像生出一种宗教般的敬畏感。她给你给得够多吗，亨利？我指的是吃的东西。够不够？够不够？得了吧。你觉得够了吗？亨利头发花白，戴了副双焦眼镜，换一身更高级的西服都可以冒充国家元首了。他咯咯笑着，意味深长地瞅着自己的老婆，在周围的哄笑声和鼓掌声中把脸埋入双手。当投票的是这么一群全无思想的普通人，主持人口中的"大伙儿"，这些毫无想法、就等着别人告诉他们何时笑何时哭的儿童时，你还会讶异于领导世界的竟是白痴吗？斯蒂芬歪过瓶子，嘬了一口，准备剥夺他们的公民权。而且，他还想找人教训教训他们，结结实实地把那些人揍上一顿，不对，得好好地折磨一番。他们怎么敢假冒孩子！而作为一个宽容大度、通情达理的人，他还准备好好听他们说说，他们到底服务于什么目的，又为什么应该允许他们继续苟活。

对斯蒂芬而言，这一阵阵厌世情绪就像是民主主义者的色情片，是一种愉悦的羞耻。这情绪达到高潮时，他想起父母和菲莉达姨妈、弗兰克姨父，还有他们已经成年的女儿特雷茜也去这样的演播室当过一次观众，那次经历令他们兴奋异常。他们每人带回来一枚纪念章，上有主持人的侧面像，头戴桂冠，好似皇帝，纪念章正面，两双手紧紧地握在一起，表示友谊天长地久。

现在也许应该起身把冰桶里的水倒掉，去厨房做个三明治，或是给自己倒上一杯酒，要不就敞开窗户凝望马路上水漫金山的景象。他给自己准备了好几件事，需要在窗边好好想一想，等想得倦了，又可以看看电视放松放松。帕门特委员会的休会期很长，仍有近一个月的时间，他开始想念每周的例会，因为开会能让他理顺自己的思路，这种想念让他有些恼火。他还没收到过朱莉的来信，而现在写信必定会怀着怨恨，这也让他不快。另外，尽管他很想再去看看父母，但并未成行。而一想起查尔斯，他心中除了愤怒还是愤怒。最能吸引他的还是凯特的生日。下周，无论她身处何方，都该满六岁了。

这几天，他常想走上十分钟，去一家玩具店逛逛。这想法挺可笑的。它其实是对丧女之痛的一种拙劣模仿。这种行为刻意表现出的伤感令他大声哀号。这就像是在表演，假装自己已然疯狂。但这想法却愈发强烈。他或许会朝那个方向信步而行，琢磨着自己本会给孩子买什么样的玩具。这很愚蠢，也很软弱，会让他无谓地疼痛。但这想法却仍旧挥之不去，且越来越强烈。一天早上，他来到报亭，拿了一捆彩色的包装纸砰地放在营业员面前，快得他来不及改变主意。买玩具会让他前两年的调整前功尽弃，这种行为毫无理性可言，是由着性子胡来，是在自毁；最重要的是，这是软弱的行为，非常软弱。软弱的人无法将真实的世界和期望中的世界区别开来。他告诫自己，千万别软弱，得想法战胜它。把包装纸扔了，别陷在幻想之中难以自拔，别再朝那条路走了。长此以往，说不定就再也没法回头了。他还没走上那条路，但就是忍不住去想。

孤独让他多了些许迷信，开始有奇幻的想法。这种迷信表现在日常之中，变成了一种仪式，而因他终日形单影只、沉默寡言，这份坚守也愈来愈严格。他总是先刮左边脸，总是先拧好牙膏管的拧盖再刷牙，总是用左手按马桶的冲水按钮，虽然这样有些麻烦，而且这些天，下床时他总是小心翼翼地两脚同时着地。这些奇幻的念想为玩具店之行找到了理由。

首先，挑玩具这一行为表明他相信女儿仍然活着。她肯定没法在那一天庆祝自己的生日，所以，给她买玩具就肯定了她先前的生活和她的身世，维护了有关她出身的真相，他曾想象过别人会用怎样的谎言欺骗她。对秘密仪式的遵守可使时间和机缘不为人知的构造显现出来，出生日期的数字魔力会被激活，一些本不会发生的事件将蓄势待发。买礼物表明他还没被打败，他还有能力做出人意料、充满生机的事。买礼物的时候，他不会觉得悲哀。他将是快乐的，带着爱而极尽铺张。他要把礼物带回家、包裹起来，这是在给命运献祭，或是在向它挑战：你看，我带礼物来了，把小姑娘放回来吧。如果买礼物这件事让他心痛，那这疼痛就是必要的祭品。他已在物质层面穷尽了所有的可能性：他在街上仔细地找过，在当地报纸上刊登过寻人启事，承诺对线索提供者予以重酬，还在公交车候车亭和墙壁上贴了放大的照片；既然如此，就只能从象征和精神层面来对待这事，同掌管可能性的不可知力量打交道，那些力量既能调配原子、使固体变得坚固，也能使一切物理事件，并最终使所有个人命运展露无遗。再说，他还有什么可损失的呢？

玩具店位于一座被改建过的仓库内，格局类似于超市。沿着店铺的长边有三条宽敞的通道，日光灯高悬于头顶，门边有一排收银台，附近放了一大堆购物车和铁丝篮。地板上铺了一层黑色弹性橡胶，给人一种轻快而高效的感觉。墙上挂着一块荧光漆涂就的招牌，模仿儿童的笔迹写着警示语，意思是损坏须赔。从灯罩上方的扬声器里传来适合儿童听的音乐，有轻快的单簧管声、钟琴声和小军鼓声。今天是凯特的生日。由于现在是周一一大早，更兼细雨绵绵，所以斯蒂芬到的时候，商店里还没有顾客。唯一开放的收银台旁坐着一名年轻人，头发剃得极短，戴了只黑色的耳钉，正在本子上记着什么。在走进裹覆橡胶的闸机之前，斯蒂芬停下来，脱下外套，抖了抖雨伞。

商店的陈设很简单：一头全是实战演练装置和车辆迷彩的卡其色，以及全副武装的太空飞船上被铆钉点缀的银色，另一头则是婴儿服装的素色和迷你家电发亮的白色。斯蒂芬将淋湿的外套折好挂在胳膊上，从"杀戮区"走向"苦差区"，发现更有意思的玩具都在两个区域之间，在那里，模仿成年世界的趣味让位给了更为纯粹的玩乐，有只发条大猩猩，能从摩天楼的侧面爬上来，把硬币递过来；还有喷射颜料的机器、会放屁的垫子、一压就会发光发声的腻子、落点难以预测的弹力球。他把这些玩具在心里拿一个他熟悉的六岁孩子的手掂量了一下，他对她的了解不亚于对自己的了解。他得试试看她会有什么反应。这孩子脊背笔直，留了几绺黑色的刘海儿，话不多，至少在外人面前是这样。她喜欢幻想，爱做白日梦，喜欢那些怪腔怪调的单词，喜欢记秘密日记，热爱收藏莫名其妙的东西。他最先选择的玩具很保险，绝不会错：一套彩笔和一只装有迷你农场动物的木盒子。比起洋娃娃，她更喜欢柔软的玩具，于是他往铁丝篮里放了一只栩栩如生的灰猫。她喜欢恶作剧，总是咯咯笑。他拿了那只放屁垫子和一朵会喷水的花。这样她就可以拿这些东西来捉弄妈妈了。他在一排拼图前停下了脚步。他没疯，很清楚何为真实。

他知道自己在干什么，也明白她已不在。关于这一点他仔细思考过，所以并没受骗。他这么做是为了自己，不带任何幻想。于是，他继续逛着。她不太喜欢拼图中抽象、封闭的世界。她只有和人接触、只有沉浸于更有温度且错综复杂的奇思妙想和伪装之中，才会智力大爆发。她喜欢乔装打扮。于是他拿了一顶女巫帽，又返回去把灰猫换成了黑猫。现在他已经明白了自己要按照什么主题买玩具，于是他从货架上拿玩具的速度就快得多了。他拿了一些一接触水就能变成花朵的魔弹，一本押韵魔咒书，一份女巫汤锅菜谱，一瓶隐形墨水，一只能将倒进去的水变没的杯子，一枚看上去像是戳过脑壳的指甲。

　　他逛到了男孩玩具区。毫无疑问，凯特是个文雅的小孩，可她太不会打球了，现在也该学学了。他从架子上拿下一只装了网球的塑料套。他摸了摸一块板球拍，做工不错，适合孩子的体型，是真材实料的柳木制品。这样会不会太难为凯特，跟她的性格不符？反正拿了再说，去海滩用得上。现在，他已经深入男孩玩具区，走过枪械、刀具、火焰喷射器、激光武器和玩具手铐，直到突然看到一件玩具，才发现那是真正适合凯特的礼物。那是一套短波调频对讲机套装，由电池驱动，有两个台可调。包装盒上，一个男孩和一个女孩隔着一座像是月球表面的小山脉，开心地用对讲机聊着天。从他们手中设备的天线中射出一道白色弧形闪电，那是无线电波，也是他们的兴奋之情。

面前堆了五十来盒对讲机套装，他从中拿起一盒。篮子里已经放不下了。当他拿着这些玩具穿越过道前往收银台时，突然很想赶快回家，把它们放好，再次为每一样玩具编排一个理由。如果朱莉能和他一起就更好了，她会有自己的想法，提出更多的可能性，向宿命献上更好的祭品……但他很清楚何为真实，他将一大笔钱递给收银员的时候，心里这么想。他知道朱莉住在潮湿的农舍里，陪伴左右的是她的变奏曲、笔记本和削尖的铅笔，竭力用写作将他驱赶出她的生活。由于匆忙，他把雨伞落在了门口，不过他凭着直觉大胆地猜想，自己穿过商店外空空荡荡的停车场时，雨就会停。这个猜想被证实了。

到家后，他将礼物挨个拆开，最后一个是对讲机套装。他塞入电池，一张长方形的纸条飘落至他手上，写着该设备的最大通话范围符合政府法律规定。他将一只对讲机放在长过道一头的地板上，靠近门口，再往后走了几步，将另一只对讲机放到嘴边，按下传送按钮。他本想说"一、二、三"来着，可由于没人在那儿评论他的行为，由于他很清楚自己在干什么,由于他还没疯,他沉着沙哑的嗓子,用男中音唱起了生日快乐歌,边唱边沿过道向后退。从另一只对讲机里传出的声音很生硬,音量很小,噼里啪啦的,辅音沙沙响,元音却像闷着嗓子。还确实像是从月球上传来的广播。但对讲机能用,也会很好玩。他又走开了几步,离另外一个对讲机十几步远,唱到倒数第二句的时候,传送没有成功。他又往前走了一步,传送成功,于是他就站在那儿,刚好在传送范围之内,唱完了这首歌。这个装置能拉近彼此的距离,这属于计划的一部分。

下午一两点的时候,他在包装礼物,这时高兴劲儿已经开始消退,他体会到一阵由空虚带来的刺痛感。他一直在吹口哨,此时突然停了下来,手里握着枚沾满假血的长指甲。整件事的意义快速消逝。但他不愿只包了一半就走开,于是就没那么小心地继续包装。黑猫尾巴从包装纸里捅了出来,露了馅。他去厨房倒了一杯冰镇威士忌,又返回客厅。十五个以上奇形怪状的红色包裹摊在地板上。让他气馁的是礼物的数量。他本想只买一件礼物,一件纯粹具有象征性的礼物,以此来反抗她的缺席,表明他的玩兴,并狠狠敲诈命运一笔。此刻,这堆东西却在嘲笑他意志薄弱。实在是多得可悲。他将包装好的礼物堆到桌上,将它们靠在一起,以显得少一点。

他发现自己又一如往常地来到了敞开的窗前。他应该在凯特生日这天去看朱莉，这才合乎情理。同时他也可以去"钟"楼那儿看看有没有什么事情发生。为了让自己一直忙忙碌碌，他花了一刻钟的时间打电话询问列车的运行时刻、换好鞋、将逃生通道的门锁好。他把笔记本和钢笔放入外套口袋，回到窗前。车流、绵绵细雨、在斑马线前耐心等待的购物者，外面一直以来都是如此繁忙，每个人都有自己的目的，这太神奇了。可他却漫无目的。他很清楚自己不会去。他只觉得空气正悄无声息地远离他，他的胸腔和脊柱也在坍缩。已过了将近三年，他却仍旧深陷黑暗之中，紧抱着失落感，被之塑型，对日常感情无动于衷，仿佛那已专属于他人。他忆起三岁的凯特，她富有弹性的触感，她舒舒服服地窝在他怀里的样子，她嗓音中庄重的纯净感，湿漉漉的红白相间的舌头、嘴唇和牙齿，还有无条件的信任。要回忆起这一切越来越难了。她已渐行渐远，而他那无用的爱却好似甲状腺囊肿一般一直在膨胀，令他不堪重负，将他摧残得不成人形。他心里想，我要你。我要你回来。我要你现在就被人送回来。其他什么都不要。我只要你回来，这是我唯一想做的事。这成了一道咒语，节奏逐渐变强，成了悸动，身体上的痛，直至先前发生的一切都浓缩于词句当中，让人痛苦。斯蒂芬弓着背站在窗前，酒杯已空，他任由思绪凋零，只剩"痛苦"两个字。

他仍旧一动不动，并未意识到时间的流逝。雨停了，过了一会儿，又下起了倾盆的暴雨。后来，另一间公寓里传来了遥远的时钟鸣响声，已经两点了，他这才想起还有事情不想错过，便从窗前走开，故意不去看桌上那一堆东西，打开了电视。声音比图像早出现了一小会儿，是熟悉的主持人活力四射的低音。他向后靠去，坐好，伸手去拿酒瓶。

日子过得了无生气，出国旅行的朋友们回家后，打电话来询问斯蒂芬近况如何，想不想出来共进午餐或晚餐。他穿着睡衣站在电话机旁，装出很清醒、很和气的样子，但态度又很坚决。他正在写一本书，与往常所写的截然不同；他夜以继日奋笔疾书，决心不要打断这良好的势头。他在两个星期内把这谎言重复了六次，把它编得相当有说服力，连他自己都希望它是真的了。他正沉迷于每日敲打出一定量的文字，每晚在台灯旁用黑墨水在上面涂改，重新打出来，次日，继续将极不明朗的情节弄清楚。他在电话里这样道歉的时候，真差点信了自己。但他很清楚自己没这精力，也没有必要的乐观心态，根本无法潜心写作。至于所谓的灵感，他一听这个词就已经倦怠了。朋友们都很理解他，真心为他高兴，这种关心令他动容，这时候，他就会为自己的谎言感到羞耻，并设法尽快结束对话。这本身也被理解为急于回去创作。只要坐回到沙发上，继续喝酒看电视，他就会分心个把小时，他没法集中注意力。

不过，有一通电话与众不同。电话那头措辞谨慎，吐字清晰，问接电话的是不是斯蒂芬·刘易斯，然后开始自我介绍。他报出了一长串名头，斯蒂芬努力从中抽出了几个关键词：助理部长，内阁，部门，草案。助理部长解释道，每隔三个月，首相就会在唐宁街和几位客人共进午餐，来客皆非政治人物，而是各自领域的专家。这是非正式场合，不会对外公开。席间的对话也不会被记录在案。这种场合很少邀请记者。男士只需着休闲西装打领带即可，不用刻意讲究，不得穿钢头皮鞋。餐后可以抽烟，但餐前不行。每次只有四位客人入席，来客须在开席前一小时前往白厅的内阁办公室前台报到。两名同性工作人员将对他们进行全面搜身，这点需要他们理解，并保持耐心。录音及照相设备均须被没收、销毁。诸如指甲钳和指甲锉、钢梳、金属钢笔、眼镜盒和硬币之类的个人物品也将被没收，散席后返还。来客须向前台提供两张护照尺寸的彩色近照，并在照片背后签名。其中一张照片将被压膜，制作安全许可证，并全程佩戴于左侧领口。另一张照片留给办公室存档,永不归还。午餐氛围轻松,没有设定的议程,谈话随意,只聊大家感兴趣的话题。但由于首相在议会及其他场合的讲话与广播中对一些话题已讲得非常明了,故这些话题最好不要提起:国防、失业、宗教、内阁大臣的私人行为和下届选举的日期。午餐一点开始,端上咖啡后十分钟结束。

助理部长顿了顿。斯蒂芬本来还在想怎么回绝,说他已经着手写书了,这本书很有突破性之类的。但发现这次午餐会的限制越来越多,他反倒来了兴趣。

"您是在邀请我吧。"他最后这么说道。

"嗯,还不算是邀请。我这次打电话过来是想知道如果,我只是说如果,您收到邀请函,会是什么态度。"

斯蒂芬叹了口气。客厅里传来哄笑声和突然响起的掌声。一对特别无助的年轻夫妇分别进入两个隔音的亭子里,互爆对方的性癖好。他将电话听筒拉入客厅,但昨天他刚移动过电视机,他现在刚好看不见。

助理部长不为斯蒂芬的反应所动。他的语气像是在对孩子说话,他说:"首相不喜欢遭到拒绝,我的工作就是确保永远不会发生这种情况。邀请函只会发给有可能接受邀请的人。不过,现在的这场谈话还不能算作邀请。我只想知道您在受到邀请的时候,会如何回应。"

"我会去的。"斯蒂芬的目光越过门框,斜觑着露出一部分的电视机。那对夫妇已经从亭子里出来了。男人捂着脸哭,想离开舞台。但主持人牢牢地拽着他的胳膊肘。

"您的意思是,一旦受到邀请,您就会来。"

"正是。"

"不过,邀请函发或不发的可能性都有。"助理部长说完,就挂了电话。斯蒂芬立马冲进了客厅。

让人高兴的是,十月中旬终于来临,现在可以再次走过那条嘈杂的路前往白厅,领子竖起,高举雨伞。空气清冽,一尘不染,高峰时段的人潮目的明确地快速涌向前方;今年比往年过得更快,因为今年跳过了一个季节,还有一种期待中的新生感。斯蒂芬大步往前走去,踩到了阴沟里,没跨过去。在看了一个月的有奖问答节目、喝了一个月的威士忌后,现在总算有一个目的地,有一个期待着你的地方,还有一点身份的认同感,这让人如释重负。他向不苟言笑的熟悉的保安出示通行证,悠闲地穿过大理石大厅,四周都是些打扮得体、自视甚高的人;他深入大楼,想都不用想就知道走哪道楼梯,过哪条走廊;他来到那个会议室,和同事们随意地聊上几句;

他从印有部门徽章的塑料杯里啜饮一口咖啡,咖啡是从走廊上的贩卖机上买来的,机器上的同一个接口也可以买洋葱汤。不管人们的工作多么单调乏味,大家都还留在这儿,就是因为这些细微的重复之处。斯蒂芬也只因如此才不至于引吭高歌。

他没有唱歌,而是将兜里的家门钥匙晃得叮当响。面前是艾玛·凯茹,不管他说什么,她都哈哈大笑,笑得脖子上的青筋都要爆开了。塔克尔上校雄赳赳气昂昂地和斯蒂芬握了一下手,聊起了在滴雨未下的夏季种出的西红柿。赫麦翁·斯利普脑袋上围了块丝巾,她仍然记得他和首相见面的事情,就试探性地问他愿不愿意一起用晚餐。他遇上了蕾切尔·墨雷质询的视线,她在房间另一头,没加入他们的谈话。上次休会前最后一次会议结束时,他们互换了电话号码,但都没给对方打过电话。斯蒂芬心情不错,便有些后悔,决定过去和她说说话。高高的窗户边上,三位学者和其他几个人大声聊起了他们感兴趣的话题,像是开起了研讨会。然后,穿灰色条纹西装的帕门特勋爵走了进来,领口上别了朵迷你的红玫瑰。他站在门口,像是在抽空私底下祷告一般,垂着脑袋,露出古铜色的亮脑门,之后,他就开始口齿不清地维持秩序。

他先例行公事地说了几句开场白。接下来，坎汉大声清了清嗓子，站了起来，一口气读完了针对总结报告拟就的几份提案。随后的二十分钟，大家开始漫谈，低声表达异议，直到帕门特插手干预。这些事情之后再作讨论，现在必须举行听证了，不能让来客一直等着。于是委员会开始听证，两名专家开始陈词，发言冗长乏味，斯蒂芬再一次沉浸于他那结构精巧的白日梦中了。

过去二十年里，他看了几十本讲述当代婚姻瓦解的小说，还看了许多这方面的电影，具体内容都已记不清了；随口说说的八卦、关切的朋友之间的热烈争论，也都绕不开这个主题；他和许多这种婚姻中的主角喝过酒，握过手，听他们聊过，还让他们在自己家里住过。有一次，当时他还不到二十岁，他做了件特别过分的事，竟然闯入情人的丈夫家中，偷走或者说拿回了一台洗衣机，这是一件因为用情过深干下的蠢事。他在报章杂志上粗略地读过一些长文：婚姻这一传统已是奄奄一息，因为现在离婚的人数远多于从前；也有的说婚姻越来越兴盛，因为越来越多人的结婚频率高于从前。这两种文章的作者都抱有更高的期望，希望矫正过失。现在斯蒂芬也如愿成了这群人的一分子，他看了这么多书，也聊过，也听过，自然也希望能像其他人一样成为专家。但这么做就像要把一本已经完稿的书再重写一遍。有关婚姻的论调有如此扎实的根基，间或夹杂了些谬论和陈词滥调，并且有如此根深蒂固的传统，所以他无法通过深思熟虑来清楚地认识自身处境，就像一个中世纪画家无法发明透视法一样。

比如，他在心里对朱莉滔滔不绝地说了一大通，几个月来这些话已经被翻来覆去地修改和扩充。这些话是建立于一个毫无助益的想法之上的，即有一个最终定型的真相，一种由无可辩驳的观点所形成的定论，它清晰无误，充满力量（但愿她也能听到这个定论），会让朱莉相信，她理解和应对他们处境的方法有着极大的缺陷。他之所以在心里养成了这种习惯，想必是因为常听失败婚姻中双方的抗辩。在其他事情上，他已经无奈地接受了一个事实：人们理解事物的方式与他们是什么样的人、是如何被塑造的、有什么需求有极大的关系。任你说得天花乱坠，也无法改变他们的观点。

同样，他也可以为他和朱莉代入现成的角色，但许多角色互相矛盾、彼此排斥。比如，有时候，他会认为朱莉的问题在于软弱，她根本不具备与他同舟共济的性格力量。因此，遇到困难时，她撒手走人也挺好。她接受了试验，但没通过。但这还远远不够。他想告诉她，她很软弱；而且，他还想让她了解他自己是怎么做的。否则，她还会继续表现出自己很强大的样子。还有些时候,他情绪低落,觉得自己是个无辜的受害者,此时却不愿使用软弱这个词。他目前的生活让他开心不起来,他已变得一无所有,而她倒好,自给自足,自得其乐。那是因为她利用了他,从他那儿偷了东西。他外出寻找女儿,而她却坐在家里。他没找到女儿,朱莉就怪他,一脚蹬开他,她满脑子都是伪善之辞,认为哀悼就应该是这个样子!应该是这个样子!她是谁?敢为这事儿定下规矩!要是他找到了凯特,那他的方式就根本不会受到质疑,但朱莉肯定还会邀功。他仿佛已经听见朱莉在说,我不行动,就是要让你更加努力。

还有另外一种近在咫尺的想法,这个想法一直都在,且充满恶意。朱莉一直在等待借口离开这段婚姻,但她是道德上的懦夫,无法因为自己的不满而做出这样的举动。她利用凯特的失踪来达成目的。说得更详尽些,她不想再让他碍手碍脚,凯特现在正秘密地和她生活在一起,超市绑架是她精心策划而成,很有可能她的哪个老情人也帮了忙。也有可能是新欢。尽管他不相信这种猜测是对的,但这么想仍然能让他悲从中来、自我折磨,却又能够从中寻得乐趣,因为这能激怒他,将事先拟定的说辞一吐为快,做出最后的判决,很显然,这个判词还得做出调整,必须更强硬,更严厉。

无论是传说中还是以往诸多婚姻破裂的故事，都无法给予他帮助，因为和许多前人一样，他也认为自己的情况是独一无二的。和其他人不同，他的困难并非源自婚姻内部，不是由那些庸常之事，如与性有关的烦恼和经济压力引起的。是因为一次恶毒的外部干预，朱莉才会离开。朱莉离开了。他老是想起这事。他还在，就住在原来的老房子里，朱莉却走了。

很久以后，他才意识到自己根本没思考过那时的处境，因为思考是一件活跃且受控制的事情；正相反，在那时，一幅幅影像、一句句争论在他面前连续闪过，充斥着嘲讽、恶毒、偏执、矛盾和自怜。他思路混乱，不懂得远观，从来就没寻找过出路。他思绪翻飞，毫无目的。他不是自己这些想法的创造者，而是它们的受害人。每当他喝了酒，或觉得疲惫时，又或是从睡梦中惊醒时，这些想法就会涌入他的脑际。有时候，它们会消停几日，可一旦重启，他又会立刻沉浸其间，而无法提出这个简单的问题：这样的沉浸究竟意味着什么？酒吧中随便一个酒鬼就能告诉斯蒂芬，他仍然爱着朱莉；但他却有点太清醒，而且对胡思乱想又太过情有独钟，因此想不到这一点。

有个留着漂亮八字胡的人正在解释童书上为什么不应画

插图，斯蒂芬垂首凝视自己的膝盖，思绪又飘了开去。从某种程度上来看，是欲望给他的思绪以动力，但欲望的存在几乎不被察觉。当他记起上一次去看朱莉时的经历，就想到了两人即将分离时那种滞闷尴尬的气氛和浑身脱力的感觉。他并不执着于回忆当时的亲密与快乐，因为它们和他思绪中的自我保护机制并不相配。但因为他今天比往日开心，尽管只是表面上的开心，而且他和蕾切尔·墨雷的目光电光火石般短暂相接之时，感到了丝丝紧张，所以今天他内心漾起了隐约的渴求与懊悔。他听见了朱莉的声音，不是讲话的声音，而是某种抽象的声音，低低的，有它自己的节奏，还有她吐字时的韵律感。她坚持己见或心情激动的时候，嗓音就会变得甜美。他试图让这个嗓音说句话，但没有一个字像是她说的。但是不说话让这个声音变得更亲近，变成了某种对声音特性的纯粹展现。它喃喃自语着，像是与他隔了一堵厚墙。语调既不亲热，亦不凶狠。是朱莉边思考边说话时的嗓音，在讲应该采取什么行动，讲他们俩要一起做什么事。是去度假、给房间漆上新的颜色，还是更具雄心的计划？

他想方设法去听清她的话语。他看见她以独特的姿势坐于扶手椅上，一只脚搁在地板上，弯起另一条腿，胳膊交叉放在膝盖上，支着下巴。她在提议一件困难的事。她显得很兴奋，但嗓音却很平稳自信。此刻，他又想象着她盘坐于双腿上，双手交叠，放于腹前。她凝视着他，沉默无言，对这种秘而不宣的状态很满意。她穿着打了补丁的灯芯绒裤和宽松的衬衫，袖子鼓鼓的，衣服上有许多褶痕。她丰满而又惬意。这是她怀孕时的模样。他想起了她的臀部，那线条的柔滑感。他看见自己把手放在了上面，然后他的思绪便莫名其妙地飘走，想起了她的两个兄弟，他们都是医生，对工作专心致志，对自己的大家庭也尽心尽责。他又想到了她的几个侄子侄女，还有他和朱莉每个圣诞节给他们买的礼物；现在，他想到了她那位头发斑白的坚强母亲，老人做的是慈善工作，小房间里塞满了照片和纪念品，有旧玩具、破烂的洋娃娃、石头、邮票、鸡蛋和羽毛，还有一本厚厚的相册，里面的照片都是按年份标记的，其中有一张朱莉和爱丽丝乐队的合影，朱莉双脚踩在两兄弟的肩头，兴奋地抱着一只宠物兔。他还想到了朱莉的父亲，他在朱莉十几岁的时候便已去世，但仍然活在家人的神话里，朱莉和她母亲偶尔也会为他抹上一把眼泪。

从朱莉的家庭往外延伸，还有许多不在谱系之内的亲朋好友：曾经坐过牢的建筑师舅舅，她的闺蜜，她以前的恋人——其中一个他还挺喜欢——还有她的工作，十几岁时抚养过她的法国家庭,他们如今仍会邀请她到他们那栋阴森的古堡做客;向内延伸的话,可以算上她放在毛衣柜子里的香袋,有异国情调的内衣和亮色的羊毛袜,脚跟的老茧和用来磨脚的浮石,一张被狗咬过的皱起的光碟,她喝咖啡不放糖,喝茶放蜂蜜,厌恶甜菜根、鱼子、香烟、广播剧……令他悲哀的是这些信息再也派不上用场了。他虽然是个行家,但精通的那个领域已不存在,他的技能早已过时。

他看向桌子对面的蕾切尔·墨雷。她一只手的食指和拇指捏着额头,另一只手在做笔记。她时不时地把挡住视线的头发抹开,动作很快,蕴含些许怒气。他听见发言者正夸夸其谈,报纸上领导人谈论国家衰落这个主题的时候,就会取用这种语言风格,这种浮夸的高谈阔论贯穿了他的整个成年生活。我们应该在世界上找到新的角色,未来的挑战就在于掌握新型专业技能,旧的技能必将被代替,永远是冗余之物。那他是否胜任这项任务呢?他不情愿地摇了摇头。

他看见自己的手放在朱莉的大腿上,然后她从床上起来,光着身子,穿过了房间。裸露的地板吱吱嘎嘎地响个不停。天气很冷,当她拉开抽屉、抽出一件衬衫穿上时,呼气清晰可见。她站在床尾看着他,扭着身子穿衬裤。她把一件厚厚的冬裙往头上一套,系紧腰带,冲他似笑非笑地说着话。她的话似乎很重要。

圣诞节之前不久的一个和煦的清晨,斯蒂芬穿着内衣站在衣橱前,打量着自己的几套西装。他刻意挑了一件最旧、最不干净的西服,这种行为既蕴含政治意味,也有点小孩子气。西装外套上有个纽扣不见了,露出几根黑色的线头,裤子上还有个烧穿的小洞眼,就在膝盖上方几厘米处,是个一眼就能看到的棕褐色的洞眼。他取出一件白衬衫,前襟上有块镰刀状的污渍,已经褪色,那是三年前沾上的意式肉酱。大衣颇为昂贵,相对比较新,使原本的那种效果打了折扣,但只要一到那儿就可以脱下大衣。他穿着大衣坐在厨房里,喝着咖啡,看着报纸。门铃响起,他走下楼,发现矮胖苍白的制服司机正一脸厌恶地四下环顾。

"你就住这儿?"那人问道,觉得不可思议。斯蒂芬没回答,他们踩着泥泞走去,绕过丢满垃圾的水塘,来到停车的地方。车子停在人行道上,闪着车灯,和去伊顿广场接查尔斯的那辆破车半斤八两。

斯蒂芬想回敬一句,就隔着车顶对正在摆弄车门钥匙的司机说:"不应该是这种车吧。"他坐到了副驾驶座上。他的大衣挺厚重,再加上司机腰围粗壮,车子就显得很挤,两人的肩膀抵在了一起。

司机摸索点火开关的时候喘着粗气。他用近乎抱歉的语气说："都是分配的，跟我没关系。有时候是劳斯莱斯，有时候又是这样的垃圾。"引擎发动起来后，他又说："只看接的人是谁，明白吗？"

他们颠簸着钻入了车流，车流前进的速度也就比步行略快一点儿。一股滚烫的气息吹着斯蒂芬的裤腿，散发出各种气味儿。他在狭小的空间内伸手对通风控制按钮又拉又拽，但按钮毫无阻碍地动来动去，根本没同任何东西连接。"没用。"司机说着，摇了摇头。他摇下车窗。但此前车流已经停止移动，车内的温度稳步上升。斯蒂芬嘟嘟囔囔地费力脱下大衣，司机便向他解释，说到了开口销、翼状螺栓和双连杆，而斯蒂芬浑身燥热，气不打一处来，把大衣扔到了后座上，此时话题又拓宽了，聊到了车队管理的缺陷和强制加班的情况，还说像他这样的司机既不会伪造加油发票，又不会伪造工作时长，也不会把偶然听到的信息倒卖给媒体，却成为制度的受害者。

斯蒂芬摇下车窗，身体向窗外倾斜，把两个胳膊肘都支在窗框上。

司机正自顾自说得兴起。"就拿塞姆斯先生打比方吧。"

他边说，边用两个食指敲打方向盘。车流又动了起来。他们缓慢地驶过了路口，但当两股车流汇合时，车子又停了下来。他们走的就是斯蒂芬每天早上去白厅的路。这次他也应该步行去的。他们又往前稍稍挪了挪，开到了当地的一所小学旁。"你知不知道他上一次开车是什么时候？你能猜猜不？"斯蒂芬的脑袋半伸在车窗外，司机没听见斯蒂芬否定的回答，不过也并不在意。现在是上午的课间休息时间，操场上都是人。汽车经过时，孩子们正在进行足球比赛，两队各二十五人左右。七八岁的小孩子拼抢得都很猛。沥青操场上你来我往，争得不亦乐乎；男孩儿们用尖嗓子急切地呼来喊去，叫别人名字的骂难听话的都有，他们随着喊声，为了抢球蹦得老高；中场队员给前锋传完球后，就往回跑去。"一九八五年。那是他上次开车的时间，从那以后就没出去干过活。一九八五年。你知不知道他那时候接了谁？那次开车载了谁？这才是重点。"

"不知道。"斯蒂芬对着稍凉爽些的空气说。他们停在校门附近，那里有一群小姑娘甩着一条很长的跳绳，女孩子们随着歌谣的节奏摇着绳，甩出一道有力的弧线，掠过两个女孩的头顶，她们俩侧身快速跳过，脚起得尽量晚，动作也尽可能地小，跃起时，绳子恰好从她们脚下擦过。接下来又有第三个、第四个女孩加入,和前两个人一起跳,歌谣一句快似一句,后来,绳子绊住了,传来了失望而友善的叹气声。一边是踢足球的男孩,一边是跳绳的女孩,两组喧闹的人之间有几个形单影只的孩子,其中,一个女孩踮着鞋尖沿一条线往前走,再远处,一个姜黄色头发的男孩拿着一只棕褐色的纸袋,里面有什么东西在动。

"外交大臣,"司机说,"就是他。甚至都不是我们部的人。塞姆斯被借调过去了,但外交部的司机和我们的一样多。"他们正停在学校门口。孩子们之间出现了争执。争的是该由哪两个人甩跳绳,因为刚才有一个女孩把绳子甩脱了手。最后,和女孩一起摆绳的搭档离开了站位,跑去安慰她了。取代她们的是两个大块头女孩。"你知不知道他是去哪儿接的那人?我对天发誓我说的是实话。"斯蒂芬摇了摇头。"诺霍特机场附近的窑子。那就是司机们接外交官的地方。"

"是吗?"跳绳又甩动了,歌谣声也响了起来。女孩们排起了队,迫不及待地要去跳绳,最前面的那个女孩被往前推去。她站在距绳子砸向地面的地方不到一米远的位置,跟着节奏点头,双脚打着拍子。女孩们齐声唱着,但有几个跑了调,显得突兀刺耳。重音粗糙地落在每小节的强拍上。老爸,老爸,我生了病,快叫医生,快点,快点,再快点!"你想想看。肯定是发生了什么事儿。为了要他帮忙保守秘密,可能无需刻意要求,就有人把话传给了车队的头儿,塞姆斯再也没干过一天活。工资一分不少。还一辈子都有钱拿。"

斯蒂芬观察着那个准备跳过去的女孩。她摩挲着裙摆,虚晃一下,就跳了上去,犹如高地的舞者纵身一跃,下一个女孩也已经做好了准备。医生,医生,我会不会死?会的,小宝贝,我也会死。多少马车会属于我?一、二、三、四……两个女孩面对面边跳边拍手,左手拍右手,右手拍右手,双手一起拍,再是左手拍右手……斯蒂芬看不见第一个女孩的正脸。他注视着那女孩移动时模糊的肩膀轮廓,她歪着脑袋的模样和她苍白的膝弯。就在跳绳歌从头至尾唱完一遍的时候,两个女孩纵身跃起,在空中转了个身,落地时背对着背。周围的女孩往前拥去,第一个女孩的脸还是看不清。他从座位上稍稍抬了抬身体,想要再看清楚些。前方,车流动了起来。他们往前移动了三米左右,又停了,这时他的视野突然清晰起来。现在有五个女孩在跳绳,她们紧挨在一起,随着歌谣一起一落。第一个女孩离他最近。浓密的刘海在她白皙的额头上跃动,她扬着下巴,长得很恬静。他看见的是自己的女儿。他晃了晃脑袋,无声地张开了嘴巴。他们之间的距离也就十几米,不可能看错。司机从对不公平待遇的遐想中清醒过来,将挡杆往前推去。

车子又动了起来,不断加速。斯蒂芬从座位上扭头透过后车窗望去。跳绳又绊住了,人群晃来晃去,很难看得清脸孔。凯特不见了,但在她弯腰从地上捡东西的一瞬间,他又看见了她。

"停车,"他低声道,清了清嗓子,又说了一遍,这次声音变响了,"停车。"

此时,他们的时速已稳定在五十公里。前方亮着绿灯,凉爽的空气涌入了干燥的热气之中,令司机精神为之一振,也让他愉快乐观了起来。"不过,也不都是坏事吧。每个人都是自己的老板。你的收获取决于你自己的付出。"学校已经在他们后方七八百米以外。

"停车!"

"怎么了?"

"照我说的做。"

"后面这么多车,停车?"

斯蒂芬一拽方向盘,车子猛地往左转去,司机没办法,只能急刹车。他们以不到八公里的时速在一辆停在路边的面包车身上擦了一道口子。后面传来一阵阵喇叭声。"你看吧。"司机埋怨道,但斯蒂芬这时已来到人行道上,跑了起来。

他赶到的时候，操场上已经空无一人。几分钟前这里还到处是人，充满了喧嚣，而现在这些都不在了，这对比使得此时的操场显得更加空旷，四周的围墙也仿佛更为遥远。残存的热气悬于沥青操场上方。学校大楼是维多利亚后期风格，有高大的窗户、陡峭的屋顶。楼里没有什么声响，只有禁锢于教室里的孩子们散发的能量。斯蒂芬静静地站在门口，全神贯注。时间也拥有了不容妄动的凝固的特性；违反禁令的感觉让他心生愉悦，在错误的时刻出现于学校外面，令此时此刻显得尤其重要。操场那头有个人拎着锌皮桶朝他走来，斯蒂芬便向一扇红色的门走去，打开了门。他没什么特别的计划，但如果女儿在学校里的话，找到她肯定会很容易。此刻他并没感觉到兴奋，只是平静地下定了决心。

他站在走廊的一头，身旁的墙上有个消防栓，红色滚筒上放了根水管，约二十米开外的走廊尽头有几扇推拉门。这让他想起了自己的学生时代。地板为红色瓷砖铺就，墙壁上涂着奶白色的亮光漆，方便清洁。他沿着走廊缓缓走去。他可以有条不紊地搜索整栋大楼，并不把这儿视作学校，而是视之为藏身之所。走廊上的第一扇门锁着，第二扇门后是清扫间，第三扇门后则是锅炉房，茶具摆放在一只倒过来的板条箱上。他又经过两扇锁住的门，来到推拉门前。推开门后，他回头瞥见那个拎着桶的男人来到了走廊上，转身将身后那扇红色的门锁上了。斯蒂芬匆忙地继续向前走去。

他来到一个灯光明亮的接待区，在那儿相汇的还有两条走廊，它们更宽，和接待区之间没有连接门。接待区有几个架子，上面放着盆栽，墙上贴着孩子创作的艺术品。一扇半开的门上有一块牌子，写着"学校收费与问讯处"。里面有人正在慢悠悠地打字。他嗅到了咖啡和香烟的味道，走过时尽量不发出响动，也尽量不让人看见。有个男人的声音在说："蝾螈不还没有绝种嘛！"一个女人用令人安心的语气低声说："嗯，也差不多了。"

斯蒂芬沿着其中一条宽阔的走廊前行，一阵极富节奏的、回音荡漾的砰砰声吸引了他的注意力。他脚下的油毡块已经被踩烂，一条裂隙一直往前延伸，露出了下面的水泥。他在一扇门前停下脚步，门上有一扇半圆形的铁丝玻璃窗。他往里看去，只见一片宽阔的木地板，其他什么也看不见。他推开门，发现这是一个体育活动室，离他较远的一头有三十来个孩子正静静地排着队，挨个儿跑向跳板，跃过木马。他们落地后，有个结实的老头站在橡胶垫子上帮他们稳住身体，那老头的眼镜用条银链子挂在脖子上荡来荡去。孩子一踩到跳板上，他就会发出短促的喝声："跳！"他冷冷地瞥了眼斯蒂芬，斯蒂芬正站在垫子的另一头，看着孩子向他走去。

很快，那些一颠一颠的脸孔就变得愈来愈模糊，变成了小小的月亮，小圆盘，脸上露出绘本上的表情——惊恐、冷漠、坚定。半个班的学生跳完，他才明白动作应该怎么做才算漂亮。孩子应该双脚同时落在垫子上，保持静止不动，立定一两秒，再跑回去重新排队。由于没人做得到这一点，这位教练就只能退而求其次，等孩子跟跟跄跄地走过垫子后，再像军人那样立正。那老师有点像马戏团的领班，既不鼓励，也不指导。说"跳"的时候，语调也不曾有过任何变化。他似乎也不打算让孩子练其他项目，因为房间里没有其他设备。孩子们从垫子上跑到队伍的末端，既没叽叽喳喳，也不打打闹闹。很难想象这个过程会最终停止。发现自己又一次看到了起先跳木马的那些孩子后，斯蒂芬就离开了。回想起来，他在学校搜寻期间，一直都伴随着跳板的砰砰啪啪声，还有那个教练憋着嗓子、间隔规律的喊声。

几分钟后，他来到一间坐满学生的教室，站在后排瞅着威严的老师，她在黑板上画一座中世纪的乡村，正在添最后几笔。几条道路汇聚到一起，形成了一片三角形的村庄绿地，四周都是原始的茅草屋。画面上有个不成比例的水泵，远处还仔细地画了一栋庄园。孩子们窸窸窣窣地拿起蜡笔，开始画出自己的版本。老师挥了挥手,让斯蒂芬坐到教室中间的空位上。他便挤坐于课桌后,观察着那些低头画画的学生的脸庞。

老师来到他身边,颇为夸张地低语道:"我很高兴你能加入这个课堂。如果你不知道怎么画,只要举手问就行。"她热切地在他面前摊开一张纸,又给了他一把蜡笔。斯蒂芬就动笔画起了村庄。他还记得自己三十年前是怎么画的。这或许是他这辈子第四次画中世纪乡村吧,他画得很快,那一排茅草屋显现出了前几次画的时候不曾有过的透视感,而且他在绿地的边缘画出了一个活灵活现的水泵,不超过最靠前的那间茅草屋一半大。他觉得那座庄园应该至少在八百米开外,画起来有些困难,于是他放慢速度,抬头看黑板,寻觅一些有用的建筑学线索。不过,要画出那些特征,庄园就会画得不成比例,如此一来,这幅画就和以前画的那些一样,充满原始主义特点了。

他边画,边环顾四周。幸好,女孩都坐于教室的一侧,但他只看得清身后和左边紧邻他的那些孩子。他调整姿势,想看得更清晰时,身下的小木椅便发出很响的吱吱呀呀声。老师正在看书,没抬头,只是严厉地说:"有人又坐不住啦。"他伏下身子,又画了起来。门开了,那个拎着桶的人把脑袋探进来，冲老师抱歉地笑了笑，环顾了一下教室便消失了。斯蒂芬左边有三个深色头发的女孩。很难看清她们的脸，因为她们的脑袋都伏得很低。他转过身打量她们，小心翼翼地，尽量避免在座椅上快速移动。离他最近的女孩注意到了他的目光，就歪着脑袋，咬着铅笔，偷偷地露出倩笑。前面有人在动，椅子发出了刺耳的拖动声。老师对全班说道：

"不要抄同桌的画。黑板上都有了。"

她悠闲地在过道上踱来踱去，却充满威严，时而停下来悄声提出批评，又或鼓励几句。她在斯蒂芬的后面，离他还有六七米，但他的后脑勺能清楚地感觉到她在向自己靠近。他在课桌上捋平画纸，尝试以她的眼光来看这幅画。他精心处理了水泵上的细节，给茅草屋设计了巧妙而不规则的间距，还在庄园边上突发奇想地添上了一匹马，这些会给她留下深刻印象吗？还没等老师来到课桌边，他就闻到了一股香水味儿。一只涂了指甲油的手在村庄绿地上停留了一会儿，然后她就走了过去，没做任何评论。他有一阵短暂的失落感，这是一种他很熟悉的感觉。他趁着老师往回走的当口，从椅子上站了起来，仔细观察那些女孩的脸。此时，孩子们都比较放松，刚才被束缚的年轻四肢活动起来，低语声也增大了音量。老师在教室另一头，正在聚精会神地看一个男孩的画。

斯蒂芬乍着胆子,快速走到前面。女孩们没留意到他正在仔细打量她们。聊天声愈来愈响,达到了鸡尾酒会的程度,但别人都没起身。到目前为止,老师仍对喧闹声充耳不闻。

突然,她直起了身,严厉地说出了那句古老的惯用语:"我允许你们讲话了吗?"教室里立刻鸦雀无声,充满了恨意。没人作答。斯蒂芬还在前头,就在老师的讲桌旁,最后一次对着孩子的脸检视一遍。

老师与他四目相对,没好气地说:"我同意你离开座位了吗?"

后面传来了窃笑声。孩子们总能从这种时刻中发现很多乐趣。斯蒂芬趁着这时候往门口走去,跨出幻想的天地,不用再和老师串通一气,烘托她的权威,只要转身,踏着自己的步调走开就好,相信自己不会受到她的阻挠——这是他上学时的白日梦,它在沉闷的学习生涯中日渐丰满,三十年后终于美梦成真。

到门口后,他转过身来,颇有礼貌地说:"对不起,打扰您了。"然后来到了走廊上。

一阵雷鸣般的响声离他愈来愈近,那是鞋子敲击坚硬地面发出的声音。一两个班级的孩子好似被压抑的涌浪般冲决而出,孩子们虽不敢奔跑,却也无法规矩地走路,他们蹦蹦跳跳，推推搡搡，脸上洋溢着对快乐的期待。某个角落里传出一个男人的怒吼声："好好走路，我说了好好走路！"他们汹涌而来，跌跌撞撞，肘推掌击，席卷而至，斯蒂芬恰好站在走廊中央，孩子们便在他身边分开，又在他身后合流，仿佛他只是一个障碍物、一块岩石、一棵树、一个成年人而已。他眼前尽是跃动的脑袋，一卷卷深棕色、灰褐色的头发，他偶尔能瞥见几个人的五官，看见几对学生经过他时，下意识地松开牵着的手，从他身旁走过。他们因努力往出走而汗流浃背，但气息并不难闻。每个孩子都在抑扬顿挫地自言自语，似乎没人在听伙伴说话。尽管他们经过时离他很近，但他仍无法从那些喋喋不休的话语中听清楚哪怕一个词。有的孩子会抬头瞥他一眼，就像从一道毫无建筑特色的拱廊底下走过时一般，于是，单调的发色中就会闪现出格外生动的色彩，一抹鲜绿色，一抹斑斑点点的棕色，一抹天蓝色。都是弹珠的色彩，他心想。他买的礼物中有弹珠吗？这个问题出现时，他正凝视着浓密的刘海下方一双熟稔的黑眼睛，这就清楚无误地证明，他相信直觉的那股疯狂的冲动完全正确。他低下身子，和她处于同样的高度，双膝跪地，双手轻轻地放于她的肩头，再三重复她的名字，孩子们围在他们身边，形成了紧密而好奇的人墙，聒噪不休，动来动去。

包围圈内温暖而潮湿,光线有点暗。他似乎来到了某种喜欢探听虚实的新型智慧生物中间。孩子们都挺友好,有人把手搁在他的肩头,有人触碰他的头发。他听见有孩子在喘粗气,在低声耳语,他能感觉到他们的呼吸。他问:"你知道我是谁吗?你觉得以前见过我吗?"

那女孩目光专注而小心翼翼地在他的脸上移来移去。对比之下,她的嗓音有些鲁莽,不过毫无敌意。"没有,我没见过。而且我不叫凯特,我叫露丝。"

他试图握她的手,但没握成。她的双手在背后交握着。"你以前和我很熟,"他静静地说着,真希望周围没有别人,"但那都是三年前的事了。你都忘了,但会想起来的。"

她努力思考着,或者说只是装作思考的样子,热切地配合他。"你带过一条大红狗来我家吃中饭吗?"

他摇了摇头。他打量着凯特的脸,设法猜测她过着怎样一种生活。没有任何虐待的迹象。和以前最明显的不同是,她的右侧脸颊长了一颗褐色的痣。她牙齿不太整齐,得要一直戴牙箍才对,他要带她去看牙医,免得太迟了。有许多事需要搞明白。比如,这所曾是公立学校的破烂学校适不适合她?她一直想上吉他课,现在去了吗?凯特思考着,咬着大拇指的指甲。她的每个指甲都被咬烂了,露出了嫩肉。

"你会不会是皮特舅舅,"她终于说了一句,"摔坏后背的那个?"

斯蒂芬真想对着走廊大吼,让所有孩子听见,我是你爸爸,是你真正的爸爸。你是我女儿,是我的,我是来接你回家的!不过,现在的情况有点微妙,他千万不能失控。所以,他只是低声说了句:"你已经忘记我是谁了。不过没关系。"

他还不如真的大吼。人群的外围出现了一阵骚动,一个胡子拉碴的成年人正探着圆滚滚的脑袋从人墙外面往黑黢黢的里面瞅。

"有什么需要帮忙的?"克制的话语中充满了狐疑。

"别走开。"斯蒂芬悄悄地说了句。凯特点点头。她就喜欢神秘兮兮的。他轻轻推开孩子们,朝老师走去,老师已经往后退了几步。斯蒂芬急切地想要吐露心声,想抓住那人的胳膊肘,把他从孩子们身边拉开,但老师手叉着腰,一动不动。

"你是家长还是监护人?"他质问道。他是个小个子,身材壮实,肌肉发达,背挺得很直,让自己显得更有气势。

"这个嘛,你看,这就是重点。"斯蒂芬听见自己的嗓音有些激动,有些颤抖,便磕磕巴巴起来。他继续说了下去,力求言简意赅。"我女儿被偷走了,是被绑架的,差不多有三年了。现在我觉得我找到她了。那个叫露丝的女孩就是我女儿。她当然认不出我了。"

斯蒂芬话音未落,那人就不耐烦地说:"我们正要出去郊游。不过我会带你去见校长。他能解决。这还真不是我能处理的事。"

其他孩子都被打发到操场上去等候,老师、斯蒂芬和凯特就沿着走廊来到了放盆栽和画作的地方。她刻意同斯蒂芬拉开距离。或许是怕他再抓她的手吧。但她很感兴趣,甚至很兴奋,他们静静地走着时,她蹦跶了一会儿,还抬起头飞快地看了一眼,看斯蒂芬是否注意到了。他笑了笑,女孩就扭头不去看他。他们在那扇挂着歪歪扭扭的标牌的门前停了下来,老师让他们在外面等,他自己进去。他推门前,停下来吁了一口气,人瞬间矮了几公分。斯蒂芬原本觉得或许能和女儿单独待上一两分钟,就转向她,但老师很快就出来了,歪了下脑袋,示意他们进办公室,也没搭理斯蒂芬的道谢,便匆匆忙忙沿着走廊离开了。

校长办公室的一整面墙上都是厚玻璃板,上面有一道道雨渍和泥土,透过它们能看见操场的一部分和一长条浓云翻卷的灰色天空。刺目呆板的光线从玻璃板中透进来,令物体丧失了体积,影响了它们的色彩,也使办公桌后身材瘦削、军人模样的校长看起来好似从厚纸板上剪下来的一般。斯蒂芬和女孩进来的时候,校长纹丝不动,既没眨眼,也没说话,更没任何动作,只是直视着房间对面,这更加深了刚才那种印象。斯蒂芬刚准备介绍自己,凯特便把手搭在他的前臂上,没让他说话。

他们等了约莫二十秒钟,校长的面色才缓和下来,轻快地说:"对不起。刚才在想事。现在……"

斯蒂芬做了自我介绍,又说抱歉占用了校长宝贵的时间,之后便开始说明情况。刚说到一半,他就意识到自己并不想在凯特在场的时候做过多解释。他希望在自己身份揭晓后,能和她自如地说说话,在没有陌生人在场的情况下好好地安慰安慰她。那绝对会是一个美好的时刻。他停下来,问她是否能在外面等上一两分钟。他打开门,看着她在走廊对面的椅子上坐好。

校长有些生气:"我实在不明白你为什么把她带到这里来。"

斯蒂芬解释说自己现在心里很乱。"但至少您知道我要说的是哪个女孩。"他说,然后就把之前同老师说过的简短的话重复了一遍。校长从椅子上起身,站在窗前,抱着胳膊。他动作很慢,面相阴沉,看上去像是大病初愈。他一脸嫌弃地瞅了瞅斯蒂芬的西装,看了看缺纽扣的前襟、烧穿的洞眼、没擦干净的鞋子和沾了污渍的衬衫。他这人以貌取人。

"你说是在超市,"他这话说得铿锵有声,既有礼有节,又充满怀疑,"我想你应该已经去警察那儿报过案了吧?"

斯蒂芬尽量不让声音中带着怒气,描述当时是如何搜寻的,说报纸上也登过这个案子,还上过电视。

校长回到办公桌后,用指关节抵住桌面,身体前倾。"刘易斯先生,"他特意在这个称呼上加重语气,以强调斯蒂芬缺乏职衔,"露丝·莱尔很小的时候,我就认识她了。我和她父亲杰森·莱尔也认识很多年了,有一小段时间我们还是生意上的搭档。他是本地颇有名望的生意人圈子中的一员,是他们向教育部门买下了这间学校。他和妻子共有五个孩子,没有一个是偷来的,我可以向你保证。"

斯蒂芬想坐下来,但这时候还是站着好。"我了解我女儿。外面的那个女孩就是我女儿。"

听着斯蒂芬平静无起伏的语调,校长的语气有所缓和。"两年半的时间很长了。你也知道孩子会变的。而且你肯定希望她就是你女儿,而人的意识很会玩花样。"

斯蒂芬摇了摇头。"不管她在哪儿,我都认得出。她就叫凯特。"

校长又恢复了原先的态度。他在办公桌旁立正不动,一只手放在椅背上,似在摆姿势拍照,要把照片摆在军官食堂里。斯蒂芬注意到那根军用领带上的油渍,顿觉如释重负。"刘易斯先生。我觉得有两种可能性。要么你犯了个很不幸的错误,要么你就是记者,想要再给学校找麻烦。"

斯蒂芬环顾四周,想找个地方倚靠。如果这里就他一个人,他肯定会在地板上四仰八叉地躺上一会儿。他继续解释,话语中带着他自己都未察觉的条理性。"我觉得要解决这事并不困难。警方有她的指纹,还可以验血,也可以查染色体,等等……"

"你说的是两年半,没错。"他往门那边打了个响指,"天呐,就让她进来吧。今天早上我还有其他事要处理。"

斯蒂芬来到门口,打开门。她就坐在原来的地方,用绿墨水在手背上涂涂画画。他想和她说话,想在进办公室之前和她建立起某种纽带,希望能找到方法对抗校长那令人恼怒的自信心。她站起身,朝他走来。和校长的自信比起来,他的表现实在太弱,他说得这么肯定,却又缺乏立刻拿得出手的证据,他还对自己的穿着悔恨不已,所有这些情况都对他的身体产生了影响,令他双腿无力,浑身冒汗,连视网膜的表面都受到了影响,它的作用一直深入视锥和视杆细胞,令这个正在穿过接待区的女孩变得更高挑,棱角更分明,肩膀的轮廓尤其明显，五官也变得更为立体。她仰头漠然地看着他。刘海下的眼睛还是一模一样，肤色也一模一样苍白。他仔细打量这些细节，由于太过专注，他一句话都没来得及和她说。回到校长办公室，调查重新开始。

"露丝，"校长说，"告诉我你的全名和年龄。"

"露丝·埃尔斯佩思·莱尔，九岁半。"

"要说'先生'。"

"先生。"

"你在这所学校上了几年学？"

"算上幼儿园，我四岁就上学了，先生。"

"那到底是多长时间？"

"五年。"

"先生。"

"先生。"

斯蒂芬摇着头。那女孩背叛了他。她大胆且过于热切的表现方式，她取悦他人的渴望已开始激怒他。她什么都没隐瞒，她根本就没秘密。他能看见她鼻子的侧影，错得离谱，错得太明显了。她正从他身边离开，他很失望。

校长越过斯蒂芬，对着房间的尽头说："布里格斯太太，麻烦把五年前的学校报名手册找出来，把幼儿园的登记簿拿给我。"

斯蒂芬这才注意到自己身后有张小办公桌，它隐藏在角落里，桌旁坐了个身着印花裙的女人，大冷天还穿裙子，奇怪得很。那女人站起来，拉开锡柜上的抽屉。校长接过文件夹，当着斯蒂芬的面打开，摊开一张打印出来的名单，手指沿着名单往下滑去。"莱尔，露丝·埃尔斯佩思，夏季入学，刚过四岁生日……"斯蒂芬没看他，也没在听。斯蒂芬在想凯特的灵魂，觉得它可能正高高地漂浮于伦敦上空，好似一只色彩明亮的蜻蜓，速度奇快无比，但又能纹丝不动，等待着降落到某个操场上，或某个街角，寄居到某个小女孩的体内，将自身独特的神韵注入其中，向他表明她的灵魂仍然存在，然后它又飞身上路，将空空的躯壳、它的寄主留在身后。

校长翻看着，列举新的证据。那女孩也在旁边看着，对自己的表现相当满意。斯蒂芬开始担忧实际的事情：他还要多久才能离开学校，他怎么会把大衣留在车子里，他怎么会错过首相的午餐。

几分钟后，他离开办公室，听见校长大声对那女孩说，要是那人以后再和她说话，一定要立刻汇报，这话显然是说给斯蒂芬听的。女孩答应得很起劲儿。拎着水桶的男人把斯蒂芬送出了学校。他们穿过操场的时候，斯蒂芬朝桶里瞥了一眼。桶是空的。"你为什么一直带着水桶走来走去？"

那人把斯蒂芬送出校门，摇了摇头，勉强挤出笑容，意思是这个问题蠢不可及，他都懒得去回答。

在经历了他曾心心念念的"父女重聚"后，斯蒂芬终于觉得就算没将这痴念除去，它也不再强烈了。他开始面对这个难以接受的事实：凯特早已不在，她并未隐身于他的身边，也非他所熟悉的模样；他想起露丝·莱尔，那女孩既像又不像他女儿，他这才明白凯特的人生轨迹有很多种可能，两年半来，她的变化之处应已多似恒河沙数，而他却对此一无所知。他以前疯魔痴狂，如今他感觉已得到净化。

他回家后，一直睡到傍晚，睡得很沉，没有做梦。起床后，他开始把房子重新布置一番。他把沙发移到后面，靠着墙，把电视机往后移到昏暗的角落里。他在浴缸里泡了很长时间。泡完澡后，他又给自己倒了一大杯酒。但这次，他端酒杯来到已经整理过的书桌旁，开始回信。他给朱莉写了张深情款款、语气随和的明信片，说凯特生日那天他一直在想她，她若觉得时机成熟，应该和他联系联系。他取出笔记本，草草记下了自己的写作灵感，然后他受其鼓舞，取下打字机上的防尘罩，一连工作了两个小时。深夜，他熄了灯躺在床上，定下详尽的计划,又沉入了不受打扰的酣眠之中。

翌日清晨,电话铃声响起,是助理部长打来的,斯蒂芬耐心地听着,但他早已打定主意。那人说,斯蒂芬从接他的车上跳车走人,这种行为令人遗憾。斯蒂芬解释说他以为自己发现了失踪很久的女儿,下车是为了去追她。

"对了,司机把我的大衣上交了吗?"

"没有。如果你把大衣留在了车上,他应该会上报的,这点我敢肯定。"看来,还没人缺席了午宴又拿不出充分的理由。这是一种无法原谅的粗鲁行为,但出于某种特殊的理由——而且助理部长很显然并不赞成——斯蒂芬还是得到了第二次机会,首相再一次向他发出了邀请。

"哦,好吧,"斯蒂芬说,"但糟糕的是,我不想再接受邀请了。"

助理部长的语气中带着和善的轻蔑:"胡说什么!怎么又不想了呢?"

"首先,我很忙。我正在写一篇小说,这对我来说是个全新的开始……"

"那也不妨碍你吃午饭。"

"其次,首相这些年来对国家所做的那些事让我很反感。把国家搞得一团糟,太丢脸了,当然我这么说并非个人攻击。"

"那为什么你上一次接受邀请了呢?"

"当时我的生活一团乱麻,我很抑郁。现在已经不那样了。"

电话那头顿了一顿,助理部长调整了策略。

他语气略显悲伤,好似因某个无可辩驳的物理法则而感到悲哀。"刘易斯先生,我也没办法。首相执意要见你。"

"哦,好吧,"斯蒂芬说,"反正你也知道我住哪儿。"说完就放下了听筒。

他来到厨房,煮了杯咖啡。十分钟后,他正端着咖啡走在过道上,电话铃又响了。是带着怒气的助理部长。

"不巧的是,我们好像找不见你的地址了。"斯蒂芬把地址告诉他后,就挂断电话,端着咖啡匆忙来到书桌前。

七

  战后的育儿文章作者都太过感情用事地忽视了一个事实，即儿童的本性是自私的，而且这也合情合理，因为他们生来就是为了生存。

        ——《权威育儿手册》引言，皇家文书局

  第二年初，帕门特委员会为敲定报告终稿而磨蹭了好几个月。内耗、疲倦、含糊其辞终于还是为终稿的完成打开了一条通路，虽然这辞令中仍有难以调和的分歧。坎汉建议每月仅开两次会，帕门特勋爵还单独邀请了一些委员愉快地用餐，这些举措让某些委员转变了立场，也令一些委员在不太丢面子的情况下突然放弃了一些怪异的观点。委员们也都明白，作为分委会，不管多么想打头阵，还是不太可能第一个向上级提交报告，但也不能落到最后一名。

斯蒂芬也作了贡献。他提出了一个自认为平衡的方案。一方面建议强调一定程度的约束，灌输某些基本规则，因为写作是一项社会行为，一种公共媒介；另一方面，他也鼓励运用想象力，因为写作是作者私生活的延伸，无论如何不能抹杀其中的个人特质。这种两头不得罪的论调很容易就得到了认同，或者确切地说是第一部分得到了认同，因此他没受到主席的用餐邀请。斯蒂芬发言的那个上午，委员会更关心如何删掉关于学习型字母表的部分，还设法阻止了某个学者朗读最新论文《课堂优势和规范语法》。三月中旬，帕门特的阅读与写作分委会终于将报告提交给了儿童保育官方委员会。大多数委员都觉得完成了所托任务，上交了立论合理、立场权威的文件。由于没有出现少数派报告，主席还得到了媒体的祝贺。雪利酒告别酒会在部长办公大楼的一座附楼里举办，这座附楼偏处一隅且鲜少使用，地上铺的还是三十年前的绣花地毯，但图案仍然令人不适地活灵活现，来客只要摸一摸门板或窗户上的配件，就能感受到地毯上传来的静电。

斯蒂芬来得迟，走得早。自圣诞节以来，委员会已不再是他在混乱虚无的日子里能寻得规律生活的避难所。那些例会令他厌烦，也威胁到了他用写作、学习和健身填满的脆弱的日常生活。他正在跟退休的大学老师克罗默蒂先生学习古阿拉伯语，这位老先生就住在楼下。每周，他都会花四个上午在克罗默蒂先生那间寒冷、空荡的书房里学习语言。屋子里唯一的热源是一台老式煤油取暖炉，微弱的黄色火苗似乎弥散着极具催眠效果的烟雾，就像老先生给他翻译的诗歌里提及的烟雾一样。斯蒂芬对这门语言和阿拉伯语文学本身并没什么兴趣。如果克罗默蒂先生教的是希腊语或他加禄语①，斯蒂芬也会照学不误。他只是想学一门很难的知识来保持清醒；他需要规则和例外，需要背诵东西时的全神贯注。

不曾想到的是，他很快就迷上了那些字母。他买了瓶墨水和一支特制钢笔，专心练习书法。学了不到一个月，他就觉得阿拉伯语语法很有意思，和英语的差别如此之大，动词奇怪地占据着主导地位，书写形式只差一两笔，词义却会产生微妙改变；后悔可以变成酒友；石榴可以变成手榴弹；老年变成自由。

老先生安静而严厉，给人的印象是学生如果迟到或没完成当天的作业，他真的会生气。克罗默蒂先生上课的时候会穿件黑西装，一节课结束时，他会从腰际抽出一只银色怀表，

---

① Tagalog，菲律宾的第二大民族他加禄人所说的语言。

看着表盘说结束语。他的公寓有股子阴沉而老派的贫穷味儿，地板裸露，墙面泛黄，墙上有一块块油腻的水渍，门和踢脚板上厚厚的褐色涂料片片剥落，冒烟的煤油取暖炉就搁在门厅裸露的电灯泡底下。屋内没什么陈设，既无画作，亦无软椅，也没有迹象显示它曾有一段过去。他的奢侈品就是他所钟爱的那些形式优美、极富美感的诗句，他会大段大段地引用这些诗句，先用阿拉伯语再用苏格兰语吟咏，这时，他会闭上眼睛，仰起头，似在回忆另一段人生。"她腰肢纤纤，踝处隆起，美腹紧绷，了无臃肿之迹象。"克罗默蒂先生在马路上遇见斯蒂芬时会躲开，上课前后也不会和他闲聊。斯蒂芬从来都不知道他的教名。

斯蒂芬最近开始做的事就是每周去室内网球场打三次网球。他已经打了二十多年网球，一直技术平平，青少年时期，他代表学校参加过比赛，但没得名次，在那之后，他一直在慢慢退步。第一个小时先由教练指导，第二个小时和教练对打，教练是个健壮的美国秃子，第一节课后，教练就和他坦诚地说了说接下来的学习任务。他的正手和反手击球不行，得从头学起。同样，步法也得从头再学。还要把原来的发球方式抛到脑后。不过，这些技巧都不用急着学，最重要的还是调整态度。当时，他们分别站在球网两侧，离得很近。斯蒂芬付给那人的钱很可观，听他这么干脆利落地埋汰自己，真不知道该做出什么样的表情。

"你太消极。精神上太弱。只会等着事情发生，傻站在那儿，希望球往你那儿去。你对球毫无责任感，根本不会主动计算下一步该怎么打。你惰性太大，胆子太小，还不清醒，连自己都瞧不上。你的球拍要尽快往回抽，主动移动去击球，重心要低，要享受这个动作。你的精神头儿根本就不在这儿。就连现在我跟你说话时，你也心不在焉。你觉得网球这项运动配不上你？醒醒吧！"

除了阿拉伯语课和网球课之外，斯蒂芬还得写作，余下的时间读书，而且来者不拒，砖头般厚的小说、国际畅销书，还有那种专门解释潜水艇、交响乐队或酒店工作原理的书，他都照单全收。他现在觉得晚上可以进行少量的社交活动，但仍旧只和关系牢固、为人随和的朋友见面。圣诞节前，母亲生了场病，病了很长时间。他经常去探望她，先去医院，后来去她家，尽管没什么危险，但她仍然很虚弱，只能稍微聊几句。如果说这几个月他过得称不上开心，那也算不上有多焦躁。有时候，他觉得自己正在为某个不为人知的事件做准备；他期待变化，但也不知道是什么样的变化，甚至可以说他希望发生剧变，期待着出现最初的迹象，以及任何预示他的生活将发生转变的蛛丝马迹。他正在读的大部头让他按照有用的规则来思考，他想起了潮起潮落，清凉的微风，消散的阴影。不过，他也很清楚自己仍在阴影之中；毕竟，他还在花钱每周定期和人接触。

变化发生了，但并未提前出现征兆，也没有种种细节预示会有更宏大的计划。而是出现了一系列突然的、表面上并无任何瓜葛的事情。一天晚上，第一件事发生了，斯蒂芬听到了两次短促的按铃声。此时他已吃完晚饭，正准备用墨水誊抄一首诗歌中的几行字，次日早上他将把这首诗读给克罗默蒂先生听。那天一直在下小雪，上完网球课回来后，斯蒂芬就生起了火，此时火势很旺。他拉好厚厚的天鹅绒窗帘，给自己斟了一小杯雅文邑白兰地①，他现在每天只喝一杯酒，庄严肃穆的交响乐从收音机里缓缓流出。他已经用铅笔勾勒出了几个字母，正用一块棉布擦拭金笔尖，想着第一个字母成型后的样子，他开心不已，那个字母的下半部分是一条曲线，上面是虚点构成的三角形。门铃响起的时候，他恼火地弹了下舌头，站起身，慢慢悠悠地把墨水瓶的瓶盖拧紧，心想自己这么不慌不忙，这么反感受到打扰，是不是很像克罗

---

① Armagnac，法国历史最悠久的白兰地。

默蒂先生。

他先是看见了血,楼道里灯光幽暗,血看上去黑乎乎的,完全模糊了来客的脸,那人胸前抱着一只棕色纸袋。不知道血究竟是从哪儿流出的,似乎是从毛孔里渗出来的,完全抹去了五官,唯有耳朵是白的。血从下巴尖滴落,落到了纸袋上。

斯蒂芬因震惊而沉默了一会儿,那个人在这当口飞快地说了起来,很有礼貌,却有些迟疑:"非常抱歉,这么晚打扰你。我……我本应该先打一个电话……"斯蒂芬觉得那声音很耳熟,话语间也未显出痛感。那人伸出一只满是血污的手。"我是哈罗德·莫利,你认识我的,我是委员会的成员。"

"哦,对,"斯蒂芬说着,打开门,让到一边,"进来吧。"关门时,他才想起莫利就是那个大谈特谈音标字母的人,报告终稿里最后一丝与音标字母有关的内容都被删得一干二净了。莫利盯着自己的手,轻轻摸了摸下巴,再仔细看了看指尖。"我在你家的楼梯上绊了一跤。"

斯蒂芬领他去洗手间。"你不是第一个了。"

斯蒂芬在浴缸里接满水,卷起了袖子,莫利在门口站定,"你知道吗,我觉得我应该还昏迷了一会儿。"

"你看上去是挺惨的,"斯蒂芬说,"最好还是让我看看。"

莫利的语气中充满了惊讶:"我记得自己摔倒,也记得自己站了起来,但当中还有一段时间,肯定有。"

斯蒂芬将消毒液倒入水中,散发出的气味使他觉得自己做事的效率不低。莫利脱下衬衫。伤口在额头上,长度不到三公分,已开始凝结。斯蒂芬用海绵从上往下擦拭莫利的头和脸,莫利面对着愈来愈红的水逻辑混乱地说着话,一直在重复自己是怎么摔倒的。斯蒂芬擦完后,莫利斑斑点点的窄背颤抖了起来,他刚一站直,马上就失去了平衡。斯蒂芬扶他坐到浴缸的边缘,给了他一块毛巾,临时做成敷布敷在伤口处。莫利抖得很厉害。斯蒂芬给他穿上了一件厚羊毛衫,又给他裹了条毯子,领他到书房,让他坐在靠近火堆的扶手椅上。斯蒂芬倒了一杯浓咖啡,放了好几勺糖。但莫利连杯子都端不住,斯蒂芬就替他拿着杯子,听见他牙齿直打战。十分钟后,莫利恢复过来,一个劲儿地道歉。斯蒂芬让他好好休息休息。五分钟后,客人就沉沉睡去了。

斯蒂芬一口喝干了雅文邑白兰地,又倒了一杯,惊讶于自己竟然还能有心思预习次日的语言课。他不时地看一眼莫利。破破烂烂的敷布滑稽地压在他的额头上,被凝结的血块牢牢固定在原处。"她展露腰肢,纤细轻柔似骆驼的鼻环,她小腿光滑,好似湿漉漉的莎草纸卷就的牧笛……"后来,他注视着已经完成的作业,很想知道除了克罗默蒂先生之外,是否还有人明白这些小圈圈、小杠杠,这些花体字的意思,它们无拘无束地飘浮于线条上方,又突然生出沉甸甸的钩子,勾着线条不放。它们会不会是私人代码呢,是不是那位老先生设计了这个精巧的游戏以此聊度余年呢?

睡了一刻钟后,哈罗德·莫利有了动静。他猛地从椅子上弹起,脸部肌肉绷紧,好像是在责怪谁。"东西在哪儿?"他厉声问道,接着又转变态度,闭上眼睛,摊开手扇了一下自己的脸,"天哪!出租车。我把东西放座位上了。"

斯蒂芬去卫生间拿起地板上的棕色纸袋。然后,他又去厨房拿咖啡。等他返回书房时,莫利的记忆已经恢复了,正站在壁炉旁仔细打量着从伤口上扯下来的那堆乱糟糟的绷带。"撞得还真不轻啊。"他说,觉得相当不可思议。

"可能得把伤口缝起来,"斯蒂芬说,"你今晚真的应该把它处理一下。"

他把那只纸袋递给莫利。而客人看向放酒杯的托盘,说:"打开看看。你不介意的话,我想喝一杯威士忌。"

斯蒂芬给他们俩斟上酒,在莫利的注视下坐下来,仔细地看了看从沾满血污的纸袋里拿出来的书。薄薄的平装封皮上写着"校样"二字,下方歪歪斜斜地贴着一张白色标签,写有"仅限内部传阅,编号 E-8,第五份"字样。前几页空白。

斯蒂芬翻至引言处读了起来："战后的育儿文章作者都太过感情用事地忽视了一个事实，即儿童的本性是自私的，而且这也合情合理，因为他们生来就是为了生存。"他往后翻，读了读几个章节的标题，"被规范的头脑""克服青春期""服从带来安全保障""男孩与女孩——差异万岁""痛打一次少打九次"。在最后一章，他读到："有人特别教条地反对任何形式的体罚，结果发现这么做其实会催生对孩子的心理虐待，比如以不予表扬、剥夺权利、强迫早睡来羞辱孩子，诸如此类。这些更花时间的惩罚形式会浪费忙碌的父母宝贵的时间，而且并没有证据表明，比起扇耳光或狠抽几下屁股，它们的伤害更小。常识告诉我们实际情况恰恰相反。抬起手，表明你是认真的！就抬这一次，很有可能以后就再也不用抬手了。"

莫利等了一会儿，从椅子上站起来把酒杯斟满。斯蒂芬又翻了几页。有一幅卡通画，画上有两个小女孩在玩耍。下方的文字写道："这个迷你熨烫板没有任何问题。就让女孩子们彰显她们的女性气质吧！"斯蒂芬把书放回纸袋，往桌子上一扔。总委会至今仍在收集十四个分委会的报告，这项工作再有四个月都完成不了。他只想给父亲打电话，祝贺他判断正确。但他可以等到这周见他的时候再说。

莫利说："我应该告诉你这本书是怎么到我手上的。"一名不相识的中层公务员在工作时间给他打了个电话，说要和他在附近的工人咖啡馆碰个面。那人负责的是政府的出版事务。有许多公务员对政府心怀不满，他便是其中之一；每年都会有两三个这样的人因叛国罪之类的罪行接受法庭审判。但这倒不是那个公务员想把这本书交给莫利的首要原因，他这么做主要是因为这一行为并不会受到惩罚。前一天晚上，他的办公室遭窃，窃贼主要对耐用设备感兴趣，拿走了咖啡机和煮汤机之类的东西。第二天早上，恰好是他第一个到现场，就把那本书塞进了公文包，上报时只说那书本来是放在小保险箱里的，可保险箱恰好被窃贼带走了。

三个月前，这本书就放到了政府出版社的案头，如今共有十份装订好的复本在行政机构的高层和三四名内阁大臣之间传阅。每份复本的去向都被实时掌握，一般只有国防文件才会有此等待遇。而事实上，这份复本之所以未被放入遭窃的保险箱，只不过是因为某个办事员出了个没人在意的岔子。把文件交给莫利的那个公务员相信，总委会是想等报告完成一两个月后出版这份文件，并宣称这本手册是委员会的工作成果。但校样究竟为什么会这么早就四处流通，他却并不清楚。

莫利说："或许唐宁街出于政治原因想拉拢几位部长吧。"

斯蒂芬说："我不懂他们为什么会不相信委员会能编出一本他们想要的书。他们亲自指派了委员会主席，分委会的所有主席也都是他们指派的。"

莫利说："鱼和熊掌他们应该没法兼得。尽管他们这么尝试了。他们没法指望那些有名望的人能写出一本完全让他们满意的书。他们把专家和名人聚在一起只是供公众消费的。成年人知道怎么做才是最好的。"莫利用指尖轻轻摸了摸伤口，抽搐了一下。"反正他们就是如此看重这件事。我相信你也都听说了，革新育儿方式后，国家也将面临变革。"

他说他的脑袋现在一抽一抽地疼，想回家了，他之所以过来是想讨论接下来该怎么做。他没法和妻子谈，因为她也在行政部门上班，是负责医疗卫生的职员，他不想把她牵扯进来。"我回去后，她肯定能把我的脑袋治好。"

除了徒增尴尬，他们也干不了什么事，所以事情很容易地就定了。经商定，斯蒂芬先去复印该书，投给某家媒体，然后就把这本藏在家中，上面的识别号必须擦去，以保护那名公务员。斯蒂芬打电话叫了辆出租车，等车的时候，莫利谈起了自己的孩子。他有三个儿子。他说爱孩子不仅仅能带来快乐，还能让你了解自己的弱点在哪儿。奥运会危机最盛的那会儿，他和妻子会整晚整晚醒着，相顾无言，就只是担心孩子,因无法使孩子免受伤害而心惊不已。他们并排躺在一起,无法说出自己的想法,甚至不愿承认自己还醒着。拂晓时分,小儿子一如往常地爬到他们的床上,妻子便哭了起来,哭得那么无助,莫利最后只得将孩子带回他自己的房间,陪他睡在那里。后来,她说正是孩子的绝对信任让她伤心欲绝;孩子相信盖着被子、偎依在母亲怀里很安全,可是何来安全,他随时有可能死于非命,她便因此觉得是自己背叛了孩子。斯蒂芬想起那段时间自己的"无忧无虑",只能摇摇头,一言不发。

莫利离开后,斯蒂芬走入女儿空荡荡的房间,打开灯。单人木床的床垫上仍放着一个装满女儿用品的垃圾袋。房间里弥漫着潮湿的气味,他跪下来,打开取暖器上的阀门。他在地板上跪了一会儿,试探着自己的感情;现在他所面对的并非失去,而是一个事实,犹如高墙一般的事实。但这是一堵无生命的、中性的高墙。一个事实。他像骂人一般大声地说出这个词。返回书房后,他坐在壁炉旁,就在莫利坐过的那把椅子上,想着莫利的故事。他能看见他们,男人和妻子并排躺在床上,犹如中世纪陵墓上的两尊石像。核战争。他突然变得很孩子气,害怕脱衣服上床睡觉。屋外的世界,甚至于衣服之外的那个世界,显得苦涩而严酷,毫不讲理。他构建起来的脆弱的理智正受到威胁。他就这样一动不动地坐了二十分钟,逐渐深陷。四周越来越安静。他费了好大的劲儿才缓过神,身体前倾,将炉火添旺。他大声清了清嗓子,想听听自己的声音。待到新添的煤块开始燃烧,他便往后靠去,趁还没睡着,他承诺自己不会就这么放手。他的语言课定在次日早上十点钟,下午三点还要去上网球课。

斯蒂芬的母亲从二月份开始康复。医生允许她下午和傍晚时分下床走走。待天气暖和,她就能走个四百来米去邮局了。生病期间她瘦了十几斤,一只眼睛几近失明。织毛衣、阅读和看电视时,视力好的那只眼睛会疼,于是收音机和聊天就成了她主要的消遣方式。和她那一代的大多数妇女一样,她也不喜欢提身体哪儿不舒服。当父亲去看望生病的姊妹,将有半天时间不在家时,就会去问斯蒂芬是否愿意过去陪陪母亲。他很乐意。他喜欢和父亲或母亲单独见面,这样容易打破惯性,他也不会那么受限于儿子的角色,而且还有可能重续半年前在厨房里提起的那个话题。

母亲来到前门迎接他,这让他有些吃惊,同样令他惊喜的是,又见到了她穿便服的样子,而非刺眼的粉色睡衣外套。她瘦得脸部皮肤都绷紧了,反而看起来青春了些,俏皮的眼罩让她显得更年轻了。他们稍微拥抱了一下，母亲就领着他向客厅走去，他边走边祝贺母亲身体康复得不错，还开了个蹩脚的玩笑。

她说抱歉家里太乱，但其实那只是她自己眼里的乱。她之所以急于恢复体力，有一个原因就是想把房子好好收拾收拾。尽管所有的东西都已经摆放得井井有条，但斯蒂芬仍然说她有那心思是件好事。他说要去泡茶，她习惯性地抗议了一番，最终同意了，这也能说明她有多虚弱。但她还是会在门外告诉他这个怎么做，那个怎么做，也会趁他不注意时，把那套咖啡桌拉出来放好，等着他在上面放托盘和杯子。斯蒂芬在厨房里烧开水的时候，仔细看了看一排药瓶里面都有些什么药。各种明亮的红黄色说明药片是高科技产品，会对人体产生深度干预。墙上电话机的旁边新贴了张很大的纸，上面是父亲的字迹，写着医生的急救电话，还有几家私立救护公司的电话号码。

刘易斯太太负责倒茶，但茶壶的重量让她的手抖得厉害。他们都假装没看见托盘上一大片泼出来的茶水。母子俩聊了聊天气；天气预报说春天来临之前，还会下几场大雪。斯蒂芬询问最近医生出诊的情况，刘易斯太太巧妙地避开了，没有作答。他们反倒谈起了斯蒂芬姑姑的病情，聊到了刘易斯先生乘坐公共交通工具穿越伦敦西区是否安全。他们还针对大号字体的书是否适合阅读讨论了一番。二十分钟过去了,斯蒂芬有些担心在话题向他希望的方向发展之前,母亲就累了。于是,在下一段话结束之后,两人都沉默了一会儿的时候,他说:"你还记不记得和我说过那两辆新自行车的事?"

她似乎也在等着这个问题,立刻微笑起来。"你爸想忘记那些事是有理由的。"

"你的意思是他是假装记不起来的?"

"空军的训练就是这样。要是东西很糟糕,或者不合适,就把它扔掉。"她颇有感触地说:"买自行车那天,我们俩过得都不好。他总认为,打那以后发生的事都是注定要发生的,你根本没得选。他既然说记不起来,我们也就没谈过这事了。"虽然她的语调仍旧显得若有所思,毫无责怪之意,但最后那句话说得斩钉截铁,似乎是想为自己接下来的失言找一个借口。她刻意说得比较含糊,还有那么一点夸张。她往椅子上一靠,将茶杯从茶碟上稍稍端起,等着接受提问。

斯蒂芬尽量不让自己显得过于关心这件事,他很清楚她的负疚感会被轻易激发。他稍稍停顿了一会儿,说:"我觉得吧,四十年毕竟也很久了。"

她断然摇了摇头。"记忆和年岁完全没关系。能记得的都能记住。我第一眼见到你父亲的情景,现在还是历历在目。"斯蒂芬对父母初次相见的情形一知半解。但他知道,刚才这句用来证明记忆能够永恒的话,正是她接下来想要讲述的故事的开端。

战后的三年里,斯蒂芬的母亲克莱尔·坦普利在肯特郡一个集镇的小百货商店上班。当时,战争对社会造成的巨大冲击还没能被人们完全感知,尤其是整个仆佣阶层的消失,以及随之而来的不太富裕的中产阶级生活方式的消失,而且这个两层楼高的哈罗德百货[①]商店仍在设法维持战前的那副派头。

"去那里买东西,我妈并不会有多开心。她会觉得来错了地方。"门童身着深蓝色制服,衣服上挂着银色饰带,帽上印有商场的标志,他们站于旋转门边,引导走过紫红色地毯的女性顾客前往目标专柜。如若营业员忙得没法分身,门童就会让女士们坐在舒适的椅子上等待片刻。他们一口一个夫人,还一个劲儿地用手碰帽檐,但从来没人给他们小费。

营业员都是女孩,她们也穿制服,且要负责清洗和保管自己的制服。每天清晨,商场开门之前,她们都会站成一排,

---

①英国最大最著名的百货商店,主要售卖奢华商品。

由上了年纪的人事处负责人巴特小姐检查她们的着装。"她的女孩们"把浆洗过的白色蝴蝶结系在背后,她最喜欢帮她们调整这个蝴蝶结。有些女孩子因为出身而自带口音,所以要注意说"是"而不是"四",要特别留意翘舌发音,说的时候得将嘴唇周围的肌肉绷紧。没有顾客的时候,她们仍得待在胡桃木柜台的后面,既不能懒洋洋地瘫坐着,也不能彼此闲聊;她们得时刻保持警惕,面带笑容,但不能"太过积极","意思就是只有当顾客看你的时候,你才能看顾客。这得花上一两个月的时间才能学会"。

那时候,克莱尔二十五岁,刚上班的那段时间仍然住在家里。她羞涩而又独立,两者在她身上奇怪地融合在了一起。"我曾收到过两次求婚,但都推脱了,还得让我妈出面帮我说明。"尽管如此,家里人和朋友还是越来越担心她的年龄,说她也就只有一两年的时间可以拖了。她挺漂亮,又明朗,像鸟儿一样欢快。她工作特别勤奋,不是出于野心,而是因为精神紧张,而且精力充沛,再加上害怕受到批评。就连人见人怕的巴特小姐也因为她上班准时而喜欢上了她,还说她的蝴蝶结最干净,系得也最利落。她学会了营业员讲话的腔调("烦请夫人从这边走……"),少数几名营业员每隔六个月会被调到新的部门工作,她便是其中之一,"很有可能是因为高层想要提拔我"。

正因如此,她才去了钟表专柜。先前在男士服装用品区上班的时候,那里的上司就像她的再生母亲,缓解了未婚给她带来的焦虑。现在,她的上司是米德布鲁克先生,他长得高高瘦瘦,三言两语就能把人呛死,下属和顾客都挺怕他。他的脑门上有块绛红色的胎记,女孩子们当中流传着这样的话:"盯着那块胎记看哪怕一秒钟,都会被当场炒鱿鱼。"米德布鲁克先生并非不讲情理,但他对待在专柜工作的女孩子比较淡漠,总有法子让她们觉得自己愚不可及。

来百货商店的男性顾客并不多。这地方女性气息十足,幽静而清香。偶尔会有个把年老的绅士过来给妻子买结婚周年礼物,进来后手足无措。女孩子会牵着他们的手,毕恭毕敬地推荐几款商品,他们就会心满意足。也有年轻夫妻,结了婚的,或是订了婚的,正在"装饰他们的爱巢",营业员午休的半个小时常常谈论这些人。后来店里来了一个年轻人,他孑然一身,长相英俊,留了撮黑胡须,穿的是英国皇家空军漂亮的蓝灰色制服,注定会引起一阵骚动。他一进门,消息就拍电报一般从底楼飞速向上传播。女孩子们在柜台旁翘首企盼,警觉而友好。他带着个小跟班,大步走过静谧的紫红色地毯,径直朝克莱尔的柜台走去。他一侧胳膊下夹了顶帽子，另一侧则夹了一只时钟，说要见米德布鲁克先生。有人就去办公室里叫他，年轻人将时钟放在玻璃柜台上，把帽子放在旁边，自在随意地站在那儿，手背在身后，目视前方。他身材壮实，脊背挺得笔直，是那种棱角分明、坚毅果敢的帅气，那个时候这样的相貌最受欢迎。一头波浪似的黑发抹了厚厚一层百利发乳，一小撮黑胡子就连细细的胡须尖儿都上了蜡。他带了只壁炉钟，放在红木盒里。克莱尔就在三四米开外掸灰，这是米德布鲁克先生允许女孩子们做的事情中，工作量最小的一项。她们都得到过训示，主动发生眼神接触是不当行为，于是她就忙着侍弄那些老爷钟的玻璃钟面，而每个钟面上都能映出那个身穿制服的男子等待的身影。"不用转身，我就能感觉到他身上发散出来的温馨感。很灼热。"

但这温馨感并没有令他此行的开头变得顺利，米德布鲁克先生老半天还没出来，后来终于出现在柜台后，想必也已注意到来人是来投诉的，于是他取下一只褐色信封，从中抽出一张纸，展开，写下一串数字，再把纸叠好，塞回信封，把信封放回原位。全都做完后，他才假装刚意识到有个顾客需要接待，这个反应太假了。他身子挺得笔直，往前略略欠身，重心放在抵着玻璃柜台的张开的五指上，说："有什么问题吗？"

在听到这句话之前,穿军服的那个人从头至尾立在原地一动不动,而且目不斜视。听闻此言,他便往前跨了半步,拿起军帽,用帽子指着那只时钟,言简意赅地说道:"钟坏了。又坏了。"克莱尔掸尘的区域离他们愈来愈近。

米德布鲁克先生马上接话:"完全没问题,先生。质保还有七个月的时间。"他把手放在时钟上,准备把它拿过去修理。但那人伸出手,牢牢地压住了米德布鲁克的手,让其没法动弹。同时,他开口说话。克莱尔注意到了这只手粗壮的手指和指节上浓密的黑毛。肢体接触违反了面对顾客时所有的不成文规定。米德布鲁克先生僵住了。强行反抗会使这种接触升级,因此他别无选择,只得听那人把他简短的话说完。"我挺喜欢他说话的方式。句句都说到了点子上。不粗俗,不粗鲁,也不装腔作势。"

那人说:"你说过这钟品质可靠,值得多花点钱入手。你要么是在说谎,要么就是自己搞错了。这事轮不到我来评判。我只想把钱要回来。"

米德布鲁克先生觉得至少这部分是他熟悉的情况。"五个月前购买的商品,怕是退不了款。"

有公司的政策撑腰,米德布鲁克先生试图把手抽回来。但那人的大手握住了他的手腕,越握越紧。

他又说了一遍那句话。"我只想把钱要回来。"接下来的事情出乎意料。那人转身问克莱尔:"你是什么看法?这钟已经是第三次坏了。"

"他没问我的时候,我压根儿没想法。我只是想看看接下来会发生什么事。但我想都没想就胆大包天地说:'我觉得你应该把钱拿回来,先生。'"那人冲着收银台点了点头,继续抓着米德布鲁克先生。"那就去拿吧,姑娘。七镑十三先令六便士。"克莱尔打开收银台,她在家中对丈夫的顺从由此开始。米德布鲁克先生没去阻止她。毕竟他现在不用让步,就能全身而退。道格拉斯·刘易斯拿了钱,便扭头潇洒地走开了,把那只坏了的钟留在了身后的柜台上。

"我会永远记得指针指的是三点差一刻。"

吃午饭的时候,克莱尔就被解雇了,解雇她的人并非米德布鲁克先生,他那时还在医生那儿包扎手腕,而是容不得这种事的巴特小姐。女孩刚走上人行道,就讶异地发现那男人正在等她。他带她去乔治饭店吃了顿大餐。

"他这人真的很棒,"刘易斯太太说着,把杯子和茶碟递了过去,准备再来一杯,"这点没有疑问。他来我家喝茶的时候,每件事都做得很得体。穿的是最好的制服,还买了花,对我爸说花园如何如何漂亮,还连吃了三块蛋糕,把我妈乐坏了。自此之后，所有人都开始尊重我。"

三个月后，道格拉斯调岗至德国北部，消息传来时，小夫妻俩已经订婚。克莱尔在乔治饭店和他共进午餐的时候，发现他不是战斗机驾驶员，还有点小小的失望。他从来就没坐过飞机。他是做行政的，是所有档案管理员的领导。但现在，她如释重负，在德国，他只需每个礼拜去银行取一下飞行中队的工资，不用做什么更危险的事。她去哈里奇的港口送别，在回程的火车上哭了一路。他们定期写信，有时候连着好几个礼拜天天写。尽管道格拉斯觉得相比自己内心细腻的情感，写写毁于兵燹的城镇里遍地的弹坑和排长队购买食物的境况要容易得多，但他还是顺着未婚妻，向她表达自己的情感，于是他们之间的亲密感也就随着邮件的往来逐渐升温。圣诞节期间，他休假回了家，由于邮件里的甜言蜜语比他们实际关系的进展更快，两人见面后都有些害羞，连牵个手都觉得难为情。不过他们还是赶在节礼日①之前热络了起来，并在那天坐火车去沃辛见她的公婆，道格拉斯嘟嘟囔囔地说着话，声音几乎完全淹没于车轮与铁轨相撞的咣当声中，言语中充满他对克莱尔深深的爱。

---

① Boxing Day，每年的12月26日，英联邦的部分地区会庆祝节礼日。

德国的局势仍不稳定，远未达到允许妻子随军的要求，于是他们就商定等道格拉斯回驻英国后再完婚。一直等到春天来临，他才能休假回家，而且也只能过个周末。那两天温暖和煦，由于家里还有旁人，他们只能整天在北唐斯散步，商量着他们的计划。他们沿着乔叟书中的朝圣者①所走的那条小径无忧无虑地漫步。宁静的威尔德地区在他们眼前绵延展开，那儿有野花，有云雀，还足够僻静。他们乐得忘乎所以，整个周末都忘乎所以，斯蒂芬重复着这个词，引导母亲原谅了他们的粗心大意。果然，七月，道格拉斯放长假回来后，克莱尔就有一个重要的消息要告诉他。她决定选好时机，等再回到山上，置身于野花丛中，重新构建起那种轻松快乐的亲密氛围时才说。

在她等待那个时刻到来的时间里，她仿佛能听见电影配乐，望见仲夏的阳光照在他们身上，照亮那个场景：道格拉斯听得目瞪口呆，充满自豪感，面容因崇敬、欣赏和一种从未有过的亲切感而柔和起来。"但我没想到那时天气会变冷，风会变大。"更糟的是，道格拉斯像是变了个人。他变得烦躁不安，心不在焉，很难接近。有时候，他又似乎百无聊赖。

---

① 英国小说家乔叟（Geoffrey Chaucer,1342－1400）在他的《坎特伯雷故事集》中，讲述了三十位朝圣者去坎特伯雷朝圣路上的经历。

每当克莱尔问他发生了什么事的时候,他就会牵起她的手,用力捏住。如果她问得过于频繁,他就会发怒。

他上个假期快结束的时候,他们就决定买自行车,这样就可以自由随性一些,不用再乘难以捉摸的当地公交车赶来赶去,由于这是他们俩第一次联手购买,第一次为他们即将建立的小小帝国添置物品,所以最好还是买新品。他们决定好了买哪一款,还付了一笔定金。到了道格拉斯七月假期的第三天,他们就带上打包好的野餐食物,顶着风雨去取自行车了。那天,克莱尔下定决心,尽管天上下着雨,道格拉斯比以往都更沉默,她也还是要把那个消息说出口。可他们骑上自行车后,他就来了精神,还唱了起来,以前他可从来没当着她的面唱过歌。于是当他们在繁忙的高街上一路颠簸而行的时候,克莱尔抓住机会,不假思索地把那个秘密说了出来。

当时两人很难交谈。直到他们骑到乡间小路上,下了车,推着沉甸甸的自行车穿过平交道口,爬上一座陡坡后,才能讨论这件事。雨淅淅沥沥下个不停,他们逆着风艰难地行进。这景象和克莱尔的想象有着天壤之别,老天也太不公平了,此前从没暗示过她,乐疯了的周末不可能延续到夏季。道格拉斯看上去很困惑。她知道这个消息已经有多长时间了?她是怎么知道的？她怎么会这么确定？

"你不兴奋？"克莱尔问，她的眼泪和雨水混在了一起，"不高兴吗？"

"我当然高兴，"道格拉斯很快说道，"我只是想把事情搞明白。这就是我在做的事。"

山顶上雨稍稍消停了一些，风也骤然变小了，道格拉斯用手绢擦了擦脸。"你也知道，有点太突然了。"

克莱尔点了点头。她觉得应该道个歉，但她哽咽着说不出话来。

"这也就意味着我们所有的计划都得变更。"

她太想当然了，认为只要他们幸福快乐，婚后六个月就生孩子这件事并没有多丢脸。她严肃地点了点头。

路往下通入树林，令人动心，想要一冲到底，但在这样严肃的时刻，马上骑车沿着下坡路滑行不太像样，于是他们就手握刹车默不作声地朝山下走去。下山路上，克莱尔觉得自己即将面对某种难以言说的状况，她之前完全没考虑到的状况。"那就是他的沉默。我好像能咂摸出那种沉默的味道，咂摸出他未说出口的话的味道。我觉得很恶心。你懂的，人怀孕的时候对怪味是很敏感的。"

他们停下来，克莱尔跑到灌木树篱边干呕了起来。道格拉斯则帮她扶着自行车。继续前行的时候,她感觉自己已经能听到争论的声音,觉得自己已经惨败。道格拉斯已感到厌倦,后悔做出承诺,他在德国有了女人。不管是什么原因,他不想要孩子。他心里就是这样想的。流产("那些天,这个词散发着别样的味道,令人作呕"),他想说的是流产,这话他说不出口,只能缄默不语。

愤怒让她逐渐清醒,她觉得自己头脑明晰。如果他不想要孩子,那她也不想要。她体内的孩子还未成形,没必要千方百计地护着它。它还是一个很抽象的东西,只是他们爱情的一面;如果爱情完结了,那孩子的生命也就完结了。她可不愿一辈子带着未婚妈妈的耻辱烙印生活下去。如果道格拉斯只是一个过客,她不想时刻被提醒,想起他曾来过。她一定要重获自由,她一定要摆脱这个浪费她时间的蠢货。她必须重新开始。

他们进入树林,光线中带着湿漉漉的绿意,巨大的榉树平静地将水珠滴至浓密的蕨类植物展开的叶片上。她怒火中烧,捏紧了刹车,得更使劲才能把车子往前推。她希望这事就此了结,就在路边,在地上,在尘埃里,在这棵树下,现在就行动,越快越好。痛苦没什么大不了的,反而能将她净化,也能证明她的无辜。然后,她就可以骑上自行车,轻快地踩动踏板。风雨会使她的脸凉爽起来，会让她清醒，为她疗伤。上坡时，她也不会下车。她会奋力蹬车，把这个意志薄弱的男人远远地抛于身后，他的沉默散发着难闻的味道，令她作呕。

是啊，她已经做出了决定，这是既定事实。这事即将过去。就像圣诞节那会儿，他们的亲密程度还赶不上信里的速度时一样，他们现在也得开口，谈起这个棘手的话题，费尽心思地用谎言、虚情假意和种种借口来引出那个她早已接受的结论。他们必须要经历这一切，她才能获得自由。她早已急不可耐，想大声喊叫，想抄起那辆愚蠢的自行车，往路上砸去。可她却抬起手，死命啃啮着指关节。

他们继续前行。克莱尔的沉默变得愈来愈密不透风，这让道格拉斯意识到自己也很久没开口说话了，便搂着她的肩头，问她感觉好点没有。她没有作答。他担心起来，发现她在哭，就觉得内疚且更加忧心。他为自己的犹豫道歉。她怀孕是件好事，应该好好庆祝一下。他记得前方不远处有家酒馆。他提议点杯啤酒，避开让人浑身湿透的细雨，最重要的是，他们可以坐下来，对这件事深思熟虑。克莱尔那时候心里很清楚，总算要进入正题了，因为如果要把孩子生下来，"深思熟虑"一词并不恰当，应该要毫无保留地表达感情。她勇敢地点了点头，骑上自行车，在前头带路。向右拐到一条稍宽的路后，便到了酒馆门前。他们把自行车留在了门廊上，放在淋不着雨的地方。现在还不到十二点，他们是当天来得最早的顾客。酒吧阴暗潮湿，克莱尔坐着等道格拉斯端啤酒过来，浑身发抖。她用手摩擦大腿，平息大腿的抖动，觉得自己就像躺在医院的病床上等着做手术似的。前未婚夫正在和老板聊天，嘻嘻哈哈而言之无物的对话让她觉得很厌烦。他难道一点儿都不觉得困扰？她的火气又上来了，随之而来的还有决心。她不再发抖。道格拉斯拐弯抹角兜圈子时，她什么也干不了，只能抿几口啤酒。要让他为自己的背叛买单，以后便两不相见。

　　他坐在她身旁墙壁凸处的座位上，叹了口气，好像在说总算到这儿了。他们举起酒杯，说了声"干杯"。两个都沉默了，克莱尔用脚尖很有节奏地敲着地面，道格拉斯则一直捋着涂了百利发乳的湿乎乎的头发。他清了清嗓子，说起上次来这家酒馆时的情景，那时离战争开始只有不到一个星期了。说完之后，又出现了更尴尬的冷场时间，最后他终于说，她怀孕真的是件好事，他们现在随时可以组建一个家庭。我们已经组建了家庭，克莱尔心里这么想，但没说话。她僵坐在那儿，尽量不去费神听他说话。如果她能够坚持住，且能令他因为内疚而愿意掏钱,把事情安排好,那一切就都结束了。道格拉斯说,有些夫妇尝试了好几个月,好几年,最后都徒劳无功。他们能轻而易举地拥有自己的孩子,说明他们爱之深,情之切。怀孕这事让他对她的爱更加深沉,对她和他们的未来充满了信心。她从没听他一口气说过这么多话。他握着她的手,用力握紧,她也紧握他的手,鼓励他说下去。"我当时心想,快点说完吧,蠢货。我只想回家。"然后,他就说,他们现在的处境不容乐观。他至今都没听说让他回国驻防的消息,德国那儿也才刚开始建家属区。他不再说个人方面的问题,而是聊起更宏大的话题,这时就比较得心应手。他说起了英国的住房短缺问题、国际局势、柏林空运、新出现的冷战和原子弹。

他早就喝完了啤酒,而她的几乎动都没动。她越来越不耐烦,觉得还是主动采取行动比较好。她打断他的话头,说:"如果你想说我不应该要孩子,那就开始……"

道格拉斯慌了,连忙举起双手阻止她说下去。"我说的不是那个意思,宝贝。根本不是那个意思。我的意思是我们必须把每一件事都考虑进去,各方面都要顾虑到,再扪心自问现在是不是时机正好,是不是……"

她很后悔多嘴说了那句话。道格拉斯吓得转换了话题,又开始说她如何如何可爱，他对她的感情又有多深。他说如果他们现在能深入详谈，不管做什么决定，今后都不至于束手无策。他继续说着这样的话题，扩充了"决定"这个词涵盖的内容，慢慢恢复到先前的状态。

其间，克莱尔一直都坚持着自己的想法，仍然心不在焉，她就是在那时候越过雅座区朝门口的窗子望去。"我现在都能清楚地看见那个孩子，就像看你那么清晰。窗子旁有张脸，是孩子的脸，好像飘浮在那儿一样。它正往酒馆里看。脸上的表情看上去像是在哀求，脸色很苍白，和阿司匹林一样白。它直勾勾地瞅着我。我想了很多年后，终于意识到那很有可能是酒馆老板的儿子，或者是当地农民家的孩子。但那时我还是真心觉得，甚至可以说我知道，我看见的就是自己的孩子，就是你。"

道格拉斯继续说着话，窗子旁的孩子也继续瞅着里面，克莱尔的内心发生了转变。她怎么能因为生未婚夫的气，就想毁了这孩子。那个孩子，她的孩子，突然变得有血有肉起来。它凝视着她，宣示着对她的所有权。这男人和她之间发生的任何事都与它无关。她这是第一次有这个想法，认为它是一个独立的个体，是一个生命，她必须用自己的生命去捍卫它。这生命并不抽象，也不能用作讨价还价的筹码。它现在就在窗前，有着完整的自我，正在为自己的生存而祈求她。它也在她的体内，灵活地伸展着四肢，依靠她的血脉而活着。她和道格拉斯讨论的不是怀孕，他们讨论的是人。不管它是谁，她都觉得已经爱上了它。一段爱恋拉开了帷幕。

后来，孩子不见了。她没见它走开。它就那么倏然间化为虚无。这时，她转头看向道格拉斯，他仍然在云遮雾罩地说着话，她想好好地保护他。她变得温和了，想起他们仍然爱着对方，也想起了他们一起经历过的种种事情。她眼前的这个人既非心口不一，也不懦弱。他洋溢着男子气概，运用理性和逻辑，结合了他对当前局势的精通，对他们的现状进行分析，而之所以如此，是因为他正处于深深的恐惧之中。他怎么知道有了孩子会是什么情况？孩子又不在他的肚子里，也不是他身上的肉。但他准确地感觉到孩子会永远地改变他的生活。他当然会恐惧。除非见到孩子，看见孩子长什么样，他怎么知道自己会不会爱它呢？道格拉斯正掰着左手的手指举出各种各样的事例，却并未意识到自己的命运正在被敲定。她记起他那次在百货商店里有多帅气，多强壮。她本以为男人面对任何情况都会很坚强，而这种想法是错的。她在自己情绪不佳的时候说出这个消息，本以为他会同她做出一样的反应，并为她担负责任。后来，她又自讨苦吃，闷闷不乐，自哀自怜。道格拉斯软弱的地方，她让自己更软弱。可她毕竟还是领先一步，因为她已经爱上了这孩子，且她知道的事，道格拉斯并不知道。所以她要承担责任，抓住时机。现在她应该果断一些。她要这个孩子，这一点毋庸置疑，而且她也要这个丈夫。她把手放在他的小臂上，又一次打断了他的话。

  刘易斯太太闭上眼睛，脑袋倚在靠垫上。他们沉默地坐在愈发幽暗的屋子里。她平稳的呼吸声说明她即将进入梦乡，可她又开口说了句话，眼睛也没睁开，头也没动，"现在，你来说说。"他立刻讲起了自己的故事，而凡是涉及朱莉的，全隐去了。他说自己走在乡间，在灌木丛中挣扎了一番之后，总算来到了路边，离酒馆也就百来米的距离。他一边把自行车细致地描述了一通，一边目不转睛地注视着母亲。她没有任何反应，当他说起当时的动作、着装、发夹的时候，她仍然无动于衷。等到他说完，母亲这才开口，先是短促地叹了口气，"唉……"没必要再做讨论。思考了一会儿后，她说自己累了。斯蒂芬扶她从椅子上站起来，上了楼，两人在楼梯平台上互道晚安。"都差不多连起来了，"她说，"差不多了。"她转身走入卧室，边走边用手扶着墙面作支撑。

一小时后，父亲回来了，累得连大衣穿在身上都觉得重，也没力气抬胳膊解纽扣。斯蒂芬帮他脱下大衣，扶他坐上母亲坐过的那把椅子。斯蒂芬拿来啤酒后，刘易斯先生一言不发地喝了一刻钟，这才讲起了他所遭受的磨难。这一天里，他一直焦虑不安地等待，还在换乘公交车的时候换错了，推挤，对陌生人的依赖，这些都耗尽了他的体力。公共场所触目惊心的肮脏和得寸进尺的乞丐令他震惊不已。

"马路上脏兮兮的，墙上都是不堪入目的话，还有贫穷，儿子，这十年里，一切都变了。我上次去看宝琳还是十年前。农庄变得认不出来了。这景象和远东地区最糟糕的情形太像了。我消受不了，胃也承受不了。"他喝了口啤酒。斯蒂芬发现杯子在抖。他对父亲说自己现在过得挺好，另外，在委员会集齐所有报告的几个月之前，育儿手册就写好了，他觉得这些话能让父亲稍稍恢复元气。但刘易斯先生只是耸了耸肩。他有什么好高兴的？他伴随着椅子吱吱嘎嘎的声响站了起来，他不让斯蒂芬扶，说准备上床睡了。以前，晚上喝啤酒、和儿子聊天这种事，刘易斯先生从不会错过，可现在他只是在斯蒂芬肩头轻轻地拍了拍，就上了楼，边走边发出不耐烦的喘息声。斯蒂芬收拾好茶具和啤酒杯，关上灯，悄悄地离开了，父母正在家中睡觉，而现在还不到九点半。

八

在这些情况下,处于困境的家长会从一个历史悠久的类比中获得些许安慰,他们把童年比作疾病,比如身体与精神的残疾,情感、认知与理性的扭曲,而成长让人从中缓慢而艰难地恢复过来。

——《权威育儿手册》,皇家文书局

首相办公室秘密委托他人撰写育儿手册的消息,由一份报纸在二版的单栏内爆了出来,这是唯一一份不积极支持政府的报纸。这篇报道很狡猾,行文比较克制,只提了些传闻和通常较可靠的消息来源,也许是在鼓励首相两天后在议会质询时断然否认该书的存在。之后,报道便移到了头版的底栏,还引用了一些话来撩拨人心,但始终不说是否拥有该书。周末，反对党领导人拿到一份复印稿。周一的报纸在头版头条预言风暴即将来临，文中大量引用了反对党总部的控诉，说那是"粗俗恶劣、不知体面为何物的犬儒主义"，"令人作呕的伪善之举"，"背叛了父母、议会和原则，卑劣透顶"。到了周三，其他报纸也都跟进了报道。政府的后座议员也"深受困扰"，"勃然大怒"。于是有人申请召开紧急讨论会，请求也得到了批准，但会议延迟了一个星期才召开。

从查尔斯·达克在职时起，斯蒂芬就认为自己多少有了些圈内人的视角，很清楚这种事件的处理方式，迄今为止，一切也都如他所愿。力量薄弱的反对党正在尽心竭力地推进事件发展，现在还不可能有其他报道能使之黯然失色，这么多年来，公众似乎仍然普遍对政府高层有着奉公正直的要求。

一星期的延迟至关重要。周三，为了使政府事务公开透明，使讨论有理有据，首相要求将这本惹起众怒的书印刷两千册，分发给报社和其他相关人士。政府的媒体彻夜忙碌，通信员拂晓即出。记者通宵达旦阅读该书，熬夜撰写文章，以期赶在后半夜完稿。次日清晨的评论文章对手册的态度至少可以说是赞许，甚至称得上是狂热。有份小报的头版是这样的标题："坐下，闭嘴，听好了！"另一份小报说："孩子们，快排队！"严肃大报的评语是："精彩纷呈，权威版本。"这本书标志着"育儿文章中的是非不分和道德堕落由此终结"，而最先采写这起事件的报纸则是这样报道的，"忠实追寻确定性，体现时代精神"。不管是怎么来的，"该书"堪称典范，今后应大范围推广。几位名不见经传的公务员如此高效，他们设定的标准应引起官方委员会的注意。不管是运用智慧，还是由于粗心大意，政府都为父母设定了他们应遵循的典范。

一旦将书本身的问题撇在一边，余下的那个问题就简单了：质询时首相是否对议会撒了谎？可这很快就被不知所出的流言搅浑了，说这书根本未经唐宁街的授意，而是内政部中层管理部门的主意。紧急讨论的两天前，书和谎言已不再是讨论的焦点。现在，问题变成了首相在会上将如何展示自己的观点，能否在这个节骨眼上东山再起，在下议院好好地表演一番，点燃后座议员的激情，重拾他们对领导层的信心。虽然大家某种程度上还是需要遵循真相的解释，但具有说服力的、真心诚意的解释才是最关键的。

斯蒂芬手上拿了罐啤酒，在收音机旁弓着背仔细关注会议的进展，背景里不时传来喝彩声和抱怨声。这时，收音机里响起一个熟悉的声音，是介于男高音和女低音之间的声音，吐字清晰，字正腔圆，试图说服听众。唐宁街上周才知道这本书的存在。尽管政府设有官方委员会，但首相不会谴责委托他人撰写该书的行为。这是一份内部文件，目的是为有关部门聚焦一些问题。文本显然只有三份，也没有流传出去。严格来讲，内政大臣没有通知内阁办公室确实不妥，这令人遗憾，但也没有违反重要的原则。说政府想出版这本书，用它来取代官方委员会的报告，这纯粹是胡言乱语，幼稚得可笑。这么做有什么好处？现在这本书的出版势在必行，由此导致委员会的工作全部白做，令人惋惜，但那个将这份文件泄露给媒体的不负责任的公务员才最应该受到谴责。这种罪犯应该受到起诉，受到惩罚。但官方不会进行调查，因为这只是件微不足道的小事。我们不会把这些作者的名字透露给公众，他们也不会受到任何对此事感兴趣的特别委员会的质询。

众所周知，父母和教育工作者因社会各界人士，尤其是年轻人行为标准的下降以及公民责任感的缺失而忧心忡忡。毫无疑问，家教问题是这一现象的重要原因，过去的父母受到风行一时的愚蠢的育儿理论影响而误入歧途。如今大众呼吁回归常识，希望政府能起到带头作用。这就是政府做的事，而且今后还会继续做，不会因为遭到政治对手下三烂的诋毁和不负责任的污蔑就止步不前。

忠于首相的人又是喊叫，又是跺脚，完全压过了反对党领导人颤抖的话音，听到这儿，斯蒂芬便关掉了收音机。一向不受首相待见的内政大臣将会提交辞职信。儿童保育官方委员会已经收到一份加密的死刑判决书。干得漂亮。斯蒂芬凝视着扬声器上的铝制网格，感叹自己竟然会这么天真。每逢这种时候，他就会觉得自己根本没长大，对事情的真正运行机制一无所知；真相与谎言之间由错综复杂的通道连接；在公众视野中存活下来的能人凭着可靠的本能自如游弋，还能在很大程度上保持尊严。只是偶尔才会因为战术性的错误，不得不撒个弥天大谎，或者说出重要的真相。大多数情况下，都能在两个极端之间稳健地跳来跳去。内心生活难道不也是这样吗？

斯蒂芬很晚才做好午饭，拿到书桌上。他家的窗子和附近的两栋高楼之间一片灰蒙蒙，稀稀落落的雪花在寒风中四处冲撞。各种迹象预示的这场三月雪已在前来的路上。他管闲事的手法很不专业。把书寄给报社，挑起事端后坐观其变还远远不够。政治文化极富戏剧性，要想控制它，必须掌握一种持续不断、积极有效的舞台管理能力，而这已超出了他的能力范围。他希望莫利别打电话来。当他在为两人的对话打腹稿的时候，肘边的电话响了起来，把他吓了一跳。来电的是塞尔玛。

自从去年夏天斯蒂芬去她家做客之后，他们就一直保持着不太频繁的联系。她寄来的明信片虽然幽默，却也不乏责怪之意。她说斯蒂芬竟因查尔斯的行为如此惊恐，她觉得这挺逗，或者说她竭力让他相信她觉得这挺逗，她还把这视作中年阶段开始的征兆。你以前不就喜欢先锋性的东西吗，她这么写道。以前你常在吃晚饭时宣扬达达主义①。现在，达达主义正在火堆旁暖脚呢。她假装让他对查尔斯的现状负主要责任，声称都是他的第一部小说惹的祸。亲爱的恋老癖者，请给查尔斯写一篇小说，盛赞老年阶段的优点与快乐。或者拿把剪刀把你最长的裤子剪掉裤腿，再来见我们。她很喜欢他爬树屋的经历。查尔斯正在安装冰箱。请过来帮他一起把它运上去吧。这样的笑话有时确实比较牵强，它们背后其实是在指责他让他们失望了。无论查尔斯是勇敢地踏上了回归往昔之旅，还是与人无害地彻底变成了一个疯子，反正他，斯蒂芬，都应该陪伴左右，给这位从前的恩主以支持。而他的表现证明了他是个神经过于脆弱的人。

斯蒂芬的情绪仍然很低落，但他的感受却已经没有那么复杂了。查尔斯和塞尔玛曾经是活力、成熟的象征。他们家

---

①二十世纪初期的艺术流派，反对逻辑、理性和现代资本主义社会的审美观，拥护荒谬而无意义的事物和非理性。

的房子散发着稳如磐石、令人兴奋的气息。置身于昂贵、有序、肃静的环境之中，人们谈起话来针锋相对，物理学家和政治家对或夸张或荒唐的理论大谈特谈，他们开怀畅饮，哈哈大笑，回家后，第二天又会爬起来，做好自己的分内工作。早先，斯蒂芬有时会想，要是能在这样的家庭中长大该有多好。好在他还能在塞尔玛那间品位不俗的客房渡过情绪崩溃的日子，坐在她的脚边，听她说话，有时只是假装在听，并向查尔斯学习世俗中的处事之道。

他们先是抛弃原有的生活，搬往萨福克，后来斯蒂芬又亲眼见到查尔斯的巨大改变，便觉得真正遭到背叛的人其实是自己。有损失的人是他。他的胸中填满合乎情理的异议：查尔斯虚假的返璞归真，塞尔玛对此的鼓励，这些都是他们婚姻中的私事。他们需要斯蒂芬，就像有些夫妇需要他人旁观来增强性快感，或使他们之间的争吵更富戏剧性与合理性一样。他被利用了。他们俩都不想向他解释自己的行为，他当然不知道该如何去应对。而且，将来查尔斯迟早会回归旧日的生活，那时候他就会因为斯蒂芬和他保持距离而免于尴尬。他们之间的友谊也将恢复。

现在他有自己的事要忙，还有阿拉伯语课和网球课，因此他的想法就不那么确定了。虽然一想起查尔斯穿着短裤，满嘴突击学习来的小学生用语,斯蒂芬还是会受不了,但他的好奇心和责任感也与日俱增。先前,他一直在硬撑,每日在黑暗中摸索,必须保护自己不被他人的疯狂所影响;现在倒是可以冒点风险,大度一些。可他仍然没有任何行动。他仍依循日常安排,哪怕一两天都不愿打乱。他在等待变化,等待新的进展,比如塞尔玛的电话。

她的嗓音有些紧张,呼吸也有些急促。电话的音效放大了她舌头掠过上颚时干燥的啪嗒声。

"斯蒂芬。你能马上来一下吗?能今天就来吗?"

"出了什么事?"

"现在没法说。你能想办法尽早赶到吗?求你了。"他捏扁了手里的空啤酒罐,发出爆裂声,塞尔玛马上就问:"那是什么声音?斯蒂芬,你在听吗?"

"好,"他说,"我这就去车站,坐下一班火车过去。但我不知道什么时间发车。"

塞尔玛似乎把电话从嘴边移开了,"我没法去接你了。你得坐出租车过来。"说完,电话就挂了。

他把没吃完的午餐端到厨房里去,洗了洗盘子,开始关门窗。关窗户时,他发现雪下得越来越大,在愈益幽暗的天空的映衬下,雪片显得愈发白皙。他进入卧室,带足了一个星期的衣物，又跑到书房，给克罗默蒂先生写了张便条，打算出门的时候带给他，还写了封信给网球教练，预备到车站投递。

他穿上大衣，正摸索着答录机上的开关，这时，电话铃又响了。

一个女人的声音以军人般的精确性说道："我们是行动组，找刘易斯先生。"

"什么事？"

"你一个人在家吗？好。十分钟内请不要出门。保持电话线路畅通。有人要见你。"斯蒂芬正想让她说得明白一些，电话却挂断了。他走到窗前，望着楼下宽阔的街道，街上塞满了高峰时段的车流。雪花只有在艰难地穿过被红绿灯照亮的区域时，才能被看清，而一落入由柏油路和滚烫金属构成的陌生环境中，便飞速融化。他很想马上去车站，但又很好奇，便在门厅里踱来踱去。十几分钟过去了。他转身朝门口他收拾好的包走过去，这时，他看见有个阴影从门上的磨砂玻璃前闪过，门铃立刻响了。

门外的四个人倒很像耶和华见证人[①]。他们露出了稍纵即

[①] 起源于美国的宗教，信仰上帝，实行上门传教制。

逝、充满歉意的笑容,接着便推开他走进公寓,扫视眼前的各种细节,客厅里的天窗、电表箱、墙裙上的木条、踢脚板和门。他问"怎么回事!",那些人根本没理他,已在公寓里四散而开。他正准备跟上去,却听到楼梯上传来杂乱的脚步声,他来到楼梯口,俯视着楼梯井。

一个戴眼镜的年轻人怀里抱着几部电话,正往楼上跑,后面跟着两个女人,一个抱着打字机,另一个拿了台手提式接线机。后面还有好多人。他听见有人在松动的台阶上重重摔了一跤,还听见他嘟囔了几句无关痛痒的脏话。前面三个人呈一列匆匆忙忙地走过,进入他的公寓,根本没注意到他在,只一门心思专注于手头的事情。他等着其他人全都上来,却没听到脚步声。他倚在扶手上往下望去,看见下方六七米处露出了一只黑皮鞋锃亮的鞋尖。剩下的人都在等待。

厨房边的小餐厅正被改造成一间办公室。里面的人把一台红色、一台黑色及两台白色电话机连到了接线机上,机器上的小灯一闪一闪。那个戴眼镜的人正对着红色电话机讲话,报出一长串密码。一个女人已经在打字,十指飞舞,根本不看键盘,斯蒂芬一直都很佩服这种本事。四名保镖中,有一人从消防通道走进来。公寓里开始有种宾至如归的感觉了。一名秘书正在桌上摆放收件篮和发件篮,一大堆文具,一只浅口盒，里面装了彩色纸夹、图钉、橡皮筋和一只番茄式样的卷笔刀。有人拿了一把椅子过来，要斯蒂芬别挡道。他已经猜出这到底是怎么一回事，但为了保全脸面，还是摆出一副困惑的神情。他抱着双臂，倚在门框上，注视着那些人忙忙碌碌，忽然听到身后有响动，耳边传来一个声音。

"首相的两场会面地点相隔异常遥远，我们正开车出城前往下一个地点的时候，首相坚持要来你这里。他们会把所有东西放归原位的，我保证。"

一个戴着半月形眼镜的光头绅士抓住斯蒂芬的胳膊肘，领着他沿过道慢吞吞地走去。从客厅里传来无线电短波干扰的嘶嘶声。

"我们觉得你还是在书房里待着最舒服。"他们走到书房门口，停下脚步，绅士从内侧口袋里取出一份打印表格和一支钢笔，递给斯蒂芬。"政府机密法案。如果你不介意的话，就在两个用铅笔打的叉之间签字。"

"我要是不签呢？"

"我们会离开，不再打扰你。"

斯蒂芬签好名字，把纸和笔都递了回去。绅士轻轻地敲了敲房门，听到说话声，便替斯蒂芬打开门，又在他身后轻轻地关上了门。

首相坐在壁炉边的扶手椅上,朝斯蒂芬点了点头,斯蒂芬穿着大衣,端过一把木椅,坐了下来。扶手椅上方两米处的架子上就放着莫利的那本册子,正好被台灯灯罩的阴影遮住。他尽量不往那儿看。首相对他说道:

"希望你能多多见谅。你也看见了,我无法轻装简行。"有那么一瞬间,他们四目相对,而后两人都移开了目光。斯蒂芬没吭声,首相接下来的话语气冷漠,并无询问之意。"你现在不方便吗?"

"我正要去车站。"

众所周知,首相一向蔑视铁路系统,他似乎松了口气。"哦,行动组肯定会送你一程的。"

温和的礼节占去了足够长的时间,该言归正传了。他们依次清了清嗓子。斯蒂芬身体前倾,凝视着壁炉,准备洗耳恭听,他把大衣往身上裹了裹,像是要保护自己。

首相的声音冷冷地响了起来,开始发表一场准备充分的演说。"刘易斯先生,如果可以的话,我就称呼你为斯蒂芬,我希望和你讨论一件非常棘手的事情,一件私事。我对你可以说一无所知,但有人曾以两个理由向我推荐过你,所以我希望我们能有相同的思想,对这世界有共同的看法。"

斯蒂芬没有提出异议。他想先听听再说。

"你在一个分委会工作,据我所知,你对委员会的讨论结果并无异议。你也是查尔斯·达克的密友。我来这儿和你谈论查尔斯,这其实冒着极大的风险,会将自己置于极其尴尬的境地,让自己显得滑稽可笑。可我只能信任你。我这是把自己放到了你的手里。不过,我也必须提醒你,如果你把我们之间的谈话说出去,哪怕只是把我来过你家的事说出去,你会发现没人相信你的话。我们的人已经就这一点采取了措施。"

"好一个信任。"斯蒂芬说,但首相没理他。

"我想了很久很久,仔细考虑究竟该怎么做。我来这儿并非受冲动驱使。我本以为我们可以在正式场合自然而然地相见,至少能让你稍稍了解我的所思所想。但很遗憾,你没能来共进午餐。"

厨房里的电话响了起来。斯蒂芬习惯性地动了动,就又缩回到大衣里去。

"在进一步详谈之前,我必须向你有所解释,以免你对我四面受限的处境无法设身处地地考虑。我想和查尔斯好好交流一番,完全是私下的交流。老话说得对,当领导会变得孤单。从我睁眼醒来,一直到深更半夜,周围簇拥着的都是公务员、顾问和同僚。培养和表达情感与我的职业并不相干,我也不会和这些人亲密交谈。过去,这样做没有任何问题。只是现在,当我想要有所表达的时候,却发现自己被禁锢了,无能为力。没人告诉我该怎么做。其他人要表达什么想法,可以写封信,放心地投递到邮局。但显而易见,对我来说根本不可能这么做。我身边的电话都会被用各种复杂的手段控制,又是屏蔽,又是筛选,又是监控,私人谈话想都别想。我尝试过通过官方渠道和查尔斯联系,但他根本就没把这当回事。我觉得是他妻子抢先了一步。最近,我真的觉得很绝望。"

"您刚刚在下议院的讲话好像没怎么受影响嘛。"斯蒂芬说。

首相继续说了下去,语调更为平静。

"许多年前的一个十月,我为新当选的议员举办了一场午餐会,就是在那次有人向我引荐了查尔斯。他精力充沛,机智幽默,好像铁了心要把我逗笑,他很有魅力,对我党所赞成的每一件事情都特别投入,这让人难以置信。我觉得他就是在开玩笑而已,在夸张滑稽地模仿什么,只是我对他模仿的对象并不是很了解,所以我觉得他人是挺聪明,但又有那么一点不可信赖。在接下来的几次会面中,那种印象完全被驱散了,我越来越喜欢他。他这么年轻、开朗而有趣,而且在许多领域都很有经验。和他见面总能让我振作起来,当然我从没和他单独见过面。我开始展望他的未来,他可以做公关。我认为总有一天他会成为特别出众的党派领袖。

"我亲手栽培他,并建议他传播自己的名声,否则很难给他安排职务。他需要用经验来充实自己,之后他便会势不可挡。启动育儿计划的时候,我让查尔斯负责几个分委会的工作。这样我们就有机会时不时地私下会面了。他满脑子的点子,我很期待和他见面。于是我开始频繁找他开会,稍稍有些过于频繁。你或许会想,我居然对一个年轻人产生了依赖感,这种行为有点特别,也有点变态……"

"哦,没有,"斯蒂芬说,"根本没有。但他已经结婚,再说你也是家庭观念的维护者。"

"但是,"首相说,"他没孩子,所以就很难说在家庭中他们夫妻二人共同拥有些什么。他们之间常会闹得不开心。"

"是吗?"

"虽然查尔斯在内政部供职,育儿计划正常推进,内阁定期开会,但我仍然很少见得到他。于是,思虑再三后,我给军情五处去了电话,嗯……让他们每天跟踪他,全天候不间断。当然,我对他丝毫没有疑心,他和我一样,对自己的国家和政府忠心耿耿。我还想尽办法阻止军情五处给他设立专门的档案。但你看,跟踪他就可以时刻和他在一起了。你能理解吗?"

斯蒂芬点了点头。

"每天晚上七点,他们会打印一份详尽的报告交给我,上面记录了他二十四小时内的行动以及与他人接触的情况。看完公文箱里的文件和外交部的电报后,我就躺在床上看有关查尔斯的报告,一直看到深夜。我想象自己就在他的身边。我逐渐了解了他的习惯、他喜欢去的地方和他的朋友,你在其中占据了相当大的比例。我好像成了他的守护精灵。

"日积月累,报告越来越多,我就再回头翻看,就像人们反复翻看最喜爱的浪漫小说那样,但并不是说我会读这类小说。我注意到他妻子很少陪伴他,且坚持和他的政治生活保持距离,至少出了家门是这样。"

"她得上班。"斯蒂芬说。

"是啊。查尔斯其他令人不安的行为逐渐显现了出来。他经常去斯特里特姆、牧羊人丛林、诺霍特等地的私人住所。于是我就让军情五处进行深入调查,但我向你保证我这么做只是出于担心,不是忌妒。你能想象当我得知他是去找妓女时,有多么震惊吗?后来我发现那些都是迎合特殊癖好的地方。"

"什么样的癖好?"

"我只知道去那儿的客户都会乔装打扮,其他的我也不想知道。我还知道,我已拥有明白无误的证据,证明他的婚姻很不幸福。那是非常孤独的人才会有的行为。毕竟,他连找妓女的地方都不固定。我必须得帮帮他,和他谈谈,让他振作起来。我便着手安排,好找到能和他见面的借口,没想到却收到了他的辞职信。我很伤心,甚至可以说愤怒。我想派人去萨福克监视他,但军情五处抱怨说,调派人手做这种事,又没拿得出手的结果,恐怕不好。没有令人信服的理由就派人去那里调查只会引起怀疑。所以从那时起,我就和查尔斯完全断了联系。我手里什么都没有,只剩以前的报告,当然,还有育儿计划的会议记录。"

斯蒂芬小心翼翼地保持中立的语气,"那为什么不给自己放一天假,亲自去看看他呢?"

"我不可能独自出行。撇开保镖不谈,我还得带着核武热线,也就是说至少得有三名工程师和我在一起。另外再加一名司机。而且联合参谋部也得有人陪同。"

"遵从自己的内心,"斯蒂芬说,"把他们打发走不就得了。"

首相在忽视不相干的评论上很有一套,"我想知道他现在怎么样,他在干什么。你说好给我打电话的,还记得吗?"

"我只不过住了一晚,而且和他妻子待在一起的时间比较多。我认为他现在挺好,安静地处理各种事情,还想写一本书。"

"他说起过他的政治生涯吗?提起过我吗?"

"没有,恐怕没有。"

"你肯定觉得我这样子很滑稽,毕竟他那么年轻,都可以当我的儿子了。"

"我当然不会那样想。"电话铃再次响起。

首相瞥了眼斯蒂芬书桌上的钟。"刘易斯先生,我希望你能给查尔斯递一条简短的信息。我想和他谈谈,面对面地谈,不是打电话说。如果他不想受到打扰,那么见完最后一面,我就会尊重他的意愿。他联系我比较容易,他也知道怎么做。你近期会去看他吗?"

斯蒂芬点了点头。

"那实在是感激不尽。"

尽管他们俩谁都没站起来,但面谈已经结束。和政府首脑独处一室给他提供了一个机会,可以说出在内心奔腾了多年的想法,可以直面肩负责任的这个人,询问他,是否在所有的事情上都会本能地和强者站在同一战线,是否会私心膨胀,为何要把学校廉价抛售出去,还有乞丐问题,诸如此类的事,但与他们刚才所讨论的事相比,这些都是次要问题,况且针对这种不再新鲜的争议点,无疑都会有排练好的答案等着抛给他。

斯蒂芬想起了塞尔玛,"我非常乐意给你传信。"

首相站了起来,身上散发出古龙水味,笑着和他握了握手。"你在那份表格上签字了吗?"

"签了。"

"很好。我就知道可以完全信任你。"

戴半月形眼镜的绅士听见了木椅刮擦地板的声音,首相刚走到门口,门就开了。斯蒂芬看着首相的背影渐行渐远,等到只剩下他一个人,便着手为出门作准备。他熄灭炉火,将书房的窗户锁好。雪在石砌窗台上越积越厚。他打开书桌的抽屉,从一个空白笔记本中取出六张五十镑的纸币,这是他留作急用的。

他走出书房,来到门厅,正好看到抱着好几部电话机的那个人从前门出去。其他人在他身后鱼贯而出。走在最后的是一名保镖,他做了个夸张的手势,示意斯蒂芬去餐厅里好好检查一下。一切回归原位,连脏兮兮的茶杯和旧杂志都不例外。桌上放了一张宝丽来相片,拍下了这间屋子被征用之前的样子。斯蒂芬转过身，刚想对保镖称赞他的同事工作认真到位，却发现那人已经离开了。

他关上灯，拿起包，用三把不同的钥匙锁住前门。楼下，克罗默蒂先生的公寓一片漆黑。斯蒂芬只得停下来，从包里找出写给他的便条。他把便条塞入门缝的时候，听见楼上自己家的电话响了起来。他迟疑片刻，想了想接到电话的几率。如果冲上去，快速用钥匙开门，也许还接得到。但已经耽误这么长时间了。他再次拿起包，一步三个台阶地跑下楼，冲向喧嚣的车流，来到了人行道上，还没看见出租车，就把胳膊早早扬起。

最近一趟火车要等二十多分钟。他过于焦躁不安，过于小心翼翼地保护自己漫无目的的思绪不受干扰，以致无法适应车站咖啡馆潮湿、喧闹的氛围。旁边的酒馆里，有人喝得酩酊大醉，还有人在胡乱嚷嚷。于是他出去买了个苹果，并把信投递出去，之后便在站台上来来回回地踱步，跺着脚抵御闪闪发光的水泥地散发的寒气。他走到刚驶入的柴油火车头边上，驾驶室里的司机正在按开关，好让怪兽般的车头消停下来。斯蒂芬仍然希望那人邀他上车看看。小时候，他不敢走到火车司机跟前。现在更不敢了。他站在那儿，吸着寒气，啃着苹果,努力不显出眼巴巴盼望的神情,那样很蠢,但他又不想走开,万一司机心血来潮,邀请他上车呢。但司机将折好的报纸夹在腋下,下了车。他走过斯蒂芬身边,看都没看他一眼。

站台后方,售票厅高大的门边有一群乞丐,他们正围在一台免费照相机四周。总共有一百多个人,都被街上的寒冷赶了过来,许多人穿着部队多余的军大衣。他还有十分钟的时间,便朝那个方向踱了过去。他们没在干活,车站禁止乞讨,而且这么多乞丐聚在一起,也没人敢给钱。但这群人外围的几个乐天派仍在对行人说着什么,只是嘴唇看起来没动。其他人都是一言不发。只有某种期望才会使这群人如此平静地待在车站的角落里。也许流动厨房正在前来的路上,又或许待会儿有人会分发餐券。

未曾换洗的衣物和添了甲醇的烈酒散发着恶臭,在寒冷刺骨的空气中仍然强烈。一道九米长的通风格栅已经成了人挤人的集体宿舍。斯蒂芬从头走到尾。如果他们能再挺一个月左右,等到天气和暖,就可以熬到秋天,接下来又将开始新一轮的筛选。今晚,少数没有军大衣的人会有大麻烦。他已经走到那排身体的末尾,看到了一张熟悉的面孔。那人表情冷峻,脸蛋小小的,几乎看不出年龄,蜷在几根铁条上,缩着膝盖，给一个大块头老人腾出了地方，睁着黯淡无神的眼睛，目光越过他盯着别处。这是个老朋友，是他学生时代的朋友，斯蒂芬开始回忆起来，又或许是他梦里见过的人。他一直觉得自己迟早会和一个戴行乞徽章的熟人相遇。然后他看见了她，他去年给过钱的那个女孩，那是十个月之前吧。她盖着一块尼龙防水布，斯蒂芬透过防水布看到了她的裙子，去年它还是黄色，现在变成了灰色。虽然还是那张脸，但已经有了变化。那种生动活泼的嘲讽人的神色不见了。皮肤上满是痘痕，比以前粗糙多了，松弛肿胀，五官都挤到了一块儿，像是觉得那样更安全。女孩抱着双臂。

他决定把自己的外套给她。这件衣服已经旧了，再说他上了车也就暖和了。他脱下外套，放下包，蹲下来，移到女孩的视线之内，她的视线没有移动，有可能是因为她太累，也有可能是懒得动。他想要记起当时怎么会从女孩身上看到凯特的影子。他把手放到她窄窄的肩头。女孩身边的人用胳膊肘撑起了身子。他个头很大，声音却尖尖的，压抑而开心地说道："哎呀，哎呀。想做那事儿，是不？她没兴趣。"他哈哈笑了起来。

斯蒂芬把外套盖在女孩身上，碰了碰她的手，它们和周围的空气一样冰冷。他又碰了碰她的脸，她的双眼仍然凝视着,极度漠然。他拿好包,站起身,现在已经不可能再把外套拿回来了,他想不起来自己有没有把口袋里的东西拿出来。身后传来了哨声,火车吱吱呀呀地动了一下。车站的时钟显示他还有不到一分半的时间。

那人注视着他和那件外套,"快走吧,"他很机灵地来了这么一句,"要不就赶不上了。"

斯蒂芬心里很清楚如果去报案,今晚就没法离开伦敦了。他犹豫了一会儿,后退几步,转身快速走开,发现站台上的列车员正在沿着火车边走边关车厢门,便飞奔起来。他碰到冰冷的门把手后,才回头望去。一百米开外,一辆邮车驶过,遮挡了他的视线,邮车开走后,他望见那人跪在地上,把大衣举得高高的,正在口袋里翻来翻去。一阵战栗穿透火车。斯蒂芬拉住门把手,上了车,一如既往地寻找最清净的座位。

两小时后,只有四名乘客在无人值守的萨福克车站下车。斯蒂芬沿着灯光幽暗的站台从头走到尾,又在车站前面转了一圈,想找个电话亭。一同下车的乘客分乘三辆车离开了停车场。雪停了,积雪已达十公分厚,漫射着裹在缕缕云彩里的月亮那烟雾般的光。车站坐落于城镇边缘,其实就是乡下,车站所在的那条路上,路旁的灯杆上高悬着的仿佛是单个的家用电灯泡。斯蒂芬没想到这儿这么静谧,这种新鲜感令他惊异,他便暂时停下脚步站了一会儿。然后,他竖起夹克的领子,前往镇中心的旅店。他在空无一人的酒吧里打电话叫了辆出租车,然后坐在通电壁炉旁,喝起了酒。

司机挺友好,是个慈母般的女人,非要给他系上安全带。她是从丈夫手中接下这份工作的,他两年前被罚禁驾了。现在他看家,她说,他喜欢在家干活。而她也发现了崭新的生活。她说个不停,车开得异常小心,二十五公里的路程足足开了四十五分钟。斯蒂芬享受着吹拂双腿和脸庞的热气,陷在套着尼龙毛椅套的座椅中,听着司机娓娓道来的声音,看着挂于后视镜上的毛茸茸的骰子晃来晃去,只觉得昏昏欲睡。

司机同意把车开到达克夫妇家附近布满车辙的小径上。他在林子边缘下车的时候,已经八点半了。他又在静谧中停下了脚步,注视着车尾灯颠簸远去,感受着周围的静止,以及这儿秃得厉害的树木。塞尔玛和查尔斯想必已经听见了车子的声响,他想,林子里应该会透出灯光,传来呼唤的声音。他等了等,发现毫无动静,便拎起包,朝前门走去,大门现在已经没法隐身了,门前的积雪也没有动过。灌木丛在夏季时宛如幽绿的通道,如今却枝条高耸,光秃秃的,如两条平行线,中间的小路上不见任何脚印。

房子黑黢黢的,只从楼下的一扇窗子里透出泛黄的光。他轻轻敲了敲门,没有听见任何动静,于是就推开了门。塞尔玛面对着他坐在餐桌旁,笼罩在两支蜡烛的烛光之中。她脸上的表情没有任何变化。

"对不起,我这么晚才到。"屋内很冷。斯蒂芬在她身边坐下,"怎么了?查尔斯在哪儿?"

塞尔玛嗫了嗫下嘴唇,发出湿漉漉的声音,在乡村的寂静中显得分外响亮。一分钟过去了,这一分钟足以令斯蒂芬后悔把大衣给了别人。他发起抖来,现在得做点事,只要能让自己暖和起来就行。他握住她的手,就像碰到了她的开关似的,她摇起了头,摇得很猛,然后又戛然而止,号啕痛哭起来。这位年长的女人泪眼婆娑,令他内心藏着的孩子很不好受。她不愿从他那儿求得慰藉。她抽出手捂住脸,而当他轻轻触摸她的肩头时,她耸耸肩要他把手拿开。

他拿起扶手椅上的毯子,给她裹上,又发现客厅里有个取暖器,便拿了进来。塞尔玛一直在抽泣,他就生起了炉火,炉膛里的灰烬仍旧滚烫。他在厨房里找到一瓶威士忌和两只玻璃杯,又提来一罐水。她平静下来时,屋里已经暖和。只是,她仍旧用双手掩着脸。接着,她猛地站起身,低声说着对不起,匆匆上了楼。他听见她去了洗手间。他倒了杯酒,往炉子边一坐,准备经受噩耗的冲击。

二十分钟后,她回来了,手臂上搭了一件厚厚的羊毛衫,还拿了只手电筒。她把这些东西放在桌子上,就过来坐到斯蒂芬的身边,紧紧握着他的手。现在她看上去平静多了,但很疲惫,筋疲力尽。

"你能来,我很高兴。"她说。

他等待着。

有些话不得不说,为了说出这些话,她起身在桌边站定,稍稍侧过身体,食指和大拇指揉捏着羊毛衫的褶痕。她语气呆板,语速飞快,似乎想把话语抛在身后,"查尔斯死了。他死了。他还在林子里。我得把他搬回来。不能让他整晚待在外面。我想让你帮我把他搬回来。"

斯蒂芬站了起来,"他在哪儿?"

"在那棵树旁。"

"是掉下来的?"

她摇了摇头。动作很僵硬,暗示她不能说话,一开口就无法控制自己的情绪。

"我要一件外套,"斯蒂芬说,"还要一双靴子。"

接下来的几分钟内,他们沉默不语,只顾闷头做事。她带他去了餐具室,钉子上挂着件旧防水厚夹克和一件毛衣。

屋里还有一双橡胶靴,沾满了干泥块,沉甸甸的。他在地板上找到了一根长绳,也顾不上去想能怎么用,先塞进兜里再说。他们出门之前,他又去把炉火烧旺。

月亮已从云层中升起,因此直到小径转弯后没入阴影,手电筒才派上用场。斯蒂芬忍着没多问。只听得到吱吱嘎嘎的踏雪声和衣服窸窸窣窣的声音。

随后,塞尔玛说:"今天早上他出门后,到午饭时间还没回来,这很反常。后来,我就去找他,天色渐渐变暗时才发现他。我不记得自己是怎么回家的,肯定是跑回去的。然后,我就给你打了电话。"

他们继续走着,斯蒂芬发觉塞尔玛不会再主动说什么,便小心翼翼地问:"他是怎么死的?"

她的口气有些迟疑,"我想他是坐着死的。"

他们来到一条结冰的小溪旁,经过一块覆满积雪的石板,积雪将石板上的缝隙填得严严实实,雪层下遍布微型热带森林的种种构成元素。借着月光就可以看见又肥又黏的芽苞,毫不起眼的地被植物用它们微小的矛穿破雪层。一个季节刺破了另一个季节。在一小块平坦的林间空地上,丰盈等待着自己的时机。小径朝林子中央拐去。他们往下走入凹地,向那棵朽烂的橡树走去,它与去年夏天的样貌别无二致。一条小路和他们脚下的小径在此相交,他们向右拐上那条小路。走到那片空地后,塞尔玛放慢了脚步。树林的远端有一片成材林,没于阴影中,看不分明,就像一栋拔地而起的大宅。她把手电筒放在了兜里,朝没戴手套的双手哈着气取暖,然后双臂交叉藏于大衣的衣襟后。斯蒂芬能想到的每一句话都是一个问句,除此之外,他不知说什么好。他在夹克的口袋里摸到了一颗弹珠,便用手指捏来捏去,荒谬地猜起了弹珠的颜色。幸好这里不是荒野,想起这点他就觉得宽慰。附近的城镇用褐色灯光照亮了天空的一隅;一两公里外的路上,两辆汽车疾驰而过;他们穿越的这片土地得到了精心的照料,有人围了篱笆,修剪了树枝。唯有气温让人感觉仿佛根本没人踏足过此地。

高高的树墙向空地上方微微倾斜,似乎早已意识到那里有什么,他们又为何而来。他们步入树丛下的阴影,塞尔玛将手电筒递给了斯蒂芬,开始畏缩不前。他来到第一排榉树跟前时,她就在他身后几米远的地方站定不走了。她抬起一只手,示意他一个人进去。

和他这一辈的许多人一样,斯蒂芬没有经历过什么死亡。他朝着当天将见到的第二具尸体走去,心想应该会闻到一种气味,他在喉咙里品尝这种味道,那是潮湿的房子散发的气味,是黑色布料的气味,是器官之间存留的气体透过毛孔从油腻的皮肤上渗透而出的气味。这种气味,记忆中不曾有,现实中也未遇过,却无论如何也驱散不了。他将这气味呼出到清澈的空气之中。为了说服自己只是来这儿办一件事,替朋友搬运重物,他从兜里掏出绳子,边走边把绳子快速绕了起来。

他走到那片空地,花的时间比他希望的要短。手电筒泛黄的光束倏然照亮了一团蓝荧荧的物体。他僵立于原地,把光束往回收了收。他笼罩在自己呼出的白汽中。他看到衬衫、裸露的肚子,还有灯芯绒裤的腰带,幸好是条长裤。他还没准备好往上照脸,只照了照双腿,然后是光着的脚,脚趾翘起,向外张开着。旁边有一堆衣服,最上面是一件毛衣,下面是一件外套,那堆衣服四周还有鞋子和袜子。

他只能依靠那束窄窄的圆柱形灯光,因此心中忐忑不已。他关掉手电筒,绕着空地走了一圈,一直背对周围的树木,凝视着对面那个模模糊糊的形体。那形体纹丝不动,令他深感恐惧,但"它可能会动"这个想法对他来说同样吓人。查尔斯背靠树干坐着,他就是在这棵树上搭建树屋的。他头顶上方三十公分处就是第一颗钉子黑乎乎的剪影。走到离尸体不到一米远的地方,斯蒂芬打开手电筒。一层五公分厚的积雪堆在查尔斯的肩头和衬衫袖管的褶皱处。雪花也在他的膝头积了厚厚一层,并呈楔形堆于他的头顶,还积在他的鼻梁上,盖住了他的上唇。这样子很滑稽,滑稽得令人难受。斯蒂芬拢起手把积雪拨开,掸落脑袋上和肩头的雪,再用食指把鼻子和嘴唇上的雪抹掉。

碰到嘴唇的一刹那,他猛地往后退去。嘴唇过于柔软,与牙龈轻轻相擦,他觉得自己感受到了一点温热。他站在朋友身前,相隔两米,用手电筒照亮那张脸。眼睛闭着。斯蒂芬松了一口气。查尔斯的脑袋抵着树干,面无表情,只隐约透出一丝疲惫。他双腿在身前叉开,双臂垂落,手掌平放在雪地上,手背被积雪隐去了。衬衫最上面的三粒纽扣没有系上。

斯蒂芬用手电筒在那堆衣服里捅了捅。就算有纸条,塞尔玛也应该已经拿走了。他呆站着,将背起尸体的时刻不断推迟。他又取出绳子,但觉得绳子完全派不上用场。最后,他跪在朋友的双脚旁,双手搂住查尔斯的腰,往自己跟前拽。他直起腰,把查尔斯往上翻,再抓住两条大腿,让查尔斯的身体挂在自己肩头。

他站直身体,跟跟跄跄地转过身去找回去的路,却听到后腰处查尔斯脑袋的位置传来叹气声,一声悠长而轻微的

"哦",声音中充满失望。斯蒂芬惊叫起来,把查尔斯往雪地里一扔,自己往边上一跳,蹦到了空地的一头。现在,他还得把尸体拖回来,让它靠着树干,再把刚才最难操作的步骤,也就是和朋友面对面的动作重复一遍。第二次背起沉甸甸的尸体时,它没再发出声音。

他不能突然变向,否则就没法稳住步伐。如果不考虑这一点,这个负载物还算可控,因为重量分布得比较均匀。斯蒂芬通过打网球让身体得到了不错的锻炼。他沿着小径走去,将相对明亮的林中空地抛在了身后,这时才意识到手电筒还在兜里,无法拿出来。但月亮已几乎升入中天,树木的阴影也已缩小。起先,压得他喘不过气的并非尸体的重量,而是寒冷,寒气透过这具躯体渗入他的肩胛骨,顺着他的背向下穿行。它贪婪地从他体内汲取着热量,仿佛他们很快就会互换角色,尸体回暖复活,驮着斯蒂芬冰冷的身躯返回农舍。

他汗流浃背,浑身颤抖。透过树林可以望见前方那片稍大点的空地,那里十分明亮。塞尔玛就站在原地。他越走越近,心想可以把查尔斯丢在她脚下,由她再扶起来,他就能稍稍喘口气了。可他一走近,她就转身沿着来时的路走去。她没有转头张望,只顾埋头赶路。他别无选择,只能跟在后面。

他们走在矮树丛中,爬上缓坡准备离开凹地,这时尸体的重量让斯蒂芬有些承受不住了，主要是腿疼得厉害，还有脖子和两条胳膊，毕竟他得用胳膊紧紧勾住查尔斯的膝弯。途中塞尔玛只停下来一次，为的是到斯蒂芬的口袋里拿手电筒。一直到这会儿，他们都未曾说话。

痛感愈来愈强烈，但他决定撑到小屋再把查尔斯放下来。他要为自己没尽到做朋友的责任而赎罪。之前，他曾扔下过朋友，现在不能再这样做了。斯蒂芬正是凭着这样充满英雄主义色彩的想法，才忍住了疼痛。塞尔玛带他穿过花园，进入餐具室，让他把尸体放下来，可他身上的肌肉已经僵硬得不听使唤。他站在明亮狭小的屋子里，左右摇晃，却始终没法卸下身上的重负。"快，"他喊道，"求求你，快把他从我身上拉下来！"

斯蒂芬赶快跑到厨房的水槽边洗手，这样做与其说是为了保持卫生，倒不如说是为了在生者与死者之间重新划定一条界线。厨房现在太暖和，又过于封闭。他走进客厅。多年前，为打通两个房间，形成一条长廊，他们推倒了一面墙。现在，客厅里的陈设稀稀拉拉，空气清冷。塞尔玛也在客厅，她倚着窗台，还没脱大衣。他走到椅子旁，却发现自己坐不下去。尽管他的双手看上去还很稳当，但整个人却像是以极高的频率颤动着。他的耳中,又或许是屋子里有一阵恸哭声,就在他听觉范围的边缘。他沿着抛光的护壁板从椅子旁一直走到房间另一头,转过身来。他想好好跑动跑动。他觉得如果现在上场打网球,也许可以力压群雄。她也动了起来,走到相邻的窗旁,又踱了回去。他沿着护壁板原路返回,脚后跟踩在地板上发出很大的声响。塞尔玛正站在空空如也的壁炉旁。他觉得自己听见了她的窃窃低语,便抬起头,却发现那只是她搓手时皮肤摩擦发出的声音。他从厨房里拿来了一瓶威士忌和两个玻璃杯,却很难稳稳地往杯子里倒酒。

威士忌尝起来有股咸味。"酒里放盐了吗?"他问。她满脸困惑,他就没再问。但过了一会儿,她还是点了点头。她双手握着酒杯,也顺着斯蒂芬的路线朝墙边走去,喝酒的时候,一直背对着他。

"你应该要知道,"她终于开口说话,但没转身,"我并不吃惊。他在伦敦就试过,不止一次了。我本来觉得来这儿可以解救他,其实只是把这一天推迟了而已。"

"我还以为对他很了解,"斯蒂芬说,"显然,我错了。"

"总是这样。热情的一面,精力充沛的、成功的一面朝向公众,却把剩下的那一面,他疯狂的低潮期全都留给了我。本以为搬到这儿来可以将这两面调和一下……"她走回斯蒂芬身边。

"只是,"他说,"在这里,我是唯一的公众。"

她注视着他,毫无责怪之意。"没错,那天,他还在等你,但你没打声招呼就走了,毫无预兆,他很不开心。他没指望得到你的支持,虽然那样会更好。他只希望你别太介意。"

斯蒂芬觉得呼吸困难,胳膊沉甸甸的。他瞥了眼身后,坐了下来。"我觉得我当时挺介意的。"他说这话的时候,心里很难受。

塞尔玛坐在椅子的扶手上,"别误解我的意思。反正再怎么样,结果都不会有任何不同,并不取决于你的态度。我也不是要责怪你。那时我本可以对你多透露一点,让你对接下来的事有所准备,但查尔斯反对。他不想让我们以那样的方式去谈论他,他不想成为一个病例。"说完,她又补充了一句:"而且那时候,我也认为他说得没错。"

屋子尽头的时钟敲了起来,现在是十一点。最后的回声消隐无踪之后,对话才重新开始。

塞尔玛似乎进入了某种客观中立的情绪状态。"他调整不过来,"她的语气很平淡,不带任何感情,"他既想出名,希望别人告诉他总有一天他能成为首相,又想当个小孩子,没什么忧虑,不负什么责任,对外面的世界一无所知。这不是古怪的心血来潮。私下里,他的内心时时刻刻都被这种幻想牢牢占据。他总是想啊想,像有些人渴望做爱一样渴望那种状态。其实,其中也有性的一面。他穿着短裤,让扮成女管家的妓女打他的屁股。你还是知道这事儿为好,他本来也想告诉你的。在公立学校的孩子中,这也算是个典型的小众口味。

"但情感方面的因素更重要,而他自己没法理解或谈论这种情感。他渴望得到童年的那种安全感,那种无力感、顺从感,以及随之而来的自由感,那是一种不受金钱、决策、计划和需求限制的自由。他以前常说想要逃离时间,不被约见、日程、期限所束缚。童年对他来说就是不受时间约束,在他口中,童年仿佛是一种神秘状态。他对此心心念念,一天到晚都在和我谈论有关童年的话题,人也变得沮丧消沉,可同时他也会出去赚钱,变成名人,在成年世界里给自己创造出各种各样的义务,让自己逃离内心的想法。你的那本《柠檬汁》对他来说相当重要。他说那就是他的一部分在同另一部分说话。他说这本书让他意识到有责任去满足自己的渴望,他必须行动起来,免得连机会都没了。这本书是死亡对他发出的警告。他必须尽快做点事,否则就会终身懊悔。"

她擤了擤鼻涕,保持着事不关己、条分缕析的姿态。

"但他什么也没做。世俗野心很难摆脱。他有过一次自杀未遂,其实那次自杀也是半心半意。他换了工作,变得更成功,这你都知道。时间过得飞快,他害怕的就是这个。因此他的压力越来越大。他踏入政界,在政府谋到了差事。他又开始读你的书,其实是因为育儿计划那事儿。首相邀请他写一份官方育儿手册,在那个世界,邀请就等于命令。就是那本最近引起轰动的册子,那是查尔斯和首相一起完成的。首相很喜欢他,与性有关的喜欢。他假装没发现自己越来越炙手可热。他很反感,但还是忍不住调情。他想出人头地,他无法抵抗这种渴望。他一边在领导的监督下写那本手册,一边重读你的书。他又开始蠢蠢欲动,想要制定自己的计划。他说他很绝望,他没时间了,必须这么做。还请求我帮他一把,让他成为小孩子。最后,我同意了,我认为应该帮他,否则他会崩溃。当然这样做也挺合我的胃口,这是好事,因为我要是觉得厌恶,他的计划就不会成功。我想要离开伦敦,我厌倦了教学,而且还有书要写,再说我也很喜欢这栋房子和周边的土地。

"我们经常讨论这样的痴念到底是怎么来的,是他必须让过去的某段日子重来一次,或者说让它们变得圆满,还是为了弥补自己错过的时光。查尔斯根本就不想去深究。我认为他是担心深究出来的真相会让他害怕，也许他的狂躁是在自我保护。你也知道他十二岁的时候母亲就去世了，可以说他把青春期之前的那段时间与她联系在了一起。他有张相片，是他八岁时拍的，小小的，却很恐怖。相片上他站在父亲旁边，他父亲是城里的头面人物，我的记忆中这人沉闷而专制。相片里的查尔斯就像是他父亲按比例缩小的版本，同样的西装领带，同样自以为是的姿势，同样成熟的神情。所以，可以说他被剥夺了童年。但其他那些在童年失去母亲，或者跟着野心勃勃的父亲生活的人，长大后也没有查尔斯那种性方面的欲求和情感上的渴望。我们谈了那么多，我觉得仍然完全没有触及问题的根本。

"最后，我们还是放弃了一切，来到这里。一开始，天气炎热，一切正常，应该说不只是正常，还有种田园牧歌般美好的感觉。外人觉得荒唐怪异的事，我们却觉得再正常不过。我当起了母亲，他这个小男孩整天在树林里玩耍，玩够了再回家吃饭睡觉。我从没见他这么开心过，他的需求从未如此简单。他发现自己喜欢独处。他掌握了各种植物的名称，但我从没见他看过书。回家后，他很快乐，也很深情。晚上，他能一觉睡上十个小时。以前，他也就只能睡四五个小时。那次你来了之后，他觉得失望，但那不算是什么严重的打击。

"后来，天气变了，变得很突然，查尔斯就开始坐立不安，特别想了解伦敦的情况。他想要订报纸，我拒绝了。他想修好一台旧收音机，但怎么也修不好，就大发雷霆。后来，他说我们得回伦敦工作，否则最后会没钱花，这纯粹是信口胡说。最糟心的是，他收到了首相的来信，邀请他去唐宁街，暗示能在上议院里给他安排个席位，让他当贵族，而且会在政府里给他找个工作，前景很好。

"他就整晚整晚地不睡觉，变得焦躁不安，白天他仍然会去林子里，设法维持天真无邪的状态，但这一点越来越难做到。他穿着短裤待在树屋里，思考是否该称呼自己伊顿勋爵，是否已经有人取了这个名号。对不起，我不是有意笑的，斯蒂芬。这是个悲剧，但也很荒唐可笑。我没在哭。我也不会哭。当然啦，我们聊了很多。我提了许多建议，说过让他去做心理分析，但他像其他英国人那样，很讨厌心理分析。我对他说，他内心有如此强烈的冲突，却拒绝任何形式的自省，太异常了，他一听这话就暴跳如雷，是成年人的那种狂怒。他当时就真的躺在地板上，用拳头捶地。

"此后，他就越来越消沉，陷在消极情绪里面出不来了。如果他返回伦敦，回到往昔的生活，从他自身的经验就可以知道，从前的渴求和强烈的冲动会拖他的后腿，到时他又会渴望这种既简单又稳定的生活；如果他留在这儿，他就会永不消停，认为自己与他口中的真实世界脱了节，焦虑不安。我的耐心逐渐耗尽，写作也让我头疼不已。这一切让我精疲力竭。想了很久之后，我觉得他应该重返政坛。他在那儿坚持了好几年，就算再不开心，也不见得会比无法拥有一切的孩子更难过吧。

"我把我的想法告诉了他，我们讨论了一番，他的情绪愈发消极，然后我们就大吵了一架，就在今天早晨。他指责我把他扔在寒冷中，不让他拥有他想要的生活。于是，我就发脾气了。我告诉他，我已经想尽各种办法帮他，现在他得为自己的生命负责。于是他就那么做了。他想通过伤害自己来伤害我，这想法让人很难受。他走到林子里去，坐下来，把自己暴露在寒冷中。自杀就是这么任性，这么孩子气。虽然我会一直心存歉疚，但我永远不会原谅他。"

塞尔玛越说越愤怒，最后索性站了起来。斯蒂芬看着她走来走去。屋子里又有了躁动不安的感觉。

"如果是查尔斯写的那本育儿手册，"他终于开口说话了，"他为什么会写得那么严厉？我读过那本册子，一个认为自己是孩子的人，不太可能那样写。"

"我读完了整本册子，"塞尔玛说，"它完美地展现了查尔斯面临的困境。他的幻想生活让他对这项工作产生兴趣，但他又很想取悦领导，于是便用这种方式写了这书。他调整不好，就开始崩溃。斯蒂芬，你真应该好好见见他孩子的一面，这一面的他幽默、直接且温柔，他完全没法把这一面带入公众生活。相反，他认为自己过于脆弱，因此他就在公众生活中疯狂地弥补这个弱点。他拼尽全力，声嘶力竭，垄断市场，什么都想打胜仗，这种做法只是想把他的弱点逼入绝境。说实话，每当想起我那些同事工作的情景、那些科学设施以及运行那些设备的人，想起科学本身，以及几个世纪以来科学的发展，我就不得不承认，查尔斯的例子只不过是一个普遍问题的极端形式而已。"

"没错。"斯蒂芬说。

这时，她的怒火转到了他身上："说起来倒容易。但想想去年，你多不开心，一直在挣扎，精神高度紧张，可当时你面前——现在你就知道说某事'没错'和知道它没错之间的差别了。"

斯蒂芬推开椅子，站了起来。"你在说什么？"他问道，"我面前怎么啦？"

她迟疑了一会儿，刚准备回答，短暂的沉默却被突然响起的电话铃声打破。她还没接电话，他就意识到整个晚上电话铃一直在响,他都没去接。

她说:"哪位?……但他在这儿,和我在一起……好的……对,相信我……我会的……"她把电话递过来,圈起手盖住了话筒,向他表明她正在回答刚才那个问题。"是朱莉,"她说,"当时你面前的人是朱莉。现在她要和你说话。"

他拿过电话,听着。此刻,塞尔玛正灿烂地笑着,眯起眼睛,眼里饱含泪水,注视着他。

九

不只是煤炭,就连核能都无法与之相比,孩子才是我们最大的资源。

——《权威育儿手册》,皇家文书局

恰好,一列夜车从苏格兰驶往伦敦的路上,会往东行,穿越诺福克与萨福克,凌晨一点二十分在萨福克的火车站稍作停留。斯蒂芬借了塞尔玛的车,如约将车钥匙留在车座底下,赶在火车进站之前一分钟,来到了站台上。他支付了卧铺的费用,并请列车员在列车到站时把他叫醒。他把脚放在枕头的一侧,躺下来,透过磨砂玻璃的观察孔注视着车厢阴影的前缘,看着它越过一堆煤渣。隔壁车厢传来做爱的撞击声,闷声闷气的。二十多分钟了,那声音一点都没变化,坚持不懈,他对此感到吃惊,同时也因激情所蕴含的勇往直前的劲头心生敬畏。他此生还能再有那样的劲头吗?火车放慢车速,即将驶入下一站,那声音的节奏也慢了下来;原来他一直在倾听的是挂在隔断墙上的东西摇晃的声音。

列车驶入远郊时,他沉沉睡去,而后又突然被砰砰砰的敲门声惊醒。他晕晕乎乎,误以为时间紧急,提着包飞速跑到了站台上,前一天晚上,他就是从这个站台出发的。他站在那儿迷糊了一阵子,慢慢清醒过来。除了正往旁边的火车上装邮件和杂志的搬运工之外,整个站台空无一人。地面已经用水管冲过了。他就这么犯着困,去找出租车。出租车站空空荡荡,车站外的马路上也不见车辆驶过。他朝圣保罗教堂走去,将查尔斯那件驴皮外套的领子高高地竖起,抵御凛冽的寒风。他走了半个小时,才搭到一辆熄了灯的出租车。当时司机正准备过河回家,便同意带他去维多利亚车站。

几分钟后,斯蒂芬摇上玻璃窗,说给两百五十镑,让那人送他去肯特郡。司机摇头说:"那怎么行。没别的意思,只是我得休息了。"

"三百。"

"抱歉。"

"两千五?"

司机把车停稳，转过身来。

"那我要先瞅瞅你的钱。"

斯蒂芬摊开空空的手掌，"我只是想知道能否用钱请动您。"

司机笑着从街沿把车开走。行程结束时，司机从斯蒂芬手上拿过钱，仍在暗自窃笑。

这个车站比之前那个车站要繁忙得多，其中一个原因是附近有家施粥场。还未营业的售票处旁边聚集着一群人，他们喝着苹果酒和雪利酒，穿着厚大衣，一个个摇摇晃晃的，就人数来说，他们还算安静。三名黑人妇女各自操作一台庞大的吸尘器，从不同的方向不慌不忙地朝那一大群人走去。站台那头，几十个人正在慢吞吞地往货车上装货。远处屋顶上不时传来吼叫声，回声荡漾。斯蒂芬从出发时刻表上得知，下一列开往多佛方向的慢车六点四十五分才发车，要等到三个小时以后。

他在一辆咔嗒咔嗒响的运货车后面走着，车上堆着一捆捆半色情杂志。运货车停下后，斯蒂芬就走过去问司机是否有前往多佛的邮车。那人耸了耸肩，换了句简单的话将这个问题抛给了正要卸货的搬运工。两点二十，那些人断断续续地嘟囔道，一个半小时前。斯蒂芬正准备走开的时候，一个十几岁男孩模样的搬运工找了过来,热心程度不亚于那些搜集号牌的火车迷。

"现在只有维修车去那里。"

"车在哪儿?"

"你上不去的。"但他还是指了指站台斜坡那儿,斜坡的底端没入了黑夜。

斯蒂芬道了谢,便朝那儿走去,没有理会背后传来的一声尖利的"嘿",以及随之而起的哄堂大笑。

前方有块警示牌,告诫乘客勿再前行,不要沿着一条窄窄的煤渣路走到乱糟糟的铁轨中间,再往前走,站台便不再有车站的屋顶遮蔽了。两百米开外,在高悬的弧光灯的照射下,可见一辆柴油火车头停在侧轨上,后面只挂了一节车厢,和车头一样都是鲜亮的黄色。斯蒂芬往车头走去,心中也无特别的打算。他来到驾驶室旁,抬头看见一个和他年纪相仿的男子,那人戴了顶贝雷帽,露出浓密的黑色卷发。斯蒂芬把贝雷帽看作一个好兆头,至少说明那人有点幽默感。

他尽量让自己的声音盖过突突的引擎声,大喊道:"你是司机吗?"

那人点了点头。

"能跟你说句话吗?"

"上来吧。"

他提着包,笨手笨脚地爬了上去。在这个温暖逼仄的空间里,仪表盘比他想象中的少,控制杆也是。脚下,地板愉快地颤动着。他注意到有两本平装惊悚小说、一只热水瓶、一罐烟草、一副双筒望远镜,还有一双厚实的羊毛袜套叠在一起。这儿脏兮兮的,却很私密,有点像兼作卧室与客厅的房间。司机往另一扇车门那儿挪了挪,腾了点地方出来。斯蒂芬克制住没在驾驶座上坐下来。事情还没定呢,这样做有点放肆。

他用手摁着座椅,说:"我在想你去多佛的路上能不能捎我一程。"他一边说,一边伸手到裤子后侧口袋里掏出那几张五十镑的纸币,"我知道这严重违反规定,所以……"

他拿着钱,把手伸了过去。司机坐下来,胳膊肘支在控制台上,脸颊抵着指关节,目光越过纸币,看着斯蒂芬的脸。

"你是在逃还是怎么着?"

斯蒂芬没料到还要作解释,此刻能想到的只有实话。"我妻子让我赶快过去,我前妻。"他坐下来,觉得现在应该有这个权利了。

"那你最近一次见她是什么时候?"司机把重音放在"她"上,就好像认识这个女人似的。

"去年六月。"

司机做了个鬼脸,说:"那就说得通了。"

斯蒂芬等待着司机的解释或决定,但那人仍旧支着胳膊肘,另一只手鼓捣着控制杆,什么都没说。斯蒂芬把纸币放到另一只手中。他不想把钱收起来,免得看上去像是不愿付钱。他还在琢磨接下来该怎么办,这时,他透过挡风玻璃看见灯光稍稍往一侧移了一点。火车以比步行还慢的速度往前蹭去。前方四百米开外的灯架上,一组亮闪闪的信号灯变换了呈现方式,但他不记得多了哪种颜色的灯或哪个灯变了颜色。司机在座位上挺直了身子。火车压过一组复杂的道口时,猛地往边上一闪,驶到了最边缘的轨道上,并加快了速度。

轰鸣声一消停,斯蒂芬便说:"谢谢。"司机没往他这边看,只是调整了贝雷帽,算是向他致意。

车头前面的风景比两侧的吸引人得多,往前看到的不是堤岸和后花园,而是绵延的金属饰带迎面绕进卷轴,弯进来的铁路设施眼看就要撞上,却早有精确的测算让火车与之擦身而过。火车的速度愈来愈快,在穿越伦敦南部地区时,天上下起了雪。望着火车前行,斯蒂芬心头很快乐,落雪又让他的快乐增添了几分;他们冲入雪花的旋涡之中,雪花绕着他们翩跹飞舞,似将火车愈裹愈紧。

司机弹了弹舌头,看了看手表,"你想去哪儿?"

斯蒂芬报了站名。

"她就住那儿?"

"还要往南五公里。"

火车启动到现在,司机第一次看着斯蒂芬,"你知道吗?我们没必要在站内停。"

斯蒂芬尽可能描述了一下那儿的植被,路如何转弯,然后他想起了"钟"楼。

"我知道那里,"司机说,"我可以把你放到一个合适的地方。"

他们沐浴着橘黄色的光晕,驶离城郊,来到了郊外住宅区之间黑黢黢的乡间地带。雪势稍歇,之后就停了。火车仍在加速。斯蒂芬紧紧地攥着钱,又把它们递了过去,但司机眼睛盯着前方的轨道,一只手搭在月牙形的黄铜手柄上,另一只手插在兜里。

"给你前妻吧。我觉得她应该需要钱。"

斯蒂芬把钱放入兜里,觉得至少可以告诉对方自己的名字。

"我叫爱德华。"司机回道,然后解释说车上载的是流动车间和食堂,开往一片工地,从当天早上开始,有一群工人要在那儿施工。他们得在隧道里干活,那儿的轨道路基都被大水冲毁了,他们要去重铺。那条隧道虽旧,但可以说是南方最好的隧道之一。上个星期,他们还借助探照灯,好好欣赏了一番隧道顶壁的砖砌做工和隧道口的扶壁工艺。

"那儿有座大教堂。可以把隧道顶叫作扇形拱顶,不过,没人见过。"两年后,这条线路就会关闭。"往昔不再,"爱德华顿了顿说,"他们会把那块地全都卖掉,再也回不来了。"

"没道理啊。"斯蒂芬说。

爱德华摇了摇头。"很有道理,朋友。问题就出在这儿。乌漆麻黑的地方有座教堂,这有意义吗?那就关了呗,建条高速公路。可是高速公路没心没肺的,你见不到小孩子在桥上记车牌号码,不是吗。"

火车开了一个小时,来到朱莉家附近的小站。一穿过车站,爱德华就开始踩刹车。"我到平交道口把你放下来。你不会迷路的。翻过一座小山坡,穿过一片林子,就到路口了。再往右拐,那家酒馆就在你的右边。"

他们穿过自动道口后停了下来。斯蒂芬握了握爱德华的手。"你真是个好人。"

"好啦,快走吧。我可不想被炒掉,你也有事要忙。"

斯蒂芬下到铁轨上,爱德华把包扔了下来。接着便是一阵欢庆会般的喧闹声。巨大的机器轰鸣着往前慢慢悠悠地挪去,他身后钟声响起,红灯闪烁,栏杆关闭,马路重又变得通畅。也就不到一分钟的时间,一切都归于沉寂。

道口另一侧的山坡陡直地往上升去。最近一次落雪之后,还没车经过这里,前方的小道上是一片纯净的白色,夹在灌木树篱之间。月亮就在他的前方,最终沉了下去。这是一条挺瘆人的路。他不声不响地走在路边,心里想着那对年轻夫妇此时正推着自行车走在他身旁,迎入风雨,各自沉浸于难以言喻、毫不和谐的思绪之中。那两个年轻人现在又在何方呢?四十三年之后,又是什么将他和他们分离开来?四十三年前的那个时刻犹如一道渐行渐远的回声。他能听见自行车后轮一丝不苟的碾压声,因步幅不同时而合拍、时而不一致的踩踏声。他和他们一起登上山顶,和他们一起停下了脚步。

这条不同寻常的路转而向下,蜿蜒着没入两公里开外的林间。他把包放在地上,找出背带,调整好后,将包背在肩上,然后重新系紧鞋带,似起跑点的短跑运动员一般精神紧张。他挺直腰板,深吸了几口气。此时他胃壁紧绷,在寒冷中震颤,这令他觉得一定要尽快响应妻子的召唤。他品味了一下高海拔所积聚的那股能量,然后身子前倾,任山坡将他往下拉去,稳住步速,几乎不费吹灰之力地在雪地中奔跑起来。狂奔了两百米之后，呼吸便适应了脚步的频率。仿佛若是把包扔了，他就能飞向空中。他重击大地，使大地加速旋转，万物同时向他迎面扑来。他往下跑到了第一排树木之间，进入了林子，林间的路划破积雪，向前延伸。他选定了一棵树，认为母亲就是在那棵树旁冒出了将他终结的想法。虽然已经来到了平地上，他还是加快了速度，呼吸也愈来愈粗重。再往前跑上四百米就是那个路口了，他穿过坑洼不平的开阔地面，跟跟跄跄地跑过了一座座藏在雪下的小土堆。

　　第二条路更宽敞，他还记得这条路的模样，也记得一直覆盖到路边的高耸的树木。前头就是电话亭、向上的坡道和急转弯，转弯处有一条步道通向一片草地，再近一些，右边就是"钟"楼，在这样的天色中是一幅清晰的铅笔素描画。他来到门廊跟前，往前面看了看。也就是在这时候，他才明白自己的体验不仅与父母的体验相互补充，而且是他们的延续，是一种重复。他有一种预感，紧随这种预感而来的是某种确定性，那是被塞尔玛的微笑和爱德华对几个月时间的瞬间理解所肯定的确定性，所有的悲伤、所有徒劳的等待都已被裹入富有意义的时间之中，裹入可以想象到的最有趣的事态发展之中。尽管已上气不接下气，但他仍然因终于看清事实而吼了一嗓子，然后他冲上斜坡，沿着通往朱莉家的小径跑去。

前门没上锁。斯蒂芬打开门,径直进入了客厅,从温馨的气息和隐约的面包咖啡香中,他便知道,朱莉醒着。他关上门,嗅到了门后的衣服和围巾上她的香水味儿。煤火的火光照亮了地板,屋子里其余的地方都隐于半明半暗之中。在擦得干干净净的工作台上,并排放着一堆笔记本和一只陶瓶,瓶里插了几枝纤细的冬青,小提琴靠在黄色的掸子上。椅子上整齐地摆放着一摞熨洗过的衣物。旁边的地板上放着一本讲夜空的书、一只杯子和一只茶碟。他刚来到屋子中央,便听见楼上传来床板熟悉的吱吱嘎嘎,然后头顶上方响起了脚步声。

他来到楼梯口,冲上喊道:"我来了。"扶手柱的阴影投在墙上,线条变弯了,颜色加深了。她站在楼梯顶上。他觉得看见了一袭素白的睡衣,但能看得分明的只有她被烛光照亮的脸庞,她把蜡烛举在身前。他心想她是不是去过国外了,皮肤变黑了。

"你来得挺快,"她低声道,"上来吧。"

他进入屋子时,她已经回到了床上。他的呼吸还没有平复,但他不能让她看出什么端倪。他可不想让她知道自己是跑过来的。除了蜡烛外,光源还有梳妆台上的一盏台灯和炉栅里生着的火。她的四周摊满了书本、报纸,还有一本杂志和几张乐谱,都散落在被子上。床头放了几束花,还有一箱果汁。她身后倚了好几只膨胀松软的靠枕。他站在床前,把包放了下来。此时此刻,他并不想离得太近。

她把被子往自己身上拉了拉。阴影中有什么东西滑落到地板上。"刚给你打过电话,我就开始宫缩了。不过没什么好担心的,宫缩总得持续几天,一礼拜左右。"

斯蒂芬傻愣愣地说:"我之前都不知道。"

她摇摇头,笑了笑,抬头瞥了他一眼,又移开了目光,眼白在柔和灯光的映衬下熠熠生辉。她肩上披了一件羊毛衫,里面的棉睡衣开着几个纽扣,露出了沉甸甸的乳房之间的乳沟。她的皮肤颜色很深,看上去很烫,双手优雅地搭在腹部隆起的地方。他觉得就连她的手指看上去也丰满了一些。她摊开手,拍了拍床。

"过来坐下吧。"

但他还没有完全从疾奔中缓过来。湿透的衬衫紧贴着脊背。他需要时间适应屋子里温暖的环境,然后才能坐在她身边,坐到那股强大的力量边上。为了不使拒绝显得生硬,他随口说起了话:"我是坐火车头过来的,坐进了驾驶室。"

"那可是你儿时的梦想。"

"司机到平交道口把我放了下来。他对这一片好像很熟悉。"他准备向她讲一讲爱德华,说她肯定会很喜欢这个人,后来他又发现这话题不太好聊,有点离题,就说:"朱莉,你为什么没早点告诉我?"

"过来坐下。"

他迟疑了一会儿,把外套和毛衣放到椅子上,把鞋子和袜子放到火边烘干。他绕床走着,脚下地板的温暖度又让他想起了家的感觉,想起了那种难以言喻的欢愉。他坐到床沿上,但没有坐到她拍的地方。她已经决心让他离得更近些,便握着他的双手。他说不出话,被爱意包围,那爱远远超过了他的承受力。光与温暖从他的腹中升腾而起。他只觉得自己身轻如燕,疯疯癫癫。她冲着他微笑,差点就要笑出声。唯有充满希望的人才会如此洋洋自得。他从没见她这么美丽过。她皮肤细腻,堪与孩童媲美。她体内的新生命不仅仅局限于子宫之内,而是蜷缩于每个细胞之中。回答问题时,她的嗓音优美动听,庄重矜持。

"我只能等待,我需要时间。去年七月刚发现的时候,我对自己、对你很生气。我觉得自己受了骗,觉得很不公平。我来这儿就想一个人静静,想让自己坚强起来。这完全是个错误的时间点,我仔细想过要不要去流产。但这是个心理调整期,也就两三个礼拜的时间。自愿选择的独居生活可以让人头脑清醒。我知道如果再失去一次,我肯定承受不了。我越是想这件事,就越觉得不寻常,它来得太容易了。记不记得我们花了多长时间才怀上凯特的?我意识到,所谓的错其实只是时机不凑巧。我觉得这是天赐的礼物。时间一定有某种更深层次的模式,它的对与错不可能限定得这么死。

"我差一点就写信告诉你了。我知道你肯定会来。我们可能就已经没事了,会把一切都安顿好,并且认为我们已经渡过了难关。但我心里很清楚这对我来说太危险。如果我那时候叫你过来,重要的事情就会被埋葬。我来这儿是为了直面失去凯特这件事,那就是我的任务,我的工作,你也可以说那比我们的婚姻或我的音乐更重要,也比现在的宝宝更重要。如果我没有直面这一切,我会就此沉沦下去。有的时候特别、特别糟心,我只想去死。这种想法越来越强烈,越来越有吸引力。我很清楚自己该怎么做。我一定要停下来,不能再在头脑中追逐她。我一想起她就觉得痛心,一直希望她能出现在门口,或者能在树林里看见她,每次去烧水我都会听见她的声音,我不能再这样了。我会继续爱她,但我不能再期望她回来。所以我需要时间,如果这段时间比孕期长,我也只能接受现实。我还没有完全成功……"

她的目光移到屋子的一角。往昔的悲哀使她无语凝噎。他也悲从中来，鼻子发酸。他们等待着哀伤离去。窗帘大开着，最上面的窗格透进清亮的月光，月亮正往小屋的一侧落去。窗边的桌子上放着一包医疗器械，是助产士要用的。旁边有一瓶水仙花，隐于衣柜的阴影中，看不清晰。

"但我还是有了进步。我努力让自己不去逃避对她的思念。我尽量以她为对象沉思，以那件事为对象沉思，而不是对此愤恨不满。六个月后，一想起孩子即将出生，我就稍稍宽慰了些。可是，斯蒂芬，虽然有了安慰，可它增加得还是好慢。有时候，我仍然会手足无措。一天下午，四重奏乐队的成员来了。他们带来一个大学时期的老朋友，一位大提琴手，我们演奏或者说是试着去演奏舒伯特C大调弦乐五重奏。柔板的时候，你也知道柔板那一段很动听，我没哭。事实上，我还很开心。那是很重要的一步。我又能开始顺畅地演奏了。以前我停了一段时间，因为那时候演奏成了一种逃避。我会练习一些很难的乐章，练得很投入，就是为了让自己不去思考。现在我是纯粹为了音乐而演奏，我期待孩子的出生，也想起了你，真切地感受到我们彼此的爱有多深。我觉得一切又回来了。对不起，这件事只能这样发展，但我知道这样没错。我已经做好继续前行的准备。我必须相信你也已经变得越来越坚强,也有自己的方式。所以我还是给你打了电话,昨天一整个下午,我都在找你。但你不在那儿,我实在无法承受……"

他想向她展示自己的坚强。他很开心,真想从床上一跃而起,好好展露一番修正过的反手击球法,或者拿起笔炫耀龙飞凤舞的书法,用古阿拉伯语给她写一首诗。但他不想放开她的手。她淡灰色的眼眸来回打量着他的眼睛,看向他的嘴唇,然后目光又倏然回到他的眼睛上。她的嘴唇含着笑,成熟欲滴。她把被子掀开,引领着他的手。它的脑袋就在那儿,阴毛上方的皮肤热而坚硬,简直像骨头一般。再往上,在她的右侧乳房下方,他的手掌感觉到了颤动,是一只脚在踢。

他抬起头,刚想说话,她就轻声道:"她是个可爱的女儿,可爱的女孩。"

他点了点头,一时说不出话来。也就是在这时候,事发三年之后,他们才一起为那个失踪的、无法替代的孩子抱头痛哭,对他们来说那孩子永远不会长大了,她那特有的眼神和动作永远无法被时光磨灭。他们抱着彼此,等到悲伤稍稍缓解,便抽抽噎噎地说起了话,互诉对孩子的爱,对彼此的爱,对父母的爱,对塞尔玛的爱。他们的悲伤疯狂蔓延,他们要为万物疗伤,为政府、为国家、为这星球疗伤,但他们会从自己开始；尽管失去已无法补救，可他们会通过新生的宝宝来爱她，永远对她的归来怀有希望。

其间，他们一直面对面躺在床上。这时，朱莉踢掉了脚边的被子。她撩起睡衣，翻过身，匍匐于床上。她把胳膊肘往外伸，将脸深深地埋在枕头里。她扬着臀部，睡衣的刺绣下摆凌乱地搭在上面，显得如此无助而甜蜜，那躯体充满了尊严，满怀着力量，他轻轻呼唤着她的名字。爱的衷肠诉完，沉默回荡不息，与屋外无数战栗不已的针叶合为一体。他轻柔地进入了她的体内。有什么东西正在他们四周聚集，愈来愈响，愈来愈甜蜜，愈来愈温暖明亮，所有的感觉水乳交融，愈发浓烈。她轻轻地喊了起来，一次又一次，发出"哦哦"的声音，每唤一声，音调起起落落，像是充满了困惑。后来，她高声喊叫起来，那是快乐的喊声，他迷失其间，听不清她喊了什么，懵懵然无头绪。然后，她从他身边挪了开去，想好好躺下来。她躺好后，猛地吸了一口气，一只手的手指尖按在下腹部，轻轻地按摩起来。他记得这个动作有个很好听的名字，轻抚法。她用另一只手抓着他，每当宫缩厉害的时候，就用力掐他，以这种方式告知宫缩的进展。她做好了准备，控制着呼吸，稳稳地呼气，富有节奏，随着疼痛感加剧，呼吸也开始加速，转而成了轻浅的喘息。她第二次独自上路，他只能沿着海岸疾奔，给她打气。她正从他身边离去，迷失于这进程之中。她的手指紧紧地掐着他的手。他的太阳穴搏动不已，视线一片模糊。他尽量让自己的嗓音不带恐惧感，回忆着他该说的话。"要随波逐流，别反抗，要顺流而下，顺流……"然后，他也喘息起来，呼气声尤其重，等她的手放松下来的时候，他的呼吸声也随之放缓。他觉得医学界设计出自己的这种参与形式，是用来缓解丈夫的恐慌无助之感的。

宫缩停歇之后，他们一起深深地吸了口气。朱莉用手捂住嘴，缓解过度换气造成的恶心。她说了几句话，但声音很含糊。他等着，没出声。她把手放了下来，一脸苦笑。他们返回现实，回到两人的世界中，仿佛刚在暴风雨后从避难所劫后归来。他不记得他们之间聊了什么，或者是否聊过。这都无所谓。

"你都还记得吧？"朱莉问。她并不是想让他回忆往昔，只想知道他是否知道该怎么做。

他点了点头。朱莉有本书，他想先看看再说。他隐约记得，书上对分娩的各个阶段均有明确的描述，还辅之以各种不同的呼吸技巧，什么时候屏住呼吸，什么时候必须放松。不过前面是漫长的一天呢，还有充足的时间好好学习。上次分娩的经过他还记得清清楚楚。他既要帮忙擦汗、打电话、送花、倒香槟、给助产士干体力活,还要一个劲儿和她说话。事后,她说他起到了很大的作用。他觉得自己的价值更多是一种象征。他穿上衣服,穿过房间,找到一双朱莉的袜子穿上。

"助产士的电话号码在哪儿?"

"在我大衣的口袋里,衣服就挂在门后。你出去的时候,烧点水。回来以后接满两瓶热水。再泡壶茉莉花茶。两个壁炉都要生火。"她用沙哑的声音吩咐他做这做那,这些他都记得,这是母亲在她自己的领域里拥有的绝对权利。

屋外,晨曦仍然局限于东方的天空。云层已彻底消失,他终于望见了星星。月亮仍旧是主要光源。他穿着湿乎乎的鞋子,沿着砖砌小路快步走去,发现朱莉未雨绸缪,已将积雪扫清。转角处的电话亭内不见一丝亮光,他只能摸索着按键拨通了电话。接通后,他才发现这是附近城镇医疗中心的前台电话。他不用担心。他们会联系到助产士,一小时内就到。

回去的路上,他一会儿就走完了几十分钟前疾奔而过的那条路,他放慢脚步,试图好好琢磨琢磨眼下的变化,但他没法思考,只能想些细节问题,茶啊,木头啊,热水瓶啊。

斯蒂芬回到小屋,屋内很安静。他拿出茶托,从外面的披屋里拿了点木头,在楼下生好火,再提了一篮木柴上楼生火。他扫了一眼朱莉的书架,没找到讲分娩的书。为了显示自己的能耐,以此振作精神,他在厨房水槽边站了几分钟,仔细洗了洗手。

他把托盘放在篮子上,腋下夹着热水瓶,跟跟跄跄地上了楼。朱莉正伸开四肢躺在床上。头发湿漉漉的,沾在脖子和额头上。她很焦躁,脾气很大。

"你说过很快就回来的。怎么回事?"

他刚想争辩几句,就想起易怒应该也是整个过程的一部分,是将要分娩的一个标记。但按理说不会来得这么早。难道他们漏了几个阶段?他递上茶,说要给她按摩按摩。可她受不了别人摸她。他给她盖好被子。他记得上次她脾气也很躁,助产士和她说话的时候就像在哄孩子,于是他也模仿那种腔调,柔声细语地和她说话。

"腿动一动,就这样。好。情况看上去很不错。一切正常。"反正就是诸如此类的话。她并没有真正平静下来,但挺配合,还喝了茶。

他正在对着余烬吹,想把一小丛枝条上的火吹旺,听见她在叫他,就急忙赶了过去。她一边摇着头,一边似乎想把手指放到肚子上,结果却又放弃了。

"我一晚上都没睡,太累了,我还没准备好。"

他的鼓励被一声凄厉的号叫打断。她在拼了命地吸气，接着又吸了一口，发出更长的惊叫声。

"要挺住，要随波逐流……"他又开始说道。这次，他的话头又被打断了。他彻底懵了。现在再提醒她呼吸保持节奏已经毫无意义。一阵狂风袭来，他无法再发号施令。她双手疯了一般握着他的前臂，龇牙咧嘴，脖子上的肌肉和筋腱紧绷，几乎要断裂了。他完全没了方向。除了前臂，他什么都给不了。

他大声呼喊着："朱莉，朱莉，我就在你身边。"

可她仍是独自一人。她歇了口气，又号叫了起来，这次的喊声更狂野，像是出于一阵狂喜，就算肺部不留一丝空气也没关系，还要喊，要继续喊。宫缩使她挺起后背，身子一扭，侧躺在床上。床单全都挤在腰际，在她身侧卷成了一团。他能感觉到床架都在随着她的扭动而颤抖。她的喉头发出最后一声呼喊，又再次喘息起来，同时猛地甩头。她看着他，目光越过了他，眼眸清澈明亮，眼睛睁得滚圆，目的明确。短暂的绝境总算过去了。她又取得了掌控权。他以为她想说话，但握着他胳膊的那只手反而掐得更紧，她又开始了。她龇牙咧嘴，绷紧的嘴唇战栗起来，胸腔深处迸出压抑的呻吟声，那是一种倾尽了全身力气仍抑制不住的咯咯声。然后，这声音越来越轻,她的脑袋又落回到了枕头上。

她深呼吸了几次,用异常平静的声音说:"我要喝冷饮,一杯水。"他刚想站起来,她就止住了他,"可我不想让你离开。我觉得它要出来了。"

"不会的,不会的。助产士还没到。"

她微笑起来,仿佛他这是为了逗她开心而开的玩笑。"告诉我你能看见什么。"

他只得探到她身下把床单抻平。

他像是在入梦途中遇到一阵冲撞和震动,然后放缓了速度。一阵宁静裹覆着他。在他面前的是某个存在,某种启示。他俯视着探出的后脑勺。躯体的其余部位还未出现,只有头颅俯卧于湿漉漉的床单上。它的沉默与静止含有责备之意。你难道把我忘了吗?你难道没有意识到那自始至终都是我吗?我就在这儿。我了无生气。他注视着头顶四周打着旋的湿淋淋的头发。没有移动,没有脉搏,没有呼吸。了无生气,这是个拿自己的生命来冒险的存在,可是它的要求却清晰而又紧迫。这就是我的动作。你呢?自他拉开床单到现在,也许只过去了一秒钟。他伸出手,触摸到的是一尊蓝白相间的大理石雕像,一动不动,却又意图明确。雕像冷冰冰、湿淋淋的,湿冷之下却又蕴蓄着温暖,可那温暖太微弱,是从朱莉身上借来的残存的温暖。它的出现很突然,它的存在却明显可感,并非来自其他城镇,也不是来自另一个国度,而是来自生命本身,就这么简单,它正在向他清晰无误地传达自己的目的。他听见自己正在对朱莉说些安慰的话,他也在从回忆中寻求安慰,那是一条阳光明媚的乡间小路,有车辆残骸与一颗头颅,那画面短暂而澄明,宛若焰火。他的思绪正在转化成简单基本的形状。我们所拥有的确实只有这些,繁殖和生命的自爱,我们所拥有的一切都来自于此。

朱莉还没准备好产出胎儿。她正在恢复体力。他的手滑向了那个新生儿的脸庞,摸到了嘴唇,他用小拇指将唇边的黏液揩净。没有呼吸。他的手指又往下滑去,滑到朱莉紧绷的阴唇下,找到躲藏其中的肩头。他能摸到绕于肩头的脐带,它粗壮结实,犹如脉动的生灵,似套索一般在脖颈上缠绕了两圈。他用食指小心翼翼地绕行而过,轻轻地拉动脐带。脐带轻易地褪了出来,一圈又一圈,他将脐带从头上拉了出来,同时,朱莉也生下了孩子,她积聚起所有的意志力和全身的力量生下了孩子,一瞬间,他发现"生"这个动词如此灵动,如此慷慨。随着一阵吧唧滑溜的声音,孩子滑入了他的手中。只见它脊背修长,强壮而滑腻,上面还有一道结实的脊柱沟。脐带仍在搏动,挂于肩头,还缠住了一只脚。他只不过是个接球手，不是家园，他的想法是必须马上把孩子还给母亲。当他把孩子递过去的时候，他们听见了抽鼻子的声音，还有一阵清亮的哭声。孩子脸朝下趴着，一只耳朵对着母亲的心脏。他们给孩子盖上被子。由于热水瓶太重太烫，斯蒂芬就爬上床来到朱莉的身边，把孩子挤在当中，给小家伙取暖。孩子的呼吸有了节奏，温暖的色彩在皮肤上晕开，深粉红色似盛开的花朵。

　　这时，他们才欢呼庆祝起来，吻着、蹭着滑溜溜的小脑袋，它的气味就像新鲜出炉的小面包。有好一会儿，他们都开心得说不出一句完整的话，只会不住地惊呼感叹，彼此呼唤对方的名字。小宝贝被脐带拴着，把脑袋窝在捏紧的小拳头中间。孩子很漂亮，睁着眼睛，凝视着朱莉高耸的乳房。透过床边的窗子，他们看见月亮正沉沉地落入松林的罅隙之间。月亮正上方有一颗行星。那是火星，朱莉说。火星总会令人想起严酷的世界。不过，眼下他们不会受到丝毫影响，现在，时间还没开始。而他们就这么躺在床上，凝望着行星与月亮穿过逐渐泛蓝的天空，徐徐沉落。

　　不知道过了多久，他们才听见助产士在房子外头停车的声音，听见关车门的砰砰声和硬底鞋敲击砖砌小路的响声。

"对了,"朱莉说,"是女孩还是男孩?"她怀揣着对他们即将返回的这个世界的感激,内心充满爱意,她将手伸入被子底下,感受着。